Last seen bearing

いまさら
翼といわれても

이 도서의 국립중앙도서관 출판예정도서목록(CIP)은 서지정보유통지원시스템 홈페이지(http://seoji.nl.go.kr)와
국가자료종합목록 구축시스템(http://kolis-net.nl.go.kr)에서 이용하실 수 있습니다.
CIP제어번호 : CIP2017019022

요네자와 호노부 지음

김선영 옮김

이제 와서 날개라 해도

Last seen bearing

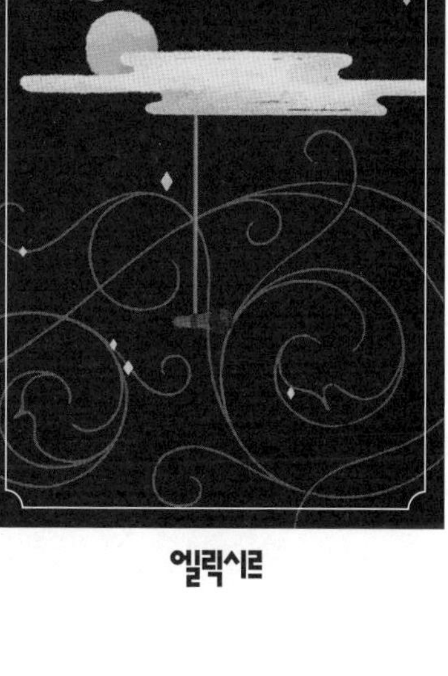

엘릭시르

Last seen bearing

いまさら
翼といわれても

—

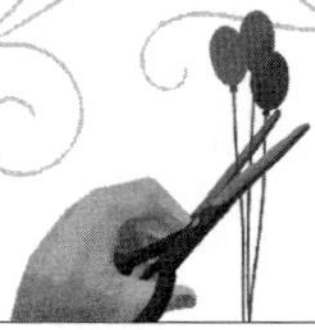

001

상자 속의 결락

1

지나간 일은 기억에 남겨두지 않는 편이다. 초등학교나 중학교 때 있었던 일을 들먹이며 '그런 일이 있었잖아'라고 하면 그랬나 하고 어리둥절해하는 경우가 많지만, 같은 자리에 다른 사람들도 많았는데 어째선지 나 혼자만 선명하게 기억하는 일도 몇 가지 있다. 어느새 잊어버리는 일과 언제까지고 기억하는 일의 차이가 어디에 있는지는 모르겠다.

기억을 더듬어보면 어디서 뭘 했는지 아리송하게 흐릿한 잿빛이 한없이 이어지는 가운데 때때로 선명한 순간이 존재한다. 대부분은 운동회나 소풍, 여름학교처럼 그 당시에는 크게 관심도 없었던 행사들로, 시시하다고 생각했던 일들이 세월이 흐르고 나니 이렇게 기억 속에서 특별한 위치를 차지한다는 사실이 놀라울 정도다. 한편, 특별한 일 하나 없이 그 당시에는 극히 당연한, 아무 일도 없었던 것이나 다름없는 하루의 짧은 순간을 또렷하게 기억하기도 한다. 중요한 사건을 기록한 잡지 기사 같은 기억과는 달리 몹시 단편적이라 앞뒤 맥락도 없지만 그래도 잊기 어려운, 차마 버릴 수 없는 낡은 사진 같은 기억. 말하자면 용수로의 물이 부딪혀 생기는 소용돌이를 질리지도 않고 하염없이 바라보았던 여름이나, 도서관에서 손이 닿지 않는 서가에 죽 펼쳐진 거창한 제목에 상상의 나래를 펼쳤던 겨울, 학교 친구들과 찾아간 서점에서 한 권밖에 들어오지 않은 문고본을 차지하려고 아옹다옹하다가 금세 서로 양보했던 가을……. 이런 기억들과 잊혀버린 무수한 경험 사이에는 무슨 차이가 있는 걸까?

이건 어쩌면 어지간하지 않고서는 잊지 못할 거라는 직감에 이따금 사로잡힐 때가 있다. 미적지근한 바람을 맞으며 거리를 거닐었던 유월의 밤도 오래도록 기억할지 모른다. 그런 예상이 정말 적중할지 확인할 수 있는 것은 십 년, 이십 년 후가 되겠지만.

사건의 시작은, 한 통의 전화였다.

2

그날은 저녁 식사로 야키소바를 만들었다.

낮에는 쾌청했는데 저녁부터 구름이 드리워 열기가 하늘로 빠져나가지 못했는지, 해가 졌는데도 기온이 크게 떨어지지 않아 다소 후덥지근한 밤이었다. 가족들은 저마다 용건이 있어 혼자 집에 있으려니 밥 짓기도 귀찮고 해서 남은 재료로 대충 만들 궁리를 하며 냉장고를 들여다보는데 마침 야키소바용 생면이 있었던 것이다.

시든 양배추와 말라버린 팽이버섯, 푸석한 베이컨도 있기에 뭉텅뭉텅 썰었다. 뜨겁게 달군 프라이팬에 기름을 두르고 면을 먼저 넣어 잠시 그대로 둔다. 솟아오르는 수증기에 바닥이 탈까 봐 조금 불안해지지만 꾹 참고 간간이 면을 풀어주며 몇 분 기다린다. 살짝 눌어 적당히 바삭바삭해진 면을 일단 접시에 옮겨 담고 다른 재료를 볶는다. 적당히 익으면 긴 젓가락으로 재료들을 프라이팬 구석으로 몰아놓고 빈자리에 우스터소스를 넣고 끓이면 향기가 확 퍼져서 부엌 공기가 야키소바 색으로 물든다. 소스에 면을 더해 가볍게 비벼주면 완성이다.

부엌에서 거실로 접시를 옮기고, 젓가락과 보리차를 챙기면 준비 끝. 테이블 위에 굴러다니는 누나 앞으로 온 '3학년 I반 동창회 알림'에 소스라도 튀었다가는 무슨 소릴 들을지 모르니 편지꽂이로 치웠다. 자, 마음 편히 먹어볼까? 그렇게 두 손을 모으고 젓가락을 든 순간 전화벨이 울렸다.

벽시계를 보니 시간은 때마침 7시 반, 딱 저녁 식사 시간에 전화하다니 이렇게 무례할 데가. 어차피 지금은 집에 나 혼자뿐이라 전화를 받아도 상대가 찾는 인물이 있을 가능성은 적다. 벨 소리를 무시하고 김이 모락모락 나는 야키소바를 먹으려 했지만, 전화라는 건 참으로 귀찮은 존재라 무시하면 묘한 죄책감이 든다. 해야만 하는 일이라면 간략하게, 나는 짤막한 한숨을 내뱉고 젓가락을 내려놓은 뒤 자리에서 일어나 수화기를 들었다.

"여보세요."

"여보세요. 오레키 친구……."

아버지나 누나를 찾는 전화일 줄 알았는데, 수화기에서 귀에 익은 목소리가 들려왔다. 목소리와 기척으로 감을 잡았는지 점잔을 빼던 상대방의 목소리도 평소대로 돌아왔다.

"호타로?"

"그래."

"아이쿠, 다행이다. 네가 받을 줄은 몰랐어. 누님이 받으면 뭐라고 해야 하나 걱정했네."

후쿠베 사토시에게는 좋은 결과지만 내게는 좋지 않다.

"미안하지만 너하고 일 초 이야기할 때마다 야키소바가 식어."

"뭣, 야키소바가! 비극이잖아!"

그렇다, 비극이다.

"이해했냐. 그럼 용건을 말해."

의미심장한 웃음이 들려왔다.

"호타로한테 휴대전화가 있었으면 이런 고생도 안 하는데. 아니, 미안, 이런 말을 하려는 게 아니었어. ……같이 산책이나 하자고. 혹시 다른 볼일 있어?"

밤에 마실 다니는 타입이 아니라 저녁 식사 후에 외출하는 일은 거의 없다. 그렇지만 전혀 없는 것도 아니다. 기억을 더듬어보니, 그래, 전에도 한번 사토시와 밤에 산책을 했다. 다시 시계를 흘깃 보았다. 야키소바를 먹어치우는 데 어림잡아 십오 분, 옷을 갈아입고 준비하는 데 플러스 알파.

"없다. 8시에는 나갈 수 있어."

"그래, 잘됐다. 데리러 갈까?"

나와 사토시의 집 위치 관계를 머릿속에 그려보았다. 그쪽에서 불러낸 거니 이리로 오라고 하면 오겠지만 뭐, 굳이 심술을 부릴 이유도 없다. 서로의 집에서 대략 중간 지점이면서 찾기 쉬운 장소를 기억 속에서 더듬어보았다.

"……아카하시 다리에서 만나자."

"좋네. 야키소바가 더 식으면 미안하니 나머지는 만나서 얘기하자. 그럼."

아쉬운 기색이나 변변한 인사도 없이 전화는 뚝 끊겼다. 이야기가 길어지면 내가 불편할까 봐 그런 거겠지만 미련 없는 모습이 사토시답다.

테이블로 돌아가니 역시나 야키소바는 겉이 식어 있었다. 하지만 폼으로 정성 들여 볶은 게 아니다. 한두 번 위아래로 뒤섞어주니 다시 뜨끈한 김이 피어올랐다.

엷은 구름 사이로 달빛이 쏟아지고, 축축한 바람이 주택가를 빠져나간다. 울 소재 셔츠를 입고 나왔는데 밤바람을 맞아도 이제는 더울 것 같아 집으로 되돌아가 면 셔츠로 갈아입었다.

면바지 주머니에는 반지갑이 들어가지 않는다. 가방을 들고 가기도 귀찮고, 그렇다고 빈손으로 나가면 예기치 못한 사태가 발생했을 때 사토시에게 신세를 져야 할지도 모르니 지갑에서 천 엔짜리 지폐를 두 장 꺼내 가슴 주머니에 넣었다. 면바지 주머니에는 엄지손가락을 찔러 넣고 약속한 8시에 집을 나섰다. 가미야마 시는 해가 일찍 져서 주택가의 좁은 길은 쥐죽은듯 고요했다.

그리 서두르지 않아도 약속한 아카하시에는 십 분이면 충분히 갈 수 있다. 아카하시赤橋는 별칭이지만 다리가 붉게 칠해져 있다는 알기 쉬운 이유로 붙은 별명이 입에 붙다 보니 진짜 명칭은 다들 잊어버렸다. 근처에 은행과 신용금고, 우체국이 있어서 낮에는 비교적 붐비는 곳인데, 밤에는 이렇게 인적이 드문지 몰랐다. 가로등에 비친 붉은 다리에는 아무도 없었다. 이상하다, 사토시가 먼저 도착했을 줄 알았는데. 주위를 둘러보는데 뒤에서 누가 갑자기 어깨에 손을 툭 올려놓았다.

"……좋은 밤."

놀라지 않았다고 하면 거짓말이지만 소스라칠 정도는 아니었다. 다리 주변에 아무도 없는 걸 보고 무의식중에 사토시의 기습을 예감하고 있었는지도 모른다. 나는 뒤도 돌아보지 않고 짤막하게 말했다.

"여."

"시시하긴. 좀 맞춰주면 어디 덧나?"

내 앞으로 돌아온 사토시는 웃고 있었지만 그 미소는 어딘가 씁쓸했다. 눈도 마주치지 않고 아카하시로 눈길을 돌리며 물었다.

"그나저나 어디로 갈까?"

"알아서 정해."

밤에 산책해본 적이 별로 없어 어떤 코스가 인기 있는지 모른다. 사토시는 고개를 갸웃거렸다.

"마을 중심가 쪽으로 조금 더 가면 이것저것 많겠지만……. 선도에 걸릴까 봐 환락가에 들어갈 수도 없고."

"그렇겠지, 총무 위원회 부위원장님."

"우회도로변까지 나가면 스물네 시간 영업하는 패밀리 레스토랑이 있는데."

멀다. 자동차 아니면 최소 자전거는 있어야 갈 수 있다. 사토시도 진심으로 한 소리는 아닌지 걸음을 떼며 말했다.

"뭐, 그냥 한 바퀴 돌까?"

그래도 아무 상관 없다.

사토시는 아카하시를 건너 상류를 향해 좁은 강변길을 걸었다. 장맛비가 흘러들었는지 강물이 불어 물소리가 요란했다. 이 주변은 가로등이 없어 주택 창문에서 새어 나오는 불빛이나 이따금 구름 뒤로 숨어버리는 달빛에 의존해야 한다. 그렇지만 내 눈도 어둠에 꽤 익숙해졌다. 낡은 널벽에 뚫린 구멍이나, 양조장 처마에 매달려 있는 요즘 보기 드문 삼나무 방울*이나, 망해버린 목욕탕 앞에 붙은 폐점 안내를 구경하며 느긋하게 밤거리를 걸었다.

호안 공사를 한 양쪽 강가의 비탈은 언뜻 돌담처럼 보였다. 기슭에는 가로수가 즐비했는데 몇 그루는 애타게 햇빛을 찾느라 그런지 강물에 뛰어들 기세로 줄기가 휘어 있었다. 나는 문득 발길을 멈추고 가로수 한 그루에 손을 얹었다. 나무껍질은 거칠고 잎은 차조기만큼 컸다. 이건 벚나무다. 이 부근은 벚꽃의 명소이니 특히나 걷기 편한 이 길은 꽃철에는 틀

---

* 양조장에서 새 술을 담갔다는 소식을 알리기 위해 입구에 다는 삼나무 잎으로 만든 구체 모양의 장식물.

림없이 많은 인파로 붐볐을 것이다. 하지만 지금 길을 거니는 사람은 나와 사토시 둘뿐, 꽃이 떨어진 나무는 유심히 들여다 보지 않으면 벚나무인 줄 분간하기도 어렵다. 허망하지만 어쩔 수 없다. 철이 지났으니까.

줄기에서 손을 떼고 물었다.

"그래서 용건이 뭐야?"

당연하지만 사토시는 나와 밤 산책을 즐기고 싶은 게 아니다.

우리의 친분은 그럭저럭 오래됐지만 깊지는 않다. 휴일에 약속을 잡아 만나는 일도 거의 없거니와 함께 등하교하는 것도 어쩌다 타이밍이 맞을 때뿐이다. 그런 사토시가 갑자기 산책하자고 불러내다니 심상치 않은 용건이 있는 게 분명하다. 게다가 내일까지 기다릴 수 없을 만큼 긴급한 일이거나, 누가 들을지 알 수 없는 학교에서는 말할 수 없는 비밀이거나, 둘 중 하나이리라.

평소의 사토시는 짐짓 에둘러 말할 때가 많은데 오늘밤은 그렇지 않았다.

"곤란한 문제가 있어."

나는 다시 걸음을 떼면서 말했다.

"귀찮은 일은 사양이다."

"그건, 글쎄다……. 적어도 내가 상당히 복잡한 입장에 처한 건 사실이야. 하지만 무엇보다 복잡한 사정은 내가 끌어안고 있는 이 문제가 호타로하고는 아무 상관도 없다는 것이지."

사토시의 표현을 이해하지 못한 나는 눈썹을 찌푸렸다. 사토시는 어깨를 으쓱 움츠렸다.

"다시 말해 이해관계가 없는 호타로에게 도움을 청해야 하는 입장이라 복잡해."

"오호라. 네 고민을 들어주는 건 내……."

"'안 해도 될 일은 하지 않는다'라는 좌우명에 어긋나는 거지."

원칙적으로 사토시의 우려는 타당하다고 할 수 있겠으나 나는 이미 설거지도 하지 않고 밤거리에 나와 있다. 나와는 상관이 없어 보인다고 이야기도 들어보지 않고 기각할 정도라면 집에서 야키소바 소스가 눌어붙은 프라이팬을 닦고 있을 것이다.

"뭐, 말이나 해봐."

사토시는 고개를 끄덕였다.

"그럼 감사히. 오늘 학생회장 선거가 있었던 건 알지?"

"……그래."

겨우 몇 시간 전 일인데 듣기 전까지 잊고 있었다. 수업과 종례가 전부 끝난 뒤에 전 회장 구가야마 무네요시의 임기 만료에 따른 학생회장 선거 투표가 있었다.

가미야마 고등학교 규정으로 회장 선거 운동 기간은 일주일이다. 그 기간 동안 입후보자는 교내에 포스터를 붙이고 전교 회의에서 연설을 하고, 점심시간에 방송부가 중계하는 토론회에 나가 주절주절 떠든다. 그런 선거 활동은 어제로 끝났고, 오늘은 투표만 했다.

"후보 기억해?"

사토시의 질문에 나는 기억을 더듬었다.

"두 명…… 아니, 세 명이었나."

쓴웃음이 돌아왔다.

"이름을 물은 건데 설마 사람 수로 대답할 줄은 몰랐네. 두 명이야. 하지만 보통은 그 정도밖에 모르겠지. 우리 학교는 동아리 활동은 유난히 활발하지만 학생회 쪽은 눈에 띄지도 않고."

"하긴. 후보는 둘 다 2학년이었나?"

"그건 기억하네. 당연히 2학년이지, 사월에 갓 입학한 1학년이나 입시를 앞둔 3학년은 보통 나오지 않아."

그렇군, 이유를 들어보니 지당한 말이다.

"D반 오바타 하루토하고 E반 조코 세이이치로의 일대일 승부였어. 호타로는 투표만 하고 끝이었겠지만 나는 개표에 관여했어."

가미야마 고등학교 학생회 선거 운영에 관심은 없지만 어라 싶었다. 재주 많고 취미 많은 후쿠베 사토시는 재미 삼아 여러 단체에 가입해 있다. 구체적으로는 고전부와 수예부, 그리고 1학년 때부터 지속해온 총무 위원회에서는 어울리지도 않게 부위원장이란 역할을 맡고 있다. 그리고 내가 아무리 조직이라는 구조에 둔하다지만 가미 고에 선거관리위원회가 있다는 사실 정도는 기억한다.

"선관위는 어쩌고?"

적절한 질문이라는 듯 사토시가 웃었다.

"물론 투표함 관리나 개표는 선거관리위원회가 할 일이지. 내가 맡은 건 입회인이야. 교칙에 실린 선거 규칙에 따르면 개표에는 학생이 둘 이상 입회해야 한다고 적혀 있어. 입회인 자격은 선관위도 입후보자도 아닌 가미 고 학생이기만 하면 되니까, 옛날에는 지원자가 입회한 적도 있었대. 하지만 내가 입학했을 때는 이미 총무 위원장과 부위원장이 맡는 게 관례였어. 뭐, 일일이 사람 구하기도 귀찮을 테지."

청산유수로 말하는데 매끄러운 설명이 되레 수상쩍다. 어쨌거나 사토시가 하는 말이다……. 그러자 의심하는 속마음이 전파를 타고 전달되었는지 사토시가 덧붙였다.

"정말이야! 사토시, 정직한 사람, 거짓말 안 해!"

"알았어. 그래서?"

"개표에 문제가 있었어."

흠.

"현재 가미야마 고등학교 총 학생 수, 즉 유권자 수는 1049명이야."

내가 입학했을 때 1학년 총학생수가 여덟 개 반 350명이었으니, 세 학년을 합하면 그쯤 되리라.

사토시는 과장스럽게 한숨을 쉬었다.

"그런데 집계해봤더니……. 1000 하고, 86표가 나왔어."

"……왜?"

무심코 묻고 말았다. 표가 모자라다면 이해한다. 누가 기권한 걸 테니까. 하지만 더 많다니? 사토시는 심각한 표정으로 고개를 끄덕였다.

"영문을 모르겠어. 결석이나 조퇴한 학생, 기권자를 고려하면 표가 한참 모자라도 상관없지만 유권자 수보다 투표수가 더 많으니 이건 실수나 사고로 치부할 수 없어."

사토시가 잠시 말을 끊었다가 덧붙였다.

"누군가 악의를 가지고 저지른 일이야."

나는 아무 말도 하지 않았다.

사토시의 말대로 지금 들은 이야기만으로도 실수로 벌어진 일이라고 생각하기는 어렵다. 악의라는 표현은 과하고, 작은 호기심으로 친 장난일지도 모르지만 누군가 어떤 방법으로 표를 늘린 것은 사실이리라.

"솔직히 선거 결과는 두 후보 사이에 백 표 가까운 차이가 벌어져서 부정하게 늘린 표가 백지였더라도, 어느 한쪽 후보를 찍은 표였더라도, 당선자는 바뀌지 않아. 하지만 실제로 선거에 부정이 있었던 이상, 선거관리위원회는 재선거를 치를 수밖에 없다고 생각하고 있어……. 부정투표를 저지른 인물, 범인이라고 불러도 되겠지? 그 범인이 누군지는 별 관심 없어. 관계자도 제대로 파악 못 하고 있으니 어차피 범인도 찾지 못할 거야. 꼭 알아야 하는 건 범인이 부정투표를 저지른 방법이야."

"……."

"곤란하게도 투표용지는 관리가 허술해서, 누구나 정규 투표 용지를 만들 수 있었어……. 잘라낸 종이에 도장만 찍으면 그만이고, 도장은 회의실에 굴러다녔으니까. 하지만 집계할 때 그걸 어떻게 몰래 집어넣었는지 모르겠어. 가미야마 고등학교 학생회장 선거 시스템에는 어딘가 구멍이 있어. 그걸 막지 않는 한 똑같은 일이 반복될 우려도 있고, 설령 표면상으로는 별 탈 없이 재선거를 치른다 해도 그중 얼마는 부정표일지도 모른다는 의혹을 떨칠 수 없어."

"그렇겠지."

"나도 고민깨나 했는데, 막다른 길에 막혀서 도저히 모르겠어. 그래서 늦은 밤에 미안한 줄 알면서도 호타로에게 전화를 한 거야."

사토시가 말을 끊었다.

그게 다라면 대강의 사정은 이해했다. 나는 머리를 긁적이며 구름 사이로 달이 고개를 내민 하늘을 올려다보고, 다시 시선을 발밑으로 떨어뜨리고 말했다.

"돌아가는 게 낫겠다."

똑바로 뻗은 좁은 강변길을 따라 다리를 두 개 건너 상류로 향하고는 있다. 어디까지 거슬러 올라갈 수 있을까? 이 강의 원류를 찾는 모험을 나서기에는 너무 늦은 시간일까?

사토시는 예상 못 한 바는 아니라는 듯이 말했다.

"돌아간다라……. 역시 조금 억지스러운 부탁이었나?"

억지라고 생각하지는 않지만 방향을 잘못 짚었다. 사토시도 뻔히 알 텐데 굳이 말로 하라는 걸까?

"뭐, 누군가에게 말하는 것만으로도 생각이 정리되기도 하니까 나한테 말하는 건 상관없어. 하지만 그러려면 내일 해라. 설거지를 못 해서 그냥 내버려두면 온 집안에 소스 냄새가 진동할 거야."

"이미 늦은 것 아냐?"

그럴지도 모른다. 돌아가면 문을 모조리 활짝 열어야겠다.

앞쪽에서 불빛이 다가왔다. 이쪽으로 달려오는 자전거 불빛이었다. 자전거가 지나갈 때까지 나도 사토시도 입을 열지 않았다.

이윽고 사토시가 말했다.

"내일이면 늦어. 내일 아침까지 뭐든 힌트가 필요해."

"늦어도 방과후까지는 선거 결과를 발표해야 할 테니 사정은 이해해. 하지만 그건 선관위가 할 일이잖아."

나는 작은 한숨을 토했다.

"네가 나와는 다른 차원의 장난기로 수예부나 총무 위원회에 가입한 줄은 알았지만, 부위원장이 되었다는 말을 들었을 때는 조금 놀랐어. 위원회 활동은 반쯤 재미 삼아 하는 줄 알았으니까. 설마 임원을 맡을 줄은 몰랐는데, 뭔가 심경의 변화라도 있었던 거냐?"

"으음, 뭐, 그래."

"그렇군. 다행이라고 해야 하나? 어쨌거나 네가 위원회 활동에서 책임을 져야 하는 입장이 되었다고 해도, 그 문제를 내게 의논하는 건 곤란해. 아니면 가미 고 학생의 일원으로서 내게도 선거제도를 유지할 책임이 있다고 말할 셈이야?"

쓴웃음이 돌아왔다.

"그런 전체주의적 발언은 할 수 없지. 내 성격에는 차라리 관료제가 더 맞아."

"그렇지? 후쿠베 사토시로서 이야기하는 거라면 밤 산책에 어울려주는 것도 재미있지만, 부위원장으로서 의논하는 거라면 위원회에 들고 가."

사토시는 그다지 마음 상한 기색은 비치지 않았지만 그렇다고 농담 같지도 않게 어딘가 서운한 기색으로 말했다.

"거참, 단호하구나."

확실히 배려가 조금 부족한 표현이었을지도 모르지만 그것도 사토시 탓이다. 원칙적인 이야기밖에 하지 않으니 나도 도와줄 이유가 없다는 원칙적인 이야기로 대꾸할 수밖에 없다.

원칙론의 응수가 한바탕 끝나자 나는 옆을 힐끗 보며 말했다.

"그래서 뭘 숨기고 있는 거야?"

"숨기다니, 무슨 소리야?"

사토시의 설명에는 수상한 표가 늘어나 있었다는 문제를 제외하더라도 이상한 점이 두 가지 있다. 하나는 지금 내가 지적한, 이 문제를 어째서 내게 의논했는가 하는 점이지만 더 근본적인 의문점은 다른 쪽이다.

"시치미떼지 마. 선거는 선관위 문제잖아. ……그렇다면 애초에 너하고도 상관없는 일 아니야, 후쿠베 부위원장님?"

사토시의 말에 따르면 총무 위원장과 부위원장은 단순히 입회인으로 그 자리에 있었을 뿐이다. 부정선거는 분명 문제지만 어째서 자신이 그 문제를 해결하려 드는지, 이 녀석은 이유를 설명하지 않았다.

관료제가 체질에 맞는다고 말했던 사토시가 순수하게 선거 정의를 실현하려고 직분을 넘어 문제를 해결하려 한다고 생각하기는 어렵다. 선거관리위원회의 권력을 견제하려고 총무위원회에서 문제에 개입하려 한다……? 그런 가설도 성립하지 않는 것은 아니지만 그런 망상은 똘똘 뭉쳐서 가연성 쓰레기 버리는 날에 내놓아도 무방하다. 2학년이 되어 사토시의 심경에 변화가 있었다는 것은 방금 전 본인이 인정했지만 본질적인 심성까지 바뀌었을 리는 없다. 평소 촐랑거리기는 해도 우는소리는 하지 않는 후쿠베 사토시가 밤중에 전화로 고민 상담을 한 이상, 이 이야기에는 내막이 있을 터.

"난 지금 네가 문제를 풀고 싶은 이유를 숨기고 있다고 말하는 거야."

사토시는 작은 쓴웃음을 흘렸다.

"호타로는 못 당하겠어."

나도 웃었다.

"못 알아차리는 게 이상하지. 누가 봐도 이상한 얘기잖아."

"뭐, 그렇지만. 그냥 넘어갈 수 있을까 싶었는데 역시 어렵네."

사토시는 무슨 스텝이라도 밟듯 박자를 맞춰 가뿐히 앞으로 몇 걸음 나가더니 몸을 돌려 내 쪽을 바라보며 뒤돌아 걷기 시작했다.

"의논한답시고 전부 말하지 않은 건 잘못했어. 호타로가 화내는 것도 당연해. 딱히 숨길 만한 사정은 아니지만……조금 그래."

조금 그렇다는 말로는 알 길이 없다고 말하고 싶었지만 하루이틀 알고 지낸 사이도 아니라 인정하기 싫지만 어쩐지 알 것 같았다.

"돌려 말하자면, 선관위원장이 영 호감 가는 타입이 아니라서."

사토시는 깍지 낀 손을 뒤통수에 얹고 설명하기 시작했다.

"하여간 거만해. 고작 고등학교 위원회가지고. 뭐랄까, 문제없이 일하고 있는 사람한테 '꾸물대지 마'라고 한마디 해야 직성이 풀리는 타입. '멋대로 굴지 마'하고 '스스로 판단해'가 입버릇인데, 오늘 개표하는 동안에만 다섯 번은 들었어."

그런 성격을 가진 사람을 본 적이 없는 건 아니지만 같은 또래가 그렇다는 건 금시초문이다. 사토시의 분석이 정확하다면 이 녀석이 가장 거북해할 상대다. 하지만 이어진 말은 이러했다.

"그렇더라도 내게는 상관없는 일이야, 호타로 네 말처럼."

"그렇다면…… 등장인물이 또 한 명 있을 법하군."

"역시 예리하네."

사토시가 엄지손가락을 세웠다.

"1학년 E반 선거관리위원이야. 이름은 몰라. 들은 것 같기도 한데 잊어버렸어. 활달한 아이라 늘 '네!'라고 씩씩하게 대답해. 나하고 맞는 성격은 아니지만 맡은 일은 확실하게 처리하는, 적어도 처리하려고 노력하는 녀석이라는 건 보면 알 수 있어. 깜빡했는데 남자애야. 키는 작아, 꼭 중학생처럼."

"감이 오는군."

"그래? 뭐, 끝까지 들어봐라. 그 1학년의 수완이 어지간히 훌륭했는지, 아니면 그 녀석 학급이 대단히 협조적이었는지는 모르겠지만 개표소로 쓴 회의실에 그 녀석이 가장 먼저 도착했어. 그리고…… 내가 볼 때는 위원장이 제대로 고지를 안 한 것 같은데, 1학년 E반 소년은 절차를 잘못 밟은 거지."

사토시는 보이지 않는 상자를 품에 끌어안는 시늉을 했다.

"호타로도 투표를 했으니 알 테지만 가미 고 선거에서는 전용 투표함에 표를 넣어. 그리고 그 상자를 회의실로 가져가서…… 여기가 중요한데…… 입회인 앞에서 개봉해. 그런데 E반 소년은 입회인인 우리가 오기 전에 상자를 열어서 테이블에 표를 꺼내놓고 말았어."

나는 잠깐 생각해보고 말했다.

"그리 심각한 문제는 아닌 것 같은데."

"나도 그렇게 생각해. 입회인이 할 일은 기껏해야 각 반에 가져갈 투표함이 비어 있는지, 각 반에서 회수한 투표함을 개봉한 뒤에 바닥에 남아 있는 게 없는지 확인하는 일이야. E반 소년이 가져온 투표함이 비어 있는 건 내가 확인했으니 사실 절차를 어긴 것도 아니야. 그런데 선관위원장은 입회인이 없을 때 투표함에서 표를 꺼낸 이상 늘어난 표가 거기서 나오지 않았다는 보장이 없다고 주장하는 거야."

흠.

"절차상의 실수는 그렇다 치고, E반 소년이 범인이라는 건 상당히 억측인데."

"누구나 그렇게 생각해. 나도 그렇고. 하지만 위원장은 그렇게 생각하지 않았어. 다른 건 전부 절차대로 진행되었으니 몰래 부정표를 넣을 기회가 없었다, 그러니 선거 실패의 원인은 E반 소년일 수밖에 없다고 단정짓고, 아무 반박도 못 하는 하급생을 상대로 온갖 욕설을 퍼부었지."

사토시는 말을 끊고 짧게 덧붙였다.

"그 1학년, 울었어."

……그렇군.

다시 말해 사토시는 선거관리위원장에게 한바탕 욕설을 먹고, 자기 실수에 과도한 책임을 떠맡을 처지에 놓인 1학년 E반의 소년, 이름도 모르는 후배를 위하여 누구에게 부탁받은 것도 아니고, 직분도 아닌데, 꼭 그때가 아니더라도 부정표가 끼어들 여지가 있었다고 증명하고 싶은 것이다.

기가 막혀서 이런 말밖에 나오지 않았다.

"너는…… 여전하구나. 그늘에서 정의의 사도가 되려

해."

씁쓸한 웃음이 돌아왔다.

"그러지 마, 그렇게 대단한 게 아니야. 살짝 화가 났을 뿐이지. 그리고 조금 변명하자면 이번 일에서 호타로의 지혜를 꼭 빌리려 했던 건 아니야. 내 능력으로 해결할 수 있는 문제라고 생각했는데 안 되더라. 의외로 물샐틈없어, 우리 학교 선거."

"전에 너하고 밤 산책을 했을 때도 비슷한 상황 아니었나."

"아아……. 그때는 중학교 3학년이었나? 그립네."

나는 후쿠베 사토시를 쳐다보았다. 선이 가늘고 어쩐지 미덥지 못하고, 그렇지만 표정만큼은 당당한, 평소와 다름없는 사토시를.

이 녀석은 다정한 남자도 아니고, 친절하지도 정직하지도 않다. 하지만 겉으로 드러내지 않아도 불의나 부조리에 대한 혐오감은 남들보다 배는 강하다. 나 같으면 '세상이 다 그렇지' 하고 흘려버릴 일에도 눈썹을 찌푸리고, 자기가 할 수 있는 범위에서 문제를 바로잡으려 한다. 마치 세상이 이치대로 흘러가기 때문에 자기가 태평히 지낼 수 있다고 생각하는 것처럼.

어쨌거나 사정은 알겠다. 사토시는 원활한 위원회 활동과 가미 고 선거 정상화를 위해 검토해야 할 과제가 있으니 너도 머리 좀 써보라고 말하는 게 아니라, 억울한 눈물을 흘린 1학년을 위해 선거관리위원장에게 한 방 먹일 수 있도록 도와달라는 것이다.

어째서 그걸 먼저 말하지 않는지 괜히 화가 났다. 밤바람이 한줄기, 스쳐지나갔다.

3

좁은 강변길은 주택 널담에 막혀 직각으로 꺾였다. 길을 따라 걷던 우리 눈앞에 이윽고 삼차로가 나왔다. 지금까지 지나온 산책로가 아니라 중앙선이 있는 편도 1차선 도로가 좌우로 뻗어 조명등 불빛을 받아 붉게 빛나고 있었다. 이 부근에는 평소 올 일이 없지만 지리 감각에 따르면 오른쪽 길은 주택가를 지나 우리가 졸업한 가부라야 중학교로 향하고, 왼쪽으로 가다 보면 번화가가 나올 것이다.

사토시가 걸음을 멈추고 눈짓으로 어느 쪽으로 갈지 물었다. 번화가까지 가면 밤에 돌아다닌다고 걸릴 위험이 높아지지만, 중학교로 가자니 어쩐지 망설여졌다. 여기서는 왼쪽으로 꺾어 번화가 앞에서 다른 길로 가는 게 좋겠다. 걸음을 떼자 사토시도 잠자코 나란히 섰다.

"그래서."

이야기를 다시 잇도록 운을 뗐다.

"네 생각으로는 부정표가 끼어들 기회는 없었다는 거지?"

사토시는 조용히 미소를 짓더니 들릴락 말락 한 작은 목소리로 "정말 미안해" 하고 중얼거리더니 평소의 태평한 목소리로 밤거리에서 외쳤다.

"바로 그거야! 이것저것 생각해봤는데, 오랫동안 이어져 온 만큼 선거 시스템에서 딱히 빈틈을 찾을 수 없었어. 굳이 파헤쳐보면 가능성이 없는 것도 아니지만 조금 억지스러운 것 같아서."

그 억지스러운 가능성을 들어보고는 싶은데, 학생회장 선거가 구체적으로 어떻게 치러지는지 모르는 내가 들어도 과연 알 수 있을까? 지금은 역시 사토시가 무엇을 어떻게 생각하는지 처음부터 차근차근 들어보는 게 낫겠다.

"처음부터 얘기해줘."

"오케이, 그럼 무엇부터 설명할까."

사토시는 팔짱을 끼고 과장스럽게 고개를 갸웃거렸다.

"그래, 이게 먼저겠지. 전제 사항이 있는데, 투표함에는 자물쇠가 달려 있어. 그리고 아까도 말했지만 투표하기 전과 투표함에서 표를 꺼낸 뒤에 상자가 비어 있는지 제삼자가 확인해."

"자물쇠를 잠가놓은 상태에서도 투표함에 표는 넣을 수 있지?"

"물론. 호타로 네가 투표했을 때도 투표함은 잠겨 있었을 거야."

그야 그렇겠지만 사실 확인은 기본이다.

"선거관리위원회는 어제 방과후, 1층 창고에서 투표함을 꺼내 회의실로 운반했어. 특별동 1층 창고니까 호타로도 알지? 평소 대걸레나 왁스 같은 걸 넣어두는 거기야. 투표용지는 어제 이미 학급별로 고무밴드로 묶어서 준비해뒀어. 수업이 끝나자 모든 선거관리위원과 입회인이 회의실에 모였고, 투표함 전달을 담당하는 선관위원이 학급별 선관위원에게 투표함과 투표용지를 건넸어. 알다시피 선거관리위원은 학급별로 남녀 한 쌍이니까 회의실에는 여덟 개 반 곱하기 세 학년 곱하기 두 사람씩 해서 마흔여덟 명, 그리고 입회인 둘을 더해 오십 명이 들어간 셈이지."

"비좁았겠네."

"그야. 투표함을 받은 위원은 상자 속을 입회인에게 보여주고 비어 있는지 확인을 받은 뒤에 열쇠 담당 선거위원이 자물쇠를 잠가주면 회의실 안에서 대기해. 모든 학급의 투표함이 준비되면 위원장의 지시로 각자 교실로 가지고 돌아가."

당연하지만 투표함과 투표용지는 나도 보았다. 낡아서 갈색빛이 감도는 목제 투표함은 보기에도 제법 튼튼한 구조로, 측면에는 당당한 붓글씨로 "투표함"이라고 적혀 있었다. 투표용지는 복사지를 대충 잘라서 만들었는지 내가 받은 용지는 한쪽 변이 미묘하게 비뚤게 잘려 있었다. 분명 선거관리위원회 도장은 찍혀 있었지만 고유 번호 같은 건 없었다.

"선거관리위원이 교실에서 뭘 하는지는 알지?"

"그래."

선거관리위원은 교실에서 투표함을 교탁에 내려놓고 칠판에 분필로 후보자 이름을 적은 뒤 투표용지를 나눠주었다. 투표할 후보의 이름을 다 썼거나 기권표를 내기로 결정한 학생부터 차례로 투표함에 표를 넣었고, 누가 표를 넣을 때마다 선관위원은 준비한 용지에 '正' 자로 총 투표수를 세었다.

가급적 말을 자르고 싶지 않았지만 혹시 모르니 짚고 넘어가기로 했다.

"출석자 수를 파악하는 것도 선거관리위원이 할 일이지?"

사토시는 고개를 가로저었다.

"그건 세지 않는다고 들었어. 중요한 건 총 학생 수와 총 투표수라나 봐."

흠. 확실히 듣고 보니 몇 명이 결석하든 선거관리위원의 소임하고는 상관없어 보인다.

"규정으로는 투표 시간인 삼십 분 동안 기다렸다가 마지막으로 자기 표를 넣고 투표함을 회의실로 가져오게 되어 있는데, 실제로는 그보다 빨리 돌아오는 위원이 많아. 학급 전원이 투표했는지 확인만 되면 굳이 기다릴 필요가 없으니까. 그 점은 조금 엉성한데, 관례가 그렇다니 할말이 없지."

뭐, 모든 학급에서 한꺼번에 투표함이 몰리면 번잡하기도 하겠지.

"그런 이유로 위원들은 삼삼오오 회의실로 돌아와, 우선 몇 학년 몇 반 투표함이 돌아왔는지 리스트에 체크를 해. 열쇠 담당이 투표함 자물쇠를 열면 선관위원은 투표함에 든 표를 테이블에 쏟아. 그 테이블은 책상 몇 개를 붙여서 깔개를 씌운 건데, 작업대로 써. 입회인이 투표함이 비었는지 확인하면 빈 투표함은 회의실 구석에 차곡차곡 쌓아놓아. 투표함을 창고에 돌려놓는 건 이튿날 이후야. 서두를 필요가 없으니까. 테이블 위에 표가 어느 정도 쌓이면 학급별 투표 경향을 알 수 없도록 일단 뒤섞은 다음에 열 명쯤 되는 개표 담당에게 표를 나눠줘. 이번 선거에서 개표를 맡은 담당자들은 '고바타 하루토', '조코 세이이치로', '무효표'라고 적힌 세 개의 서류함에 표를 분류해. 뭐, 수는 빤하니 금방 끝나. 스무 표를 클립으로 집어 한 묶음으로 만드는데, 비슷한 타이밍에 한 묶음을 만든 다른 개표 담당과 교환해서 서로 숫자를 세고 한 묶음에 스무 표가 맞는지 확인하면 그걸 입회인에게도 보여줘."

"확실히 치밀하네."

"그렇지?"

어째서 거기서 네가 뿌듯해하는 거냐, 방금 전에 총무 위원회하고는 상관없다고 실컷 얘기하고서.

"그런 다음 집계 담당이 화이트보드에 숫자를 기입해. 개표가 끝날 때까지 시간으로 따지면 사십 분쯤 걸렸나. 당선자가 정해졌다 싶었을 때 어디선가 총 투표수가 이상하다는 말이 나왔고 난리가 났지."

갑자기 나직한 엔진 소리가 들려오더니 차도 별로 다니지 않는 도로를 스포츠카 한 대가 맹렬한 속도로 지나갔다. 타이어 소리를 내며 커브를 도는 차를 싸늘한 시선으로 쳐다보며 사토시가 한숨을 쉬었다.

"지금 말한 과정을 내 눈으로 직접 봤어. 테이블에 쏟은 표는 항상 여러 사람이 보고 있어서 도저히 누가 손댈 여지가 없었어. 그러니 개표 작업중에 부정표가 생겼을 리는 없어. 그렇다면 처음부터 투표함에 들어 있었다고 생각할 수밖에 없잖아?"

"그렇겠지, 하지만……."

"그래, 맞아. 알다시피 가미야마 고등학교의 한 학급 학생 수는 대략 마흔서너 명이야. 늘어난 부정표도 약 마흔 표. 혹시 어느 반 투표함에 집중적으로 부정표가 들어 있었다면 다른 상자의 두 배 가까운 표가 나온 셈이 돼. 투표함에서 표를 꺼내는 순간에는 딱히 주목하지 않았지만 두 배나 되면 누군가는 눈치챘을 거야."

두 배가 아니었다면?

수업이 끝나고 줄곧 고민했다는 말마따나 사토시는 그 경우도 고려하고 있었다.

"부정표가 어느 한 반의 투표함에 집중적으로 들어 있었다는 건 억지스러워. 그럼 두 반에 걸쳐서 들어 있었다면? 음, 그것도 눈에 띌 것 같아. 부정표를 세 반으로 나눠보면 어떨까? 열 반으로 나누면 한 반에 네 표 정도만 늘어나는 거니까 눈치채기 어려울지도 몰라."

"그럴지도 모르지만 그럼 그 열 반의 투표함에 누가 어느 타이밍에 부정표를 넣었는가 하는 문제가 남겠군."

"응."

사토시는 고개를 끄덕이더니 태평한 얼굴로 말했다.

"뭐, 솔직히 말해 범인은 선거관리위원회 안에 있겠지."

"어이, 1학년 E반 소년을 돕고 싶은 것 아니었어?"

"그 1학년은 아닐 테지. 하지만 그렇게 생각할 수밖에 없잖아. 투표함을 조작할 수 있는 건 선관위뿐이니."

분명 선관위원이라면 투표함을 운반할 때 몰래 표를 넣기도 쉽겠지만…….

"네 가설대로라면 여러 명의 선거관리위원이 결탁해서 각자 맡은 투표함에 조금씩 부정표를 넣었다는 뜻이 돼. 이론적으로는 가능할지 모르지만 정말 그런 일이 있을 수 있을까?"

"그래서 아까 말했잖아, 억지스럽다고. 한두 사람이면 또 몰라도 아홉 명, 열 명씩이나 모여서 그런 계략을 꾸몄다고 생각하는 건 비현실적이야."

사토시는 거기까지 말하고 손뼉을 딱 쳤다.

"그런 이유로 두 손 두 발 다 들었어. 부정표를 투표함에 넣을 방법은 알아냈지만 그게 사실이라고 가정하면 선거관리위원회 내에 어둠의 조직이 존재한다는 걸 인정해야 해. 어둠의 조직 같은 건 없다고 가정하면 어디서 어떻게 표를 더 집어넣었는지 짐작도 안 가. 기한은 내일 아침이지만 검증할 시간을 생각하면 오늘밤 안에 어떻게 그런 일이 가능했는지 윤곽을 파악하고 싶어. 사면초가, 나도 모르게 호타로에게 전화를 건 거야."

4

밤거리를 거니는 우리 앞에 붉은빛이 있었다. 나와 사토시는 동시에 걸음을 멈추고 지금까지 나눈 이야기를 잠시 잊고 따뜻한 불빛에 시선을 빼앗겼다. 기분 탓인지 바람에도 이질적인 공기가 섞여 있는 듯하다. 사토시는 불빛을 똑바로 쳐다보며 고개 한번 돌리지 않고 입만 벌려 말했다.

"출출하지 않아?"

나는 말없이 붉은 초롱에 적힌 "라면"이라는 까만 글씨를 지긋이 바라보았다.

아직 번화가가 나오려면 한참 멀었는데 설마 이런 곳에 함정이 있을 줄은 몰랐다. 밤의 가미야마 시는 위험이 가득, 착한 어린이는 머리끝까지 이불을 폭 뒤집어쓰고 냉큼 멋진 꿈나라로 날아가야 했다.

“나쁜 짓은 삼가자.”

“……그러네. 나쁜 짓은 좋지 않지.”

삼 분 후, 우리는 비좁은 카운터에서 어깨를 맞대고 나란히 앉아 있었다. 메뉴표는 간결해서 라면, 차슈면, 완탕면, 그리고 만두와 공깃밥, 맥주가 전부. 나는 라면을, “실은 저녁을 못 먹었거든” 하고 변명한 사토시는 완탕면과 공깃밥을 주문했다. 우리가 주문하자 두터운 가슴팍에 다갈색 얼굴, 하얀 수건을 머리에 두른 가게 주인이 단전에서 끌어낸 듯한 우렁찬 목소리로 “예이!” 하고 대답했다.

가게 안은 전체적으로 기름에 절어 원래는 하얬을 벽지도 누르스름했지만 낡기는 했어도 지저분하지는 않았다. 다른 손님도 있었지만 때마침 나가서 지금은 우리 둘뿐이었다. 컵에 따라준 찬물을 한 모금 마시고 짧은 숨을 토했다. 습도 높은 계절에 습도 높은 장소를 지나왔는데도 생각보다 목이 말랐다.

“호타로는 이 가게에 와봤어?”

손이 심심한지 후추 통을 만지작거리던 사토시가 그렇게 물었다.

"아니. 넌 와봤지?"

"어, 아니. 처음이야. 여기에 이런 가게가 있는 줄도 몰랐어. 호타로가 당당하게 들어가길래 영락없이 단골인 줄 알았는데."

"네가 들어가자고 해서 영락없이 단골 가게인 줄 알았는데."

우리 말소리가 들렸는지 주인아저씨가 굵직한 목소리로 쩌렁쩌렁 말했다.

"걱정 마, 후회 안 해!"

카운터에 팔꿈치를 얹고 커다란 환풍기 소리를 의식하며 멍하니 있으려니 사토시가 중얼거렸다.

"누가 범인인지 관심은 없지만…… 어째서 이런 짓을 했을까?"

"글쎄……. 그러게."

"학생회장은 어차피 하는 일도 없어. 행사 때 앞에 나가서 학생 대표로 연설하는 게 다야. 교칙 개정 운동이라도 하고 있다면 회장 선출을 두고 옥신각신할 수도 있겠지만, 이번 선거를 방해한들 아무 득도 없잖아."

그거야말로 본인에게 물어보기 전에는 모를 일이다. 다만.

"억측이라도 괜찮다면 얼마든지 있는데."

"궁금하군."

"범인은 선거를 너무 좋아한 나머지 한 번 더 치르고 싶었다."

"허어어."

"선거를 너무 싫어한 나머지 심술을 부리고 싶었다."

"오호라."

"학생 자치를 허황된 수작으로 보고, 학생회장 선출이 얼마나 무의미한지 전교 학생들에게 따지고 싶었다."

"테러네."

"후보자 옹립 준비가 끝나지 않아 재선거를 유도해 시간을 벌고 싶었다."

"후보자 접수 기한은 이미 끝났으니 그건 아니야."

"선관위원장이 마음에 들지 않아 선거를 망쳐서 새하얗게 질린 얼굴을 구경하고 싶었다."

사토시는 피식 웃었다.

"부정할 수 없는 게 무섭다. ……동기는 모르겠네. 테러설은 매력적이지만."

"짝사랑을 이루어주는 주문이라거나."

주인아저씨가 좁은 가게 면적에 비해 거대한 냉장고에서 끈으로 묶어둔 차슈를 꺼내 식칼로 썰면서 "학생들한테는 서

비스다"라고 말했다. 차슈를 더 넣어줄지도 모른다, 기대해 보자.

살짝 마음에 걸리는 점을 물어보았다.

"선거관리위원은 마흔여덟 명이라고 했지?"

사토시가 후추 통을 양념 선반에 도로 넣어놓고 뺨을 괴며 대답했다.

"응. 세 학년이고 학년마다 여덟 반, 두 명씩이니까."

"그런데 개표는 열 명 정도만 한다고 했지."

사토시는 둥근 의자를 돌려 내 쪽으로 몸을 살짝 돌렸다.

"열 명이지만 한 사람당 백 표 정도만 확인하면 되니까 일손이 모자란 것도 아니고, 개표는 공간을 많이 잡아먹으니까. 모두 매달리려면 체육관이 필요해."

"역할 분담은 어떻게 돼?"

"어, 그러니까……."

사토시가 팔짱을 끼고 끙끙거렸다.

"마흔여덟 명 중에서 절반은 투표함 담당이야. 투표함을 들고 교실에 갔다가 투표가 끝나면 가지고 돌아와. 역할은 투표함에서 표를 꺼내는 것까지, 일을 끝낸 다음 거의 다 회의실에서 나갔어."

"마지막까지 지켜보지는 않아?"

"그런 위원도 있었어. 1학년 E반 소년도 그중 한 명이야. 하지만 강요받아 남았던 건 아닌 것 같았어."

"그 밖에는 투표함 전달하고 열쇠 담당이 있다고 했지?"

"투표함을 전달하는 위원은 두 명이야. 아까도 말했지만 투표용지를 전달하는 역할도 겸해."

"투표함은 몇 학년 몇 반으로 가는 상자인지 정해져 있어?"

"아니, 위원들이 대충 줄을 서면 가까이 있던 상자부터 건네줘. 다만 투표용지는 달라. 위원들이 학년과 반을 말하면 그 학급에서 쓸 용지를 나눠주지."

아까 사토시도 말했지만 가미야마 고등학교의 한 학급 학생 수는 대략 마흔서너 명. 물론 약간의 차이는 있다. 모자라면 문제가 크니 미리 수를 파악했을 것이다. 결석이나 조퇴한 학생이 생기면 투표용지가 남겠지만 용지 여분은 이번 부정 문제하고 상관이 없다.

"투표용지도 투표함을 전달하는 위원이 만드나?"

사토시는 고개를 갸웃거렸다.

"나는 당일에만 입회해서……. 하지만 투표 인원이 천 명을 넘으니 용지를 혼자서 만들었을 리는 없어. 당연히 여럿이 분담해서 만들었겠지. 종이를 자르고 선거관리위원회 도장을 찍으면 돼."

"그 도장이 문제야. 부정표에도 도장은 찍혀 있었다면서?"

"그래. 처음에도 말했지만 표는 간단히 위조할 수 있었어."

모든 표에 선관위 도장이 찍혀 있었기 때문에 이번 사건이 부정투표가 된 것이다. 만약 증가한 표에 날인이 없었다면 단순히 이물이 섞인 것으로 끝날 일이다. 부정표를 넣은 인물은 사전에 투표용지를 위조했어야 한다. 만약 범인을 찾아내고 싶다면 이 부분이 돌파구가 될지도 모른다.

하지만 사토시가 궁금해하는 1학년 E반 아무개 군의 명예를 회복시켜줄 정보는 범인의 이름이 아니라, 어디까지나 부정표가 혼입된 경로다. 진범을 알아낼 수 있으면 좋겠지만 어쨌거나 우리에게는 명부는 물론이고 일손도 없을뿐더러 권한도 없다. 할 수 없는 일은 하지 않는 것이 합리적인 자세다.

"열쇠 담당은?"

질문을 바꾸자 대번에 대답이 돌아왔다.

"열쇠가 하나밖에 없어서 한 명이 맡았어. 투표 전에 스물네 개 학급의 투표함을 잠그고, 투표가 끝나고 스물네 개 학급의 투표함을 열었지."

"굉장히 한가한 역할로 들리는데……."

"실제로 한가해 보였어. 호타로에게 어울리는 일일지도 모르겠다."

글쎄다. 하는 일은 거의 없는데 대기 시간은 유난히 길고, 더군다나 책임은 막중하니 다른 의미로 피곤할 것 같다. 나라면 극구 사양할 테다.

"마흔여덟 명 가운데 스물네 명이 투표함 담당, 두 명이 투표함 전달 담당, 한 명이 열쇠 담당, 열 명이 개표 담당이라."

"그 밖에는 위원장이 한 명, 부위원장이 두 명, 화이트보드에 기록하는 집계 담당이 두 명 있었어."

"역할이 없는 사람이 여섯 명 있네."

"몇 명은 잡무와 회의실 정리를 했어. 그거 아닐까?"

사토시가 몸을 쑥 내밀었다.

"이걸로 마흔여덟 명이 선거일에 맡았던 역할을 대강 알았네. 유력한 단서가 될까?"

"글쎄……. 그건 모르겠지만 지금 나눈 대화는 대단히 유익했어."

"오, 어째서?"

그때 간장 냄새를 솔솔 풍기는 라면이 내 앞에 놓였다. 가늘고 고불고불한 면, 국물은 맑은 간장색이고 차슈는 두 장,

죽순도 두 줄기, 그릇 가운데에는 신선한 초록색을 뽐내는 데친 시금치가 소복이 쌓여 있었다.

"라면 대령이오!"

나는 나무젓가락을 들어 시원하게 갈랐다. 끝까지 깔끔하게 쫙 갈라진 젓가락을 눈높이로 들어올리고 말했다.

"기다리는 시간도 잊었네."

"……면 붇겠다, 먼저 먹어."

"그럴게."

잘 먹겠습니다.

후회하지 않을 거라는 주인아저씨의 말은 옳았다. 괜한 기교를 부리지 않은 대중적인 간장 라면은 다소 짭짤했지만 그게 오히려 라면을 먹었다는 만족감으로 이어졌다. 지금까지 라면에 시금치를 넣어본 적이 없었는데 막상 먹어보니 어째서 넣지 않았었나 싶을 정도로 잘 어울렸다. 그리고 장점인지 단점인지 판단하기 어렵지만 어떻게 만들었는지 국물이 유난히 뜨거웠다. 사토시의 완탕면도 금방 나왔다.

"앗, 뜨거!"

"진짜 뜨겁네!"

우리는 작은 비명을 지르며 라면을 후루룩 삼켰다. 정신없이 절반쯤 먹어치우고 숨을 돌리는 틈을 타서 사토시가 젓가락을 든 채로 나를 흘깃 쳐다보았다.

"그나저나 전혀 상관없는 말인데……."

면이 맛있다. ……라면의 면이 맛있다고 생각해보기는 처음이다. 아니, 맛이 아니라 식감의 문제일까?

"듣고 있어?"

"듣고 있어."

"완탕 맛있어."

"좀 내놔."

"싫어. 지탄다도 입후보 권유를 받았다는 건 알고 있었어?"

젓가락을 든 손을 멈칫했지만 계속 놀렸다.

"……금시초문인데."

사토시는 완탕을 후후 불어 후룩 삼켰다.

"인지 중학교에서도 유명했다고 하고, 진데 부근에서는 알아주는 명문가 아가씨잖아. 성적도 뛰어나고 사교성도 좋아. 교감 선생님이 나가보지 않겠느냐고 타진했다는 소문도 있어. 축제 소동으로 발판을 다진 지명도는 히나 축제 보도로 껑충 뛰어올랐지. 부족한 건 집행부 활동 성적뿐이래."

그야 고전부 부장은 전교 활동 실적으로 쳐주지 않을 테니.

"그 녀석을 그리 잘 아는 건 아니지만……."

뜨거운 국물이 촉촉하게 밴 면을 집어 자연히 식기를 기다렸다.

"실무 능력이 뛰어난 타입은 아닐 텐데."

"문집 제작도 마야카가 도맡아 했으니까. 하지만 그것과 똑같아. 회장에게는 인망만 있으면 그만, 실무는 주위에서 처리하면 된다고 볼 수도 있어."

예쁘기만 한 꼭두각시란 건가. 고작 고등학교 학생회장에 상징적인 의미를 찾으려 하다니 농담으로밖에 들리지 않는데, 거만한 선거관리위원장이 있을 정도니 무슨 일이 벌어져도 이상하지는 않을 것이다.

"뭐, 그렇지만 지탄다는 입후보하지 않았어."

"그래. 호타로 말처럼 체질에 맞지 않는다고 생각한 것 같아. ……하지만 학생회장이라는 경험이 장래에 도움이 될지 궁금해했던 모양이야."

"도움…… 추천 입학 말이냐?"

학생회장 경력이 있으면 대학 추천 입학이 쉬워진다는 말은 들은 적이 있다. 지탄다가 대학 입시를 내다보고 학생회장 입후보를 검토했다니 어울리지는 않지만.

사토시는 쓴웃음을 지으며 고개를 저었다.

"설마."

"역시."

"언젠가 지탄다가를 이어받았을 때 가미 고를 대표했던 경험이 도움이 될지도 모른다……. 그런 의미였던 모양이야."

면이 사라지고 말았다. 그릇을 들어 훌훌 마시고 싶지만 국물이 아직 뜨겁다. 나는 멍하니 설거지를 하는 주인아저씨와 김이 피어오르는 커다란 솥을 바라보았다.

후계자라. 배경과 상식이 너무 달라서, 지탄다를 둘러싼 상황을 구석구석 실제로 보게 된 지금도 실감이 나지 않는다. 요즘 세상에 그런 일이 정말 있을까, 그렇게 생각하고 만다. 하지만 지탄다에게는 후계자라는 말이 바로 현실이다.

"하……."

완탕을 후루룩 삼킨 사토시가 멍하니 맥없는 목소리로 중얼거렸다.

"난 뭐가 될까."

두 손으로 다시 그릇을 들었다가 무게와 열기에 들어올리길 재차 포기했을 때, 후추 통 옆에 손님용 스푼이 있는 것을 발견했다. 재빨리 집어 국물을 듬뿍 떠올렸다.

"변호사는 어때?"

"변호사?"

진귀한 동물 이름이라도 들은 것처럼 사토시가 얼빠진 소리를 냈다.

"하하, 그 발상은 어디서 튀어나온 거야!"

이 가게의 라면, 마음에 든다. 다음에는 완탕면도 먹어봐야지. 사토시가 먹는 게 맛있어 보인다. 국물을 너무 가득 떴더니 스푼에서 흘러넘쳐 튈 것 같아 손을 꼬물꼬물 움직였다.

"정의의 사도니까."

"아니, 그건 호타로 너 혼자 하는 말이고."

"먼저 떠오른 게 변호사였던 것뿐이야. 그것 말고는 그래, 어둠의 영웅은 어때. 어둠을 타고 악당을 싹둑."

"하하……."

사토시는 메마른 웃음을 흘리고 다시 완탕면에 집중했다. 먹는 속도는 비슷했지만 사토시는 공깃밥도 있어서 조금 더 걸릴 것 같다.

손님은 우리뿐이었던 라면 가게에 벌건 얼굴로 양복을 차려입은 두 사람이 들어왔다. 주인아저씨가 "여, 어서옵쇼!" 하고 외쳤다. 두 사람은 술에 취했는지 유난히 떠들썩하게 외쳤다.

"라면, 두 그릇!"

“맥주도. 주인 양반, 뭐 안줏거리 없소?”

대번에 시끌벅적해진 가게 안에서 나는 사토시가 중얼거리는 소리를 들었다.

“생각도 안 해봤는데……. 나쁘지 않군.”

혹시 내가 어둠의 영웅을 만든 건 아니겠지.

5

라면 가게를 나서자 유월의 미적지근한 밤바람이 불어와 붉은 초롱을 흔들었다. 사토시가 고민을 들어준 상담료라며 라면값을 내려 했지만 나는 그 제안을 거절했다. 상담료라니! 나를 뭘로 보고. 사토시는 이런 점이 좋지 않다. 이런 경우를 대비해 천 엔짜리 지폐를 챙겨 오길 잘했다.

움직일 때마다 가슴 주머니 속에서 동전이 짤랑거렸다. 사토시는 사방을 둘러보더니 손목시계를 보았다.

"생각보다 시간이 늦었네. 역시 슬슬 돌아가는 게 나을까? 이런 시간에 불러내서 미안했어."

"괜찮아, 어차피 할 일이라곤 설거지하고 욕실 청소밖에 없었어."

"……혹시나 물어보는데, 역시 화났어?"

"아니, 전혀. 돌아갈 거면 바래다줘, 혼자서는 무서워."

마지막 농담은 의외로 반응이 좋았다.

올 사월, 뜻밖의 사정으로 사토시는 우리집을 찾았다. 두세 번씩 온 건 아니니 정확한 경로를 기억하지는 못할 테지만 방향은 대충 알겠지.

"오케이, 그럼 가자."

사토시가 앞장서서 걸음을 뗐다.

라면 가게에서 우리집까지는 인도가 있는 넓은 길로 가면 찾기 쉬울 듯했다. 흐릿한 도로 조명등 불빛에 겨울의 환한 불빛을 떠올리니 계절이 여름으로 다가가고 있음을 실감했다. 소형 순찰차가 차들이 끊긴 도로를 달려왔다. 적어도 나는 흠칫 놀랐는데, 순찰차가 멈춰 서 청소년의 야간 배회를 야단치는 일은 없었다.

"조금 생각해봤는데."

나는 그렇게 말을 꺼냈다.

"어느 타이밍에 투표용지를 투표함에 넣었는지 고민하면 벽에 부딪혀. 투표 전에 투표함을 점검하는 이상, 용지를 미리 넣어두었다고 생각할 수는 없어. 애초에 한 상자에 마흔

장이나 더 넣어두면 눈에 띄고, 열 상자에 네 장씩 나눠서 넣어두려면 조력자가 많아야 해."

아까 사토시가 했던 말의 반복이지만 사토시는 진지하게 수긍했다.

"맞아. 나도 거기서 막혔어."

"그럼 발상을 바꾸는 수밖에 없어."

유권자 수를 초과한 표들은 어디에서 들어왔나?

어디에 들어 있었나?

사토시가 별안간 소리를 질렀다.

"그래! 지금 생각났는데, 처음부터 테이블 위에 깔려 있었다는 건 어때?"

"가능한 일이야?"

겨우 그 한마디의 반론에 사토시의 기세는 무참히 꺾이고 말았다.

"아니. 절대 불가능해. 수많은 사람들이 지켜보는 테이블 위에 보이지 않는 표가 있었던 게 아니라면."

"보이지 않는 표는 없었잖아. 하지만 어쩌면 보이지 않는 위원은 있었을지도 모르겠군."

사토시가 눈썹을 찌푸렸다.

"……무슨 소린지 물어봐도 돼?"

"물론."

인도를 따라 망한 주유소 앞을 가로질렀다. 콘크리트로 만든 널찍한 공간이 텅 비어 있는 풍경은 묘하게 불안감을 불러일으킨다.

나는 말했다.

"선거 절차를 들어보니 큰 허점이 두 개 있어. 거길 노리면 나도 부정표를 집어넣을 수 있었을 거야."

한마디할 줄 알았는데 사토시는 잠잠했다. 내 말을 방해하지 않으려는 건지도 모른다. 그렇다면야. 뒷말을 이었다.

"하나는 교실에서 투표함을 가지고 돌아온 선거관리위원의 신원 확인이야. 다른 항목은 투표함이 비어 있는지 확인하는 과정도 그렇고, 스무 장의 표가 한 묶음이 맞는지 확인하는 과정도 그렇고, 여러 명이 체크를 해. 하지만 '몇 학년 몇 반 투표함이 돌아왔다'는 정보의 확인은 그렇지 않아. 네 설명이 정확하다면 그건 자진 신고로 넘어갔어."

사토시는 '위원들은 삼삼오오 회의실로 돌아와, 우선 몇 학년 몇 반 투표함이 돌아왔는지 목록에 체크를 한다'고 했다.

"아마 단순히 학급 이름이 적힌 목록에 동그라미나 가위표를 기입하는 방식이겠지. 다 같은 선거관리위원이라도 모두가 서로의 얼굴을 기억할 리는 없어. 가령 내가 2학년 A반 투표함을 들고 회의실에 가서 목록에 체크를 해도 큰 의심은 사지 않을 테지."

사토시의 목구멍에서 나직한 신음이 흘러나왔다.

"……그건 호타로 말이 맞을지도 몰라. 확실히 투표함을 들고 회의실에서 나간 학생과 돌아온 학생이 동일 인물이라는 확인은 하지 않았어."

"중요한 건 표니까. 극단적으로 말해서 누가 투표함을 운반하든 선거 자체에는 상관없어. 학급 목록이 있는 이유도 어디까지나 모든 학급에서 투표함이 회수되었는지 나중에 확인할 목적이겠지."

"그래."

사토시가 심각한 얼굴로 끄덕이더니 말을 이었다.

"중요한 건 표야. 호타로가 지적한 허점은 작지 않지만 어느 타이밍에 표가 늘어났는가 하는 의문의 답은 되지 않아."

"그래서 또 다른 허점이 중요한 거야."

오늘 방과후, 선거에 앞서 선거관리위원이 투표함을 받는 모습을 상상해보았다. 낡았지만 튼튼한 갈색 상자다.

"어느 상자가 어느 반 투표함인지 정해두지 않는다고 했지."

"맞아, 그랬댔어."

사토시는 아까 '위원들이 대충 줄을 서면 가까이 있던 상자부터 건네준다'고 말했다.

"그게 문제가 돼?"

"상자가 랜덤인 것 자체는 문제가 안 돼. 어느 반 투표함이 돌아왔는지 자진 신고제로 확인한 데서도 문제는 찾아볼 수 없어. 하지만 이 두 가지를 조합해보면 어떻게 될까?"

사토시는 팔짱을 끼고 구름 낀 하늘을 올려다보며 말없이 걸었다. 전봇대에 부딪힐 뻔한 것을 소매를 끌어 붙잡았다.

"호타로 넌 투표함을 들고 회의실로 돌아온 학생이 선관위원이 아니었을지도 모른다고 말하고 싶은 거지? 하지만 그것과 투표함을 무작위로 건네준 것 사이에 무슨 상관이……."

"조금 빗나갔어. 난 그런 말을 하고 싶었던 게 아니야."

사토시에게 퀴즈를 내는 것도 아니니 답을 질질 끌 이유는 없다. 질문을 되풀이하는 것은 머릿속 생각이 얽히지 않도록 차근차근 말하고 싶기 때문이다.

"난 선관위가 아닌 인물이 어느 반에도 속하지 않은 투표함을 반입해도 시스템상으로는 걸러낼 수 없었다고 말하고 싶은 거야."

잠시 당혹스러워하던 사토시가 눈을 휘둥그레 떴다.

"세상에, 호타로, 그건 쉬운 일이 아니야."

사토시가 설명해준 가미야마 고등학교 학생회장 선거 시스템은 표를 잘못 세거나 놓치는 경우에 대해서는 만반의 대책이 마련되어 있다. 하지만 가짜 선거관리위원이 가짜 투표함을 들여왔을 경우를 상정하면 대책이라 부를 만한 수가 존재하지 않는다.

"아니, 잠깐만."

사토시가 손바닥을 들어 가로막았다.

"그건 이상하잖아. 분명 선관위는 완장 하나 차지 않으니 위장하기 쉽지만 투표함은 어떻게 해? 얼마나 오래전부터 써왔는지는 모르겠지만 그 투표함은 한눈에 봐도 골동품이야. 하루아침에 준비할 수 있는 물건이 아니란 말이야. 새 상자를 들고 온 학생이 있었다면 아무리 그래도 누군가 눈치챘을 거야."

사토시가 잠시 말을 끊었다가 덧붙였다.

"게다가 회의실에서 표를 꺼낸 투표함을 몰래 가져가서 위조한 표를 넣어 태연한 얼굴로 다시 돌아오는 것도 불가능해. 표를 비운 투표함은 회수해서 회의실에 쌓아놓으니까. 상자가 없는 한 그 방법으로 부정을 저지르지 못해."

"그래. ……요컨대 이번 선거에 쓰인 스물네 개의 투표함

외에 붓으로 투표함이라고 적은, 갈색이 감돌고 자물쇠가 달린 상자만 있으면 그만이라는 뜻이야."

"그런 상자가 어디 있는데?"

어디라니, 그야…….

"특별동 1층 창고겠지."

투표함은 평소 거기에 보관한다고 했으니까.

사토시는 답답해죽겠다는 듯 발이라도 동동 구를 기세였다.

"거기에는 이번 선거 때 사용할 투표함이 있었어. 호타로 네가 말하는, 부정에 사용된 투표함이 있었던 장소가 아니야."

나도 답답했다. 그 창고에 투표함이 딱 스물네 개만 있었을 리 없다. 어째서 통하지 않는 건가…… 싶은 순간, 그 이유가 머릿속을 스쳤다. 그런가, 사토시 잘못이 아니다. 이건 가정환경의 문제다.

"누나 앞으로 엽서가 왔어."

"어?"

뜬금없는 화제가 튀어나오자 사토시는 어리둥절해했다.

"어, 아아, 응. 누님 잘 지내셔?"

"덕분에. 대학으로 돌아가서 지금은 집에 없어. 그런데 누나 앞으로 엽서가 와서 귀찮아. 돌아올 때까지 눈에 잘 띄는 곳에 둬야 하니까."

"……수령지를 바꾸면 되잖아?"

온몸에 충격을 느꼈다. 그런가, 그 방법이 있었나, 우편물 수령지를 바꾸면 그만이구나. 어째서 몰랐을까.

"호타로?"

"아니, 미안, 좀 놀라서. 그리고 이게 핵심인데 그 엽서, 동창회 안내장이었어."

뭐가 핵심이냐는 듯이 사토시가 불만스럽게 말했다.

"야."

"3학년 1반."

투박한 RV 자동차가 경쾌한 힙합 소음을 흩뿌리며 달려갔다. 사토시는 열 손가락을 펼쳐 하나씩 꼽았다. A, B, C, D…….

"그런가. 아홉 반이구나."

나는 고개를 끄덕였다.

"가미야마 고등학교가 각 학년 여덟 반 편성인 건 지금 이야기야. 예전에는 아홉 반, 어쩌면 열 반이었던 시절도 있었을지 몰라. 내년부터는 일곱 반으로 줄고, 언젠가는 여섯 반이 될 수도 있겠지."

"그래, 당연해. 학생…… 아이들 수는 바뀌니까. 하지만 학교는 남아 있지."

우리는 가미야마 고등학교를 우리가 있는 현재 상태 그대로 인식한다. 그건 틀리지 않지만, 가미 고는 내가 다니든 말든 존재한다. 과거 한 학년에 아홉 반이었을 때도 학생회장 선거는 했을 테고, 낡은 투표함 상태로 보건대 그 시절부터 같은 상자를 썼다고 생각해도 무방하리라.

반이 줄 때마다 상자를 버렸을 리는 없다. 언제 다시 한 학년에 아홉 반이 생길지 모르니까.

"특별동 1층 창고에는 지금보다 학생들이 많았던 옛날에 썼던 투표함이 잠들어 있어. 범인은 그걸 알고 상자를 꺼내 부정표를 넣어, 선관위를 가장하고 회의실로 반입한 거야."

"회수한 학급을 표시하는 목록에는 아무것도 적지 않았어. 상자가 잠겨 있었어도 열쇠 담당이 갖고 있던 열쇠로 열렸겠지."

"열쇠는 하나뿐이니까, 투표함에 달린 자물쇠는 전부 그 열쇠로 열 수 있다고 봐도 무방하겠지. 내일 아침 일찍 회의실에 가서 투표함 수를 세어봐. 스물다섯 개면 그게 증거야. 상자를 창고에 돌려놓을 시간은 없었어. 일찍 갈 수 있으면 어쩌면 증거를 은폐하려는 범인과 맞닥뜨릴지도 모르겠군."

과거에도 학교는 있었고, 그때 사용되었던 투표함이 남아 있다는 것을 안다면 부정선거 트릭을 꿰뚫어 보기란 그리 어렵지 않다. 내게는 가미야마 고등학교를 졸업한 누나가 있기 때문에 학교 역시 시간의 흐름 속에 존재한다는 것을 깨달을 수 있었지만 사토시에게는 여동생밖에 없으니 알아차리는 게 늦은 것이다. 그뿐이지만 영 기분이 좋지 않다. 시간이 흘러간다는 건 이미 알고 있었던 사실인데 '아니, 사실 그 의미를 너는 제대로 알지 못했던 것 아닌가?'라는 말을 들은 기분이다.

"너무 상자 속만 들여다봤나 봐. ……뭔가 모자랐네."

사토시가 그런 소리를 했다. 묘하게 암시적인 말에 어깨를 움츠리자 가슴 주머니에 든 동전이 맞부딪혀 짤랑거렸다.

6

나중에 사토시에게 들은 바에 따르면 그날 밤 바로 우리가 세운 가설을 전달받은 총무 위원장은 그것을 선거관리위원장에게 알렸다. 선관위원장은 끝까지 1학년 E반 소년이 수상하다고 고집을 부렸지만 회의실에 남아 있던 투표함이 정말 스물다섯 개였던 탓에 주장을 철회했다고 한다.

학생회장 선거는 시스템의 허점을 보완한 후 재투표를 치렀다. 그 결과, 조코 세이이치로가 새로운 학생회장의 자리에 올랐다. 점심시간에 전교 방송으로 흘러나온 취임 연설에서 새 회장은 선거 트러블에 대해서는 한마디도 언급하지 않았다.

부정표를 넣은 범인은 새벽에 스물다섯 번째 상자를 회수하러 왔다가 붙잡혔다. 이름도 묻지 않았고, 동기도 모른다. 사토시 왈, "여기서부터는 선관위가 할 일이지, 난 모르는 일이야"라고 한다.

나도 그 의견에는 전적으로 찬성한다.

002

비치지 않아 거울에는

1

시작은 일요일이었다.

그날, 나는 물건을 사러 나갔다. 촉이 뭉개진 G펜을 살살 달래가며 썼는데 그것도 슬슬 한계다. 모자란 스크린 톤도 채우고 싶고, 어디선가 잃어버린 구름자도 새로 살 작정이었다. 그래서 단골 잡화점에서 이것저것 산 다음 외출한 김에 전자제품 가게에도 들렀다. 언젠가는 컴퓨터로 그림을 그리고 싶어 값이나 알아볼 생각이었다.

컴퓨터 가격이 많이 떨어졌다고는 해도 용돈으로 사기에는 여전히 비쌌다. 펜 태블릿까지 갖추려면 아무리 생각해도 그림의 떡이다. 후쿠라면 싸게 살 수 있는 방법을 알지도 모르지만 반값이라 해도 역시 벅차다. 디지털 이행은 장래의 꿈으로 남겨두고 가게를 나서는데 낯익은 얼굴을 발견했다.

"이바라 아냐? 오랜만!"

상대방은 나를 한눈에 알아보았지만 나는 알아보는 데 조금 시간이 걸렸다. 중학교 때 같은 반이었던 이케히라다. 머리카락을 염색하고 화장을 하고 있어 바로 알아보지 못했다.

중학교 때 이케히라는 학급의 중심에 녹아들려고 항상 노력했던 친구로 딱히 요란한 차림을 즐기지는 않았다. 분위기가 조금 바뀌었다고 느낀 것은 머리카락 색이나 화장 때문만은 아닐 것이다.

"아, 오랜만."

그렇게 말하며 손을 흔들었다. 이케히라와 딱히 사이가 좋았던 건 아니지만 그렇다고 나빴던 것도 아니다. 중학교 3학년, 일 년 동안 얼굴을 맞대고 살았던 수많은 친구들 중 하나. 오랜만에 만나니 역시 반갑긴 했다.

"뭐해?"

"컴퓨터 사고 싶어서."

"와. 어떤 걸 사려고?"

"음. 비싸서 다음에나 사야겠어."

"맞아, 너무 비싸."

이케히라는 요란하게 맞장구를 치더니 내가 손에 든 봉투를 쳐다보았다.

"뭐 샀어?"

"아, 응."

갑자기 물으니 말문이 턱 막혔다. 내가 만화를 그린다는 건 중학교 때 친구들에게는 비밀이다. 그 사실을 아는 사람은 후쿠하고 오레키, 그 외에는 손에 꼽을 정도. 나쁜 짓을 하는 건 아니지만 알려서 좋을 일은 없다. 보여달라고 조르기라도 하면 잘해야 민망한 거고 자칫하면 이상한 사람 취급이다.

"문구야."

거짓말은 아니다.

두루뭉술한 대답이었는데 이케히라는 묘하게 진지한 표정으로 끄덕거렸다.

"아, 그랬지. 이바라 너 똑똑했지."

중학교 때였다면 그 말을 곧이곧대로 받아들이지 못했으리라. 좋은 성적에 대한 콤플렉스와 나쁜 성적에 대한 콤플렉스가 뒤엉켜 묘하게 껄끄러웠을 것이다.

하지만 지금 이케히라는 다른 뜻 없이 그 말을 했고, 나도 곡해 없이 그 말을 받아들일 수 있었다. 내가 똑똑하다고 생각하지는 않지만 이케히라가 다니는 곳보다는 들어가기 어려운 고등학교에 입학한 것은 사실이니 겸손하게 굴어도 아니꼬울 뿐이다. 중학교를 졸업한지 일 년도 넘었다. 이런 대화를 자연히 나눌 수 있게 된 것만 봐도 서로 조금은 성장했는지 모른다.

물론 봉투 속에 든 건 공부에 쓸 도구가 아니라 특수한 문구지만. 이케히라를 속인 것 같아 조금 미안했다.

"이케히라도 쇼핑?"

"응. 저렴한 비디오카메라를 찾고 있는데, 예산보다 천 엔 비쌌어."

"카메라?"

"응!"

밝은 목소리다.

"나, 지금 밴드하고 있는데 혼자만 서툴러서 비디오로 찍어서 연습해볼까 하고. 나, 노력파거든!"

만화에 국한된 얘기지만 '하고 싶다'고 말만 할 뿐 연습하지 않는 아이들은 수도 없이 봤다. 그에 비하면 이케히라는 분명 노력파다.

"응. 굉장하다. 파트는 뭐야?"

"베이스. 그런데 지금 보컬이 빠져서……."

말하던 이케히라의 표정이 순식간에 환해졌다.

"그래! 이바라, 너 노래 잘했지? 지금 동아리 활동해?"

삼천포도 유분수지!

내가 노래를 잘한다는 착각은 대체 어디서 나온 걸까? 짐작 가는 원인은 합창 대회에서 파트 리더를 맡았던 것뿐인데 그건 할 사람이 없어서 그랬던 거다. 나는 황급히 설명했다.

"응, 하고 있어. 방과후에도 이래저래 바빠. 집에서도 할 일이 있고. 게다가 나 노래 잘 못 해."

"흐응. 그래? 체육계 동아리?"

"아니. 문예계. 네가 아는 애도 있어."

"어, 누구?"

"후쿠베도 있고…… 오레키도."

별 뜻 없이 이름을 댔다.

그러자 이케히라가 도끼눈을 번쩍 떴다. 아차, 후회했지만 이미 때는 늦었다. 이케히라가 버럭 외쳤다.

"오레키! 걔가?"

그리고 무슨 오해를 했는지 안쓰럽다는 듯이 말했다.

"그렇구나……. 오레키가 있구나. 최악이네."

"아, 응."

이케히라는 목소리를 더 낮추어 속삭였다.

"무슨 동아리인지는 모르겠지만……. 너무 그러면 쫓아내버려. 내가 할 수 있는 일은 없지만, 도와줄 사람도 있을 거야."

목구멍까지 튀어나온 말을 꿀꺽 삼키고 말없이 끄덕이는 수밖에 없었다.

그리고 두어 마디 나누고 헤어졌는데, 돌아오는 길에 나는 오레키에 대해 생각하지 않을 수 없었다.

이케히라의 반응이 과한 것이 아니다. 그해, 가부라야 중학교 3학년 5반에 있었던 사람은 오레키 호타로를 경멸할 이유가 있다. 아니, 그렇게 말한다면 그해 졸업생 모두 그럴 이유가 있다고 해도 과언이 아니다.

잊고 있었던 건 아니다. 하지만…….

시원한 강바람을 맞으며 천천히 걸었다. 그 문제가 불거진 건 졸업 직전이었지만 일월이나 이월은 아니었다. 정확히 기억나지는 않지만 아마 십일월 하순이 아니었을까.

2

가부라야 중학교에는 매년 졸업생들이 함께 졸업 작품을 만드는 관습이 있다.

해마다 다른 걸 만드니 수십 년 지나다 보면 당연히 소재도 바닥난다. 우리 바로 위 선배들은 '식목'이었다. 무슨 묘목을 이백 명쯤 되는 졸업생이 손에서 손으로 전달해 마지막 학생이 땅에 심었다. 그걸 '모두 함께한 졸업 작품'이라 불렀으니 아무리 너그럽게 봐줘도 결국 장난이다.

그 주제를 어떻게 결정하는지는 모른다. 돈이 드는 일이니 아마 교무 회의로 정하겠거니 상상할 뿐이다. 어쨌거나 전년의 결과를 반성했는지 우리 학년에서는 조금 더 그럴싸한 작품을 만들게 되었다.

"대형 거울이 좋다는 의견이 나왔어."

반장 호소지마가 그렇게 말했을 때, 다들 귀신에 홀린 표정이었다. 거울을 직접 만든다는 생각도 못 했고, 방법도 몰랐기 때문이다.

반장을 맡을 정도였으니 부끄럼을 타지는 않았지만 호소지마는 얼굴이 금세 달아오르는 체질이었다. 그때도 얼굴을 물들이며 이야기를 풀어 다시 말했다.

"어, 그러니까 커다란 거울의 틀을 만들 거야."

설명을 정리하자면 이러했다.

높이가 이 미터쯤 되는 대형 거울에 목제 장식 틀을 두른다. 학급별로 분담해서 그 나무틀에 조각을 새긴다. 완성하면 부조 장식에 둘러싸인 거울이 오래오래 가부라야 중학교 학생들을 비추게 된다.

거울이라는 선택에 대해서는 뭐라 평가할 수 없었다. 있으면 편리하기야 하겠지만 왠지 몇 년 안에 괴담 소재가 될 것 같기도 했다.

실제 작업은 일단 전체 디자인을 정하는 것부터 시작했다.

"디자인은 2반 다카스가 할 거야."

그 말을 듣고 납득했다. 시에서 주최한 미술 대회에서 은

상을 받은 다카스 아미는 운동회 때도 마스코트를 그렸다. 우리 학년에서 그림 잘 그리는 학생이라고 하면 먼저 생각나는 아이들 중 한 명이다.

다카스의 디자인을 몇십 개로 분할해 다섯 반에 골고루 배분한다. 각 반에서 다시 학생들에게 배분하면 각자 조각을 하고 마지막에 그 조각들을 짜맞춰서 완성한다.

그리 번거로운 작업은 아닐 듯했다. 어쨌거나 우리는 고등학교 입시를 앞두고 있었다. 십이월쯤 되면 슬슬 신경도 곤두설 시기다. 너무 어려운 작업은 난처하다는 게 우리의 솔직한 심정이었다. 이의 한마디 없이 졸업 작품 제작에 들어갔다.

다카스의 디자인은 평범했다. 길게 뻗은 포도 넝쿨이 거울을 휘감고 있었다. 군데군데 잎이 우거졌고 포도송이도 탐스럽게 열려 있다. 무당벌레나 나비가 그려진 부분도 있고, 작은 새도 몇 마리 날아다녔다. 말이 그렇지 사실 전체 디자인은 완성한 후에나 알게 되었다. 처음에 우리가 받은 것은 가로세로 십 센티미터짜리 판자와 배당된 부분의 밑그림뿐이었다.

우리 조는 거울 왼쪽을 장식할 조각을 맡았다. 호소지마가 말하길, 거울 위아래 부분은 디자인이 복잡하지만 좌우는 그 정도는 아니라고 했다. 그래서 의논한 결과 위아래를 맡은 조는 한 장, 좌우를 맡은 조는 두 장의 조각을 새기기로 했다.

건네받은 두 장의 밑그림 중 하나는 부드럽게 휜 넝쿨과 싱싱하게 위로 뻗은 잎사귀로 구성되어 있었다. 이쪽은 비교적 쉽다. 다른 한쪽에는 넝쿨에 열린 포도를 쪼아먹고 있는 작은 새가 그려져 있었다.

남학생들이 불만을 토했다.

"왜 우리만 새를 파야 하는 거야?"

"쟤들은 넝쿨만 파면 그만이잖아? 때려치워."

말은 거칠었지만 그 아이들이 하는 말에도 일리가 있었다. 우리 조가 받은 밑그림은 다른 조에 비해 확실히 복잡했기 때문이다. 작업량을 불공평하게 배분했다는 그 아이의 주장은 옳았다.

하지만 이런 반론도 성립한다.

"처음부터 공평하게 배분한다는 말은 없었잖아."

실은 내가 그렇게 말했다.

"어차피 너희는 파지도 않을 테니 입다물고 있어."

이 말을 빌미로 남학생들은 얌전해졌다. 그 아이들은 내심 조각을 파지 않아도 된다고 기뻐했을 것이다. 그런 태도에 화가 나지 않는 것은 아니지만 복잡한 디자인, 짧은 제작 기간,

눈앞에 닥친 입시라는 여러 조건을 고려하면 조각 솜씨가 서툰 남학생에게 작업을 맡기기는 불안했다.

예전에 후쿠는 내가 중시하는 가치는 '완벽함'이 아니라고 했다. 굳이 내 입으로 설명하기 싫어 그때는 흘려들었지만 지금 되새겨보니 역시 후쿠는 나를 잘 아는 것 같다. 졸업 작품의 작업 분담이 공평하지 않다는 사실을 나는 부자연스러운 줄 모르고 그대로 받아들였다.

다행히 나는 조각에 그럭저럭 재주가 있었고, 우리 조에는 나 말고도 미시마라는 미술부 여학생도 있었다. 그 아이의 특기는 동판화였지만 조각도를 다루는 솜씨도 나보다 뛰어나 가로세로 십 센티미터 판자 두 장쯤이야 둘이서 파면 식은 죽 먹기였다. 작업 기간 동안 우리의 수험 공부에 차질이 생기는 건 사실이지만.

미시마하고는 그때까지 그리 가깝게 이야기해본 적이 없었다. 나도 남의 말 할 처지는 아니지만 미시마는 사람을 대할 때 벽을 치는 타입이었기 때문이다. 하지만 졸업 작품 때문에 서로 돕는 열흘 사이, 우리는 제법 많은 비밀을 털어놓았다. 나는 언젠가 만화가가 되고 싶다는 꿈을 말했다. 미시마는 그 꿈을 비웃지 않았다. 경솔하게 띄워주지도 않았다. 그 아이는 미소를 머금으며 "많이 힘들겠지?"라고 했다.

작은 새는 거의 대부분 미시마가 팠다. 그런데 대체 무슨 새였을까?

"참새 아닐까?"

"설마 참새일까?"

"그냥 참새라고 하자."

우리는 안일한 대화 끝에 그것을 참새라고 불렀다. 지금 생각하면 벌새가 아니었을까?

적어도 내게 그 졸업 작품은 좋은 추억이다.

사소한 문제도 있었다. 완성 직전에, 그때까지 우리 근처에는 얼씬도 하지 않았던 남학생 하나가 트집을 잡았다.

"이런 건 잘하는 애가 도맡아서 한다고 될 일이 아니잖아. 추억을 만드는 거니까 서툴러도 참가하는 데 의의가 있는 것 아니야?"

그러는 것이었다.

그러면 처음부터 말하지 그랬어, 완성의 기쁨만 나눠달라니 뻔뻔하기는. 하고 싶은 말은 많았다. 하지만 지금보다도 더 완곡하게 말할 줄 몰랐던 그 시절의 나는 한마디로 끝내버렸다.

"바보 아냐?"

그렇게 우리는 무사히 두 개의 조각을 완성했다. 내가 맡은 부분과 미시마가 맡은 부분에 완성도의 차이는 있었지만 일단은 밑그림대로. 만족스러운 결과였다.

다른 조도 저마다 어떻게든 조각을 완성해냈다. 휘휘 굽어 돌돌 말린 넝쿨이나, 판자를 절반 넘게 차지한 커다란 포도가 차례로 모였다.

이윽고 제출일이 다가왔다.

문제가 생긴 것은 그날이었다……. 끝까지 제출하지 않고 있던 조가 말도 안 되는 조각을 내놓은 것이다.

그 조가 맡은 조각은 거울 아래쪽을 장식할 부분이었다. 다카스의 디자인은 옆으로 펼쳐진 굵은 넝쿨이 아래로 뻗어 나가다가 포물선을 그리며 올라오는 그림이었다. 아래로 뻗은 넝쿨의 끝은 날카롭고 비죽했다. 위아래로 출렁거리는 넝쿨을 자연스럽게 파는 작업은 쉬운 일이 아니지만 우리의 '참새'에 비하면 비교도 안 되게 쉬웠을 것이다.

하지만 그 아이들이 제출한 판자에는 가로로 뻗은 넝쿨 한 줄밖에 없었다. 아니, 심지어 넝쿨로 보이지도 않았다. 판자 중앙에 막대기를 하나 덜렁 파놓은 것 같았다.

디자인 밑그림을 완전히 무시한 성의 없는 조각. 그 조각을 받은 호소지마의 낯빛이 새빨개진 것을 기억한다. 당연히 호소지마는 고함을 쳤다.

"무슨 생각이야? 솜씨가 문제가 아니야, 디자인을 무시하다니!"

한편 그 조각을 제출한 남학생은 이 세상에 이보다 더 시시한 일이 없다는 표정으로 말했다.

"왜, 휘어 있으면 귀찮잖아."

그것이 오레키의 졸업 작품이었다.

새로 팔 시간은 없었다. 장식 틀은 거울 납품 전에 조립해야 했기 때문이다. 오레키가 조각한 부분도 그대로 쓰는 수밖에 없었다.

조각을 조립하는 작업에는 나도 참가했다. 장소는 체육관. 우선 바닥에 신문지를 까는 일부터 시작했다. 신문지를 널찍하게 깔고 거기에 각 반에서 모은 조각들을 늘어놓는다. 조각에는 일련번호가 달려 있으니 순서대로 늘어놓기만 하면 된다.

틀을 모두 배치하고 나면 조각들을 접착제로 붙인다. 강력 접착제라 위험하다는 이유로 그 과정은 선생님들이 맡았다. 장갑을 끼고 붓을 든 선생님이 허리를 굽혀 조각들을 붙여갔다. 나를 비롯해 조립 작업에 참가한 학생들은 그 모습을 서서 지켜보았다. 해가 짧은 겨울철이라 밖이 이미 캄캄했던 게 기억난다. 눈발도 흩날리고 있었다.

이윽고 접착제를 다 바른 선생님이 천천히 허리를 펴며 말했다.

"자, 다 됐다."

접착제가 마를 때까지 섣불리 건드리면 안 된다. 우리는 그대로 서서 신문지 위에 놓인 장식 틀을 굽어보았다. 처음부터 그럴 거라 예상은 했지만 조립 작업에 이렇게 많이 매달릴 필요는 없었다.

다만 그 자리에 있던 학생들은 말로는 표현할 수 없는 성취감을 공유했던 것 같다. 옆 반 남학생들이 속닥거리는 소리가 들렸다.

"나쁘지 않네."

"그러게."

실제로 중학생이 만든 것치고는 제법 훌륭했다.

완성한 장식 틀에서 특히나 나와 미시마가 맡은 부분은 자화자찬할 수 있을 만큼 훌륭해서, 나는 꽤 만족스러웠다. 주변 조각들보다 튀어 보일 정도였다. 회심의 역작이라고 할 만했다.

반면 수십 개의 조각들 중에는 솜씨가 서툰 부분도, 대충 판 부분도 있었다. 넝쿨만 튀어나오게 해야 하는데 바탕을 덜

파서 거기만 볼록해 보이는 조각. 포도송이를 그물처럼 대충 표현한 조각. 넝쿨과 잎사귀가 이어지지 않아 이 잎은 어떻게 떠 있는 건가 고개를 갸웃거리게 되는 조각도 있었다. 하지만 오레키의 '막대기'가 월등하게 건성이라는 점은 부정할 수 없었다.

하지만 나는 조금 안도하기도 했다. 아르누보 양식이 연상되는 곡선들 가운데서 분명 오레키가 만든 넝쿨만 아무 기교 없는 직선이었지만 그리 큰 하자로 보이지는 않았기 때문이다. 오레키가 맡은 조각은 거울 아랫부분이라 다행히 눈에 띄지 않는 자리였다. 게다가 적어도 그 넝쿨은 좌우 조각들과 연결되어 있기는 했다. 이거라면 '5반만 대충 만들었다'는 소리를 듣지는 않을 것 같았다.

접착제가 마르기까지는 이삼일쯤 걸린다고 해서, 그날은 더 할 일이 없었다. 남은 신문지를 치우고 해산하기 직전에 체육관에 다카스가 들어왔다.

이름은 물론 알고 있었지만 삼 년 동안 다카스와는 한 번도 같은 반이었던 적이 없어서 그때까지 얼굴과 이름이 일치하지 않았다. 예술가 기질을 풍기는 섬세한 외모를 멋대로 상상했는데, 다카스 아미는 이목구비가 뚜렷한 아이였다. 조립에 참가했던 한 아이가 "아, 다카스" 하고 부르는 소리를 듣고 비로소 그 아이가 다카스라는 것을 알았다.

다카스는 혼자가 아니었다. 친구로 보이는 여학생 세 명과 함께 나타났다.

"어때? 끝났어?"

조립 작업 멤버들을 향한 그 말은 뭐랄까, 참으로 경박해서 위화감을 느낄 수밖에 없었다. 포도 넝쿨을 강조한 견실한 디자인과 그녀의 웃음소리가 머릿속에서 제대로 연결되지 않았던 것이다.

다카스와 세 여학생은 웃으며 장식 틀로 다가왔다.

나는 다카스도 이 작품에 분명 만족할 줄 알았다. 어설픈 부분도 있지만 공동 작업이니 부족한 부분이 나오는 건 당연한 일이다. 다카스의 디자인을 백 퍼센트 실현한 건 아니지만 타협 가능한 범위라고 생각했다. 조립 작업에 참가한 다른 아이들도 편안한 마음으로 다카스를 맞이했다.

하지만 조각을 굽어본 다카스는 대번에 웃음을 잃었다.

"엇……."

그 급작스러운 표정 변화에 섬뜩했던 것을 기억한다. 다카스의 창백한 얼굴을 보고 '핏기가 가시다'라는 건 이런 걸 두고 하는 말이구나 싶었다. 심지어 휘청거리기까지 했다.

다카스는 손을 들어 장식 틀의 한 점을 가리켰다.

"이게 뭐야."

손끝에는 오레키가 판 엉성한 조각이 있었다. 다카스는 겨울철 체육관이 떠나가도록 비명을 질렀다.

"어째서! 어떻게 이렇게 된 거야? 너무해, 장난하는 거야? 너무해!"

세 친구들은 어쩔 줄 몰라 하며 "왜 그래?" "진정해" 하고 여러 말로 흥분한 다카스를 달랬다.

다카스는 급기야 울음을 터뜨렸다. 얼굴을 가리고 알아듣기 힘든 목소리로 울부짖었다. 어찌할 방도를 찾지 못한 세 친구는 우리 조립 팀에게 따지고 들었다.

"어떻게 된 거야, 누가 이렇게 만들라고 했어!"

"중학교 마지막 추억이잖아, 무슨 짓을 한 거야!"

"사과해, 아미한테 사과해!"

그런 말을 한들 그 자리에 있던 아이들이 판 게 아니다. 아무도 상황을 수습하지 못하고, 다카스는 울부짖을 뿐. 선생님이 다독였지만 효과는 없었다.

급기야 선생님은 조립 팀을 둘러보며 이렇게 말했다.

"이 조각은 어느 반에서 판 거냐?"

다카스와 그 친구들을 제외한 학생들이 서로의 얼굴을 마주보는 가운데, 나는 아주 조금 용기를 낼 시간이 필요했다.

그래도 십 초까지는 걸리지 않았다.

"5반이에요."

그렇게 자백하자 다카스의 친구들이 쏘아내는 화살은 당연히 내게로 쏟아졌다.

선생님이 "이바라가 판 게 아니잖아"라고 말릴 때까지 나는 세 아이들에게 "죽여버린다"느니 "죽음으로 사과해"라는 둥 온갖 악담을 들었다.

3학년 5반이 졸업 작품을 건성으로 만들어 디자인을 담당한 다카스 아미를 울렸다.

그 소식은 이튿날 온 학교에 퍼졌다. 5반은 오명을 썼다. '범인'이 오레키라는 사실은 누구나 알고 있었다.

반에서도 몇몇 아이들은 오레키에게 따졌다.

"책임져."

"사과하러 가."

"네가 5반 얼굴에 먹칠을 했어."

그 녀석은 모든 말을 흘려들었다.

오레키를 변호하려는 아이는 반에 아무도 없었다. 쉬는 시간, 오레키는 교실에서 사라지는 일이 잦아졌다. 도서 위원이었던 나는 그 녀석이 도서실에 간다는 걸 알고 있었다. 도서실의 책을 빌리는 게 아니라 직접 가져온 책을 읽는 모습을 몇 번 보았다.

나는 오레키만 잘못한 건 아니라고 생각했다. 그 조각은 오레키 혼자 맡은 게 아니라 그 조에 배분된 것이다. 3학년 5반에서는 여섯 명이 한 조를 이루었다. 오레키 이외의 다섯 명도 졸업 작품에 공동 책임이 있다. 그런데도 오레키 한 명만 탓하는 것은 잘못이다. 실제로 오레키와 같은 조였던 아이까지 그 녀석을 몰아세우는 모습을 보았을 때는 속이 메슥거리기까지 했다.

오레키에게 잘못이 없다는 것은 아니다. 도서실에서 홀로 책을 읽는 그 녀석을 보면서도 나는 눈길조차 마주치지 않으려 했다.

……오레키가 만약 반 아이들의 추궁을 묵묵히 견디고 있었다면, 그 시간은 그리 길지는 않았다. 사건 며칠 후, 가부라야 중학교는 겨울방학에 들어갔다. 방학이 끝나고 3학기가 되자 아무도 졸업 작품을 신경쓸 여유가 없었다.

고등학교 입시가 다가왔기 때문이다.

이케히라를 만난 그날 밤. 나는 방에서 책상 앞에 앉아 곰곰이 생각했다.

고등학교에 들어가 고전부에서 오레키와 말을 나누게 되었을 때도 졸업 작품 사건이 계속 마음에 걸렸다. 오레키 혼자만 나쁜 게 아니라는 생각은 줄곧 가지고 있었지만 한편으로 오레키는 귀찮다는 이유로 맡은 일을 쉽게 내던지는 무책임한 남자라는 생각도 있었다.

그후로 여러 가지 일이 있었다.

나는 후쿠하고 어울리고 싶었던 거지 오레키는 처음부터 안중에도 없었다. 하지만 그 녀석이 해결한 몇 가지 사건을 직접 보고 내가 오레키를 잘 몰랐다는 것을 알았다. 뭐, 알고 싶다고 생각한 적도 없지만.

그 녀석은 어린 지이가 무슨 이유로 슬퍼했는지 함께 고민해주었다.

일면식도 없는 선배의 반에서 제작에 난항을 겪고 있던 비디오 영화를 어찌저찌 완성으로 이끌었다.

그것 말고도 비슷한 일은 있었다. 오레키가 그런 문제들에 관여해 몇 가지를 해결했다는 사실은 확실히 놀라웠다. 오레키 주제에 건방지다는 생각도 했다. 하지만 지금 돌이켜보니 가장 의외였던 일은 따로 있었다.

"이쯤에 있었는데……."

혼잣말을 중얼거리며 책장을 찾았다. 평소 정리를 잘하는 편이라 찾는 물건은 금방 눈에 띄었다.

문집《빙과》. 무엇을 쓸지 정하지 않은, 이상한 문집. 작년에는 사실상 혼자 편집했다. 발주할 때 어이없게도 인쇄 부수를 착각한 탓에 쳐다보기도 싫어 책장에 처박아두었다.

굳이 펼칠 필요도 없다. 내용은 대강 기억한다.

의외였던 점은, 이 문집에 실을 원고를 오레키가 성실하게 써 왔다는 사실이다.

특별한 일이 있을 때 특별히 의욕을 내는 것은 쉬운 일이다. 운동회 때 최선을 다하거나 친척 결혼식에서 멋을 부리기는 어렵지 않다. '밀실에서 사람이 죽었어!'라는 말을 듣고 '뭐라고, 어떻게 된 일이야!' 하고 흥분해서 현장으로 달려가는 건 오히려 자연스러운 심리다.

한편 문집에 쓸 원고를 성실히 쓰는 것은 이벤트에 흥분하는 심리와는 거리가 멀다. 그것은 구경꾼의 마음으로는 할 수 없는 일이다.

가령 후쿠는《빙과》에 실을 원고를 쓰는 데 고생깨나 했다. 나는 후쿠를 좋아하니까, 부실에 불러다 앉혀놓고 야단도 쳤다.

"후쿠, 그래서 내가 처음에 말했잖아. 제대로 들었어? 내가 '재미있는 글을 써야지'라는 생각만으로는 완성할 수 없다고 했지? 계획성을 말하는 게 아니야. 물론 그것도 있지만, 그게 다가 아니야. 이런 건 말이야, 재미없는 부분, 별것 아닌 부분도 이를 악물고 써야만 완성할 수 있다고 말하는 거야. 그런데 남의 말을 귀담아듣지 않으니 여태 못 쓴 거잖아. 반성해. 반성했어? 반성했지? 그럼 나도 함께 고민해줄 테니 옆에 앉아!"

후쿠가 특별히 문제아였던 건 아니다. 오히려 그편이 일반적일 것이다. 만화 연구회 문집은 훨씬…… 아니, 이 기억은 덮어두자.

어쨌거나 오레키는《빙과》원고를 역시나 이 세상에 이보다 더 시시한 일은 없다고 말하고 싶은 표정으로 "여기" 하고 가져왔다. 아직 인쇄소와 이것저것 의논하던 시기, 마감도 정하기 전에. 나도 태연한 얼굴로 원고를 받았지만 실은 적잖이 놀랐다. '해야 하는 일은 간략하게'였던가? 그 녀석이 이따금 입에 담는 건방진 소리를 게으름뱅이의 변명이라고 우습게 여기고 있었다. 그래도 나는 그때, 오레키는 일단 자기가 한 말은 지킬 마음이 있다고 생각했다. 그 녀석이 해야 하는 일을 하지 않았던 적은 없다. 아마도.

오레키가 하는 일도 그럭저럭 눈에 들어오기 시작한 고전부의 지난 일 년을 되돌아보며 새삼 생각해보았다.

오레키는 중학교 3학년 모두가 매달린 졸업 작품을 그렇게 건성으로 만들 만큼 근성이 썩은 게으름뱅이일까?

침대에 드러누워 중얼거렸다.

"왠지 수상한데."

뭔가 감춰져 있는 낌새가 난다. 그때, 그 녀석은 무슨 꿍꿍이가 있었던 게 아닐까? 아니, 분명 그렇다. 지금이라면 알 수 있다. 그 허술한 조각에는 오레키만의 변변찮은 이유가 있었을 것이다.

그 녀석 사정이야 아무래도 상관없다. 하지만 다카스의 눈물과 3학년 5반의 오명에 뭔가 숨은 비밀이 있다면…….

이제라도, 알고 싶다.

3

하지만 나의 소소한 조사는 첫날부터 짜증스럽게도 암초에 부딪혔다.

월요일, 수업이 끝나길 기다려 지학 교실로 갔다. 오레키 문제니 그 녀석에게 물으면 금방 풀릴 줄 알았다.

부실에는 오레키뿐이었다. 평소 같으면 꽝이라고 생각했겠지만 오늘만큼은 오히려 다행이다. 오레키는 늘 그렇듯 뒤에서 세 번째 줄 책상에 자리를 잡고 나른한 기색으로 한 손에 문고본을 들고 있었다. 내가 교실에 들어가도 눈길만 슬쩍 들었을 뿐 바로 책으로 시선을 돌렸다. 이 역시 평소와 거의 똑같다.

내가 가방도 내려놓지 않고 다가갔을 때도 오레키는 멍하니 넋을 놓고 있었다. 그나저나 뭘 읽고 있는 걸까? 표지를 들여다보려 고개를 기울이자 톱니바퀴가 맞물려 움직이듯 오레키의 책도 기울어 제목이 쏙 숨었다. 내가 몸을 일으키자 오레키의 책도 제자리로 돌아왔다. 학교에 수상쩍은 책을 가져왔을 리도 없는데 왜 감출까? 그런 생각을 했더니 그만 말투가 사나워졌다.

"뭐 좀 물어보자."

이래서야 마치 수사관의 말투다. 역시나 오레키는 짐작 가는 바가 없는지 어리둥절한 표정으로 '나한테?'라고 말하고 싶은 듯 제 얼굴을 가리켰다. 아무리 상대가 오레키라지만 이번에는 내가 잘못했다.

"아, 미안. 뭘 따지려는 게 아니라 옛날 일을 좀 물어보고 싶은 것뿐이야."

"옛날?"

그렇게 말하면서 오레키는 책을 내려놓았다. 신중하게도 표지를 아래로 엎어서.

"역사라면 사토시가 잘 아는데."

이 녀석 농담을 상대할 생각은 없다. 가까이 있는 의자를 끌어당겨 정면에 앉았다.

"중학교 때 일이야."

"그것도 사토시가 더 잘 알아."

"졸업 작품."

오레키는 일순 내 눈을 똑바로 쳐다보았다. 그러더니 천천히 입을 열었다.

"그거라면 더더욱 사토시가 잘 알지 않겠어?"

말마따나 후쿠는 졸업 작품 진행 관리를 맡았다. 그러니 오레키가 후쿠의 이름을 꺼내는 것 자체는 이상한 일이 아니다. 하지만 뭔가를 숨기려는 낌새를 감지한 것은 지나친 망상일까? 나는 오레키에게 손가락을 들이댔다.

"네 얘기야. 그것도 후쿠가 더 잘 안다고 하진 않겠지?"

"글쎄다. 자기 일이라고 다 알겠냐?"

"됐으니까 들어봐."

들이댔던 손가락을 주먹으로 바꾸어 책상을 짚었다.

"커다란 거울, 기억하지? 틀에 판 조각. ……너, 대충했잖아."

오레키는 눈길을 슬쩍 돌리더니 한숨 섞인 목소리로 말했다.

"그 얘기야? 뜬금없이 왜?"

"어제, 이케히라를 만났어. 거기서 네 얘기가 나와서."

이 녀석이라면 정말로 같은 반 친구 이름을 잊고도 남을 거라는 생각이 들어 덧붙였다.

“3학년 5반 여자애야.”

“아아. 알아.”

“퍽이나.”

오레키의 시선이 허공을 맴돌았다.

“진짜야. 키도 중간, 체격도 중간……. 눈과 머리카락이 까맸지.”

“장난해?”

오레키는 눈썹을 살짝 찌푸리더니 엎어놓은 문고본에 손을 얹었다.

“지금 딱 재미있는 부분이란 말이야.”

“엇. 아, 미안! 그럼 나중에.”

“됐어.”

문고본을 구석으로 밀어내고 두 손을 책상 위에 얹더니 오레키가 이렇게 말했다.

“그때는 반 녀석들에게 폐를 끼쳤어. 시효가 지났다고 생각했는데, 마음대로 되지 않네. 다시 한번 사과할게.”

고개를 숙인다.

이 기특한 태도가 오히려 어이없었다. 그런 잔꾀로 나를 속일 수 있다고 생각한다면 오산이다. 원해서 그렇게 된 건 아니지만 오랜 인연으로 오레키의 수법은 꿰고 있다. 이 녀석이 고개를 숙여 이야기를 얼른 접으려 한다는 것쯤 훤히 보인다.

"사과를 바라는 게 아니야. 그럼 묻겠는데, 어째서 그런 짓을 했어?"

"어째서긴……."

오레키는 말을 얼버무렸다.

"모두 너처럼 손재주가 좋은 건 아니야."

"네가 손재주 없다는 건 알아. 그래서 그렇게 팠다는 거야?"

그렇다고 대답한다면 거짓말이라고 쏘아줄 작정이었다. 오레키가 조각한 부분은 서툰 솜씨가 문제가 아니었다. 디자인을 아예 무시했다고 할 만큼 무성의한 것이 문제였다.

하지만 오레키는 머리를 긁적이며 이렇게 말했다.

"그것도 이유긴 한데, 자세한 사정은 잊어버렸어."

"잊어버려?"

"머릿속에 온통 입시 걱정뿐이었잖아. 졸업 작품은 어차피 열심히 만들어도 졸업하면 아무도 거들떠보지 않아. 그럼 대충 만들어도 되지 않나…… 자세히 기억은 안 나지만 그렇게 생각했겠지."

"흐음."

나는 몸을 앞으로 살짝 내밀어 오레키를 뚫어져라 노려보았다.

"입시 때문에 바빠서 대충 만들었다 이거구나? 다른 이유는 없으시다?"

유감스럽게도 눈만 보고 진실과 거짓을 분간할 안목은 없다. 하지만 표정 변화를 알아차릴 정도는 된다. 목석같은 오레키도 조금은 동요할지도 모른다.

"……."

그리고 확실히 오레키의 표정은 변했다.

정면에서 쳐다보면 누구나 뻘쭘하다. 왠지 민망하다고 생각할 수도 있을 것이다.

그걸 감안하더라도 이때 오레키는 살짝 뺨을 붉혔다.

"오레키."

"왜?"

일단 이름을 불러보았는데, 무슨 말을 해야 할지 모르겠다. 얼굴을 붉혀? 왜 저러지? 설마 화났나?

그리고 얼마간 속도 떠보고 허도 찔러보았다. 하지만 "잊어버렸어" "잘 기억 안 나"라는 말만 되풀이하는 오레키의 입을 열게 하기란 불가능해 보였다.

주변을 공략하자.

그때 일을 조사해서 코앞에 들이대면 달아날 구멍이 없어 오레키도 입을 열지 모른다. 그러려면 어떻게 해야 할까? 밤에 책상 앞에 앉아 머리를 굴렸다. 그리고 오레키와 같은 조였던 아이에게 묻는 게 최선책임을 깨달았다.

누가 오레키와 같은 조였는지, 당연히 잊어버린 지 오래다. 그렇다면 졸업 앨범이 나설 차례다. 앨범에는 각 반 단체 사진 말고도 몇 명씩 나뉘어 찍은 사진도 실려 있다. 다른 반은 어땠는지 모르지만 우리 5반은 조별로 사진을 찍었다. 그게 지금 도움이 될 줄은 생각도 못 했지만.

책장에서 졸업 앨범을 꺼내 책상 위에 펼쳤다. 5반 페이지를 찾았다. 사진사가 웃으라고 했는지 평소의 무뚝뚝한 얼굴에 억지웃음을 머금은 오레키와 함께 다섯 명의 급우들이 찍혀 있다. 이 중에서 가미야마 고등학교에 들어온 아이가 있다면 횡재다.

"음……. 좋아."

있다. 집게손가락으로 그 아이의 사진을 톡톡 두드렸다.

시바노 메구미. 경박한 구석은 있지만 곤경에 빠진 아이에게는 친절했던 인상이 남아 있다. "꼭 살 빼고 말 거야"가 입버릇이었는데, 조금 통통하기는 했지만 본인이 신경쓰는 것만큼 위험 수준은 아니었다.

당연히 가미야마 고등학교에서도 자주 마주치고, 작년에는 체육 합동 수업도 함께 받았다. 다행이다, 시바노라면 이야기하기도 편하다. 지금 몇 반인지는 모르지만 금방 알아낼 수 있으리라. 나머지는 내일 할 일이다. 오레키 문제는 일단 잊자.

모처럼 졸업 앨범을 꺼냈으니 당연히 후쿠도 봐줘야지. 책장을 뒤적였다.

앨범에서 찾아낸 중학교 3학년 '후쿠베 사토시'를 바라보며 싱글벙글 웃고 말았다.

"와아……. 꼬맹이네!"

후쿠는 지금도 여자애 같은 얼굴이라, 고등학교 2학년이라는 느낌이 그다지 들지 않는다. 하지만 이렇게 옛날 사진을 보니 알겠다. 당연하지만 변해간다. 분명 나도.

좋았어, 눈 보신 끝. 이제 숙제할 시간이다.

이튿날, 시바노가 몇 반인지 찾기는 예상대로 식은 죽 먹기였다. 친구 연줄을 이용해 두 번 만에 시바노가 E반이라는 것을 알아냈다. 3교시가 끝났을 때 알아냈지만 점심시간에 찾아갈 생각이다.

점심시간에는 으레 도시락. 그렇지만 나는 점심때 별로 허기가 지지 않는다. "아침에 과식하니 그렇지"라는 후쿠의 말에 묘하게 납득하면서도 발을 콱 밟아준 적이 있다. 그런 이유로 점심은 금방 먹어치운다. E반을 살펴보니 시바노는 금방 눈에 들어왔지만 아직 식사중이었다. 복도를 서성거리며 시간을 때우다 적당한 때를 봐서 E반 교실로 들어갔다. 이 학교도 오래 다녔는데 다른 반에 들어가는 건 아무래도 긴장된다.

시바노는 친구와 재잘재잘 수다를 떨고 있었다. 다이어트 성과는 아직 없나 보다. 가까이 다가간 나를 알아보더니 금방 미소를 지었다.

"어머, 이바라. 어쩐 일이야? 왜, 누구 찾아왔어?"

"응, 좀."

"누구? 불러줄까?"

"어, 시바노 네게 물어볼 게 있어서. 지금 잠깐 괜찮아?"

시바노는 이유가 궁금하지도 않은지 선뜻 말했다.

"좋아. 그럼 저쪽으로 갈까?"

우리는 E반 교실 창가에 서서 이야기를 나누었다. 누가 창을 열어놓아 시원한 바람이 들어왔다. 어쩐지 중학교 때도 이렇게 이야기한 적이 있는 듯한, 묘하게 기억을 자극하는 느낌이 들었다.

"무슨 일인데?"

"일요일에 이케히라를 만났어."

"아, 이케히라? 그립다. 음악 한다는 얘기는 들었는데."

조금 놀랐다.

"용케 알고 있네. 보컬이 없다고 고민하더라."

"흐음."

시바노의 표정이 어두워졌다.

"그래서 이바라 네가 부르게? 아, 혹시 보컬 찾는 걸 돕는 거야?"

도와주고는 싶지만 노래는 조금 거북하다고 생각하는 기색이다. 나는 황급히 손을 저었다.

"아니, 아니야. 그게 아니라 그때 졸업 작품 얘기가 나와서. 왜, 거울 장식 틀 있잖아."

"……아아. 알겠다."

혼자 납득하더니 시바노는 시선을 홱 돌렸다.

"그 얘길 아직까지 해? 뭐, 별수없나."

말문을 틀 방법은 몇 가지 궁리하고 있었다. 하지만 결국 솔직하게 전부 말할 수밖에 없다는 각오도 했다. 어설피 둘러댔다가 나중에 '그건 무슨 뜻이었어?'라는 말을 듣기도 싫고, 무엇보다 떳떳하지 못한 방법은 쓰기 싫다. 나는 말했다.

"난 지금 고전부라는 동아리에 들어 있는데, 거기에 오레키가 있어. 그 얘기를 했더니 이케히라가 굉장히 불쾌한 표정을 짓더라. 뭐, 그럴 만도 하지만."

"아, 오레키? 응, 뭐, 앙심을 품은 애들도 있으려나."

"하지만 이제 와서 생각해보니 이상한 거야."

나는 저도 모르게 목소리를 높였다.

"오레키는 늘 멍한데다가 귀찮은 일을 싫어하잖아."

"별로 얘기해본 적은 없지만 그런 이미지가 있긴 해."

"하지만 그렇다고 해서 맡은 일을 내팽개치는 타입도 아닌 것 같단 말이지. ……체육관에서 오사다 패거리가 갑자기 배가 아프다면서 릴레이 땡땡이친 거 기억해?"

시바노는 불쾌한 기색으로 끄덕였다.

"잊을 리가 있어? 대신 달린 게 나였다고."

"그랬나? 오사다 패거리는 아주 망나니였어. 합창 대회 때도……."

아차, 옛날이야기로 빠질 뻔했다. 점심시간은 짧다. 말을 자르고 억지로 화제를 되돌렸다.

"그건 그렇고……."

숨을 고르고, 물었다.

"이해가 안 가는 건 어째서 오레키가 혼자 조각을 팠는가

하는 점이야. 분명 조별로 만들기로 했잖아. 하지만 내 기억이 맞다면 오레키 혼자 제출해서 다들 그 녀석 잘못으로 받아들였던 것 같은데……. 이유가 뭐였어?"

오레키가 손재주가 없는 것은 본인에게 들을 것도 없이 뻔히 아는 사실이다. 내가 이해할 수 없는 점은 이것이다. 어째서 그런 오레키가 조각을 팠을까? 우리 조에서는 나와 미시마 둘이서 팠다. 만약 오레키가 우리 조였다면 조각도를 쥘 필요도 없었으리라.

예상했던 일이기는 하지만 정곡을 찌르는 질문이었는지, 말을 삼킨 시바노의 표정이 싸늘해졌다. 시바노를 포함해 다른 조원들을 탓하려는 의도는 없다. 하지만 탓하는 것처럼 들려도 어쩔 수 없는 일이다.

그래도 시바노는 가르쳐주었다.

"오레키가 먼저 말을 꺼냈어."

"……그래?"

"작업을 도와줄 사람이 있으니 금방 할 수 있다면서, 디자인도 목판도 가져가버렸어. 그걸 믿고…… 이렇게 말하면 거짓말이려나. 그렇게 말한다면 기꺼이, 하고 다들 떠맡긴 셈이지."

우리 조에서 벌어진 일과 똑같다. 남학생들은 참가하지 않아도 된다고 한마디 내비쳤더니 뿔뿔이 흩어져 사라졌다.

"그러니까……."

한숨 소리가 귀에 닿았다.

뜬금없는 생각이지만, 만약 우리가 중학생이었다면 시바노도 이렇게 지친 기색이 묻어나는 한숨은 내뱉지 않았을 것 같았다.

"사실은 오레키에게 사과해야 했을지도 몰라."

"……응."

수긍하기는 했지만 시바노가 사과해야 한다고 생각해서 한 말은 아니다. 제대로 전해졌을까? 표정만 보고는 역시 아무것도 모르겠다.

재작년 겨울, 오레키는 졸업 작품을 혼자 떠맡았다. 혼자서는 파지도 못할 조각을. 내 감이 맞았다. 역시 그 녀석에게는 뭔가 꿍꿍이가 있었다.

문제는 한 가지.

"오레키가 말한 '작업을 도와줄 사람'은 누구였을까?"

물어보기는 했지만 대답을 기대한 것은 아니었다. 시바노와 오레키가 그렇게 친밀하게 이야기를 나누었을 것 같지는 않다. 아마 모르겠지.

수수께끼의 제삼자, 짐작 가는 구석이 한 사람 있었다. 아니, 오레키가 친구라 부를 만한 남학생은 한 명밖에 모른다. 후쿠……. 하지만 후쿠의 도움을 바라고 작업을 떠맡았을 리는 없는데.

내가 이래저래 궁리하는 사이, 시바노는 망설이고 있었던 모양이다. 당연히 '모른다'가 대답일 거라 생각하고 있던 내게 시바노가 불쑥 말했다.

"도바 아사미."

"어?"

"도바 아사미라는 애야. 오레키가 도움을 받으려 했던 건."

처음 듣는 이름이다. 중학교 삼 년 동안 나하고는 아무 접점도 없었던 아이인가 보다. 혹시 어디서 들었는데 기억을 못하는 걸까?

"여자친구였던 모양이야."

으음. 역시 기억에 없다. 가부라야 중학교 학생 수는 가미야마 고등학교보다 적었지만, 한 학년에 이백 명은 넘었으니까 모르는 아이가 있어도 이상할 건 없다…….

거기까지 생각하다가 귀에 들어온 말의 의미를 겨우 이해했다.

"어, 뭐라고?"

"여자친구."

나는 내 이야기를 즐겨 하지 않는 편이지만, 이때만큼은 내 성격을 깊이 고찰해보지 않을 수 없었다.

황당무계한 이야기를 들었을 때, 설마 내가 교실 안에 쩌렁쩌렁 울릴 만큼 큰 소리로 "뭐어?" 하고 외칠 줄은 예상도 못 했던 것이다.

점심시간 E반에 남아 있던 모든 학생들의 주목을 받은 나는 손으로 입을 가렸다. 아차, 시끄러웠지. 아니, 하지만, 세상에. 그 오레키가?

혼란 속에서 헤매는 내게 시바노가 목소리를 낮추어 말했다.

"딱 한 번, 졸업 작품이 언제쯤 완성될지 물어본 적이 있어. 그랬더니 그 녀석, '아사미한테 달렸어'라고 말하는 거야. 그래서 별생각 없이 '아사미라니, 도바 아사미?'라고 물었는데 어찌나 깜짝 놀라던지, 입을 뻐끔거리더라니까. 내가 아사미하고 아는 사이인 줄은 생각도 못 했겠지. 들킬 줄 몰랐던 것 아닐까?"

"어, 하지만, 저기…… 용케 기억하고 있었구나."

이런 말을 하려던 게 아닌데.

"아사미의 이름이 나와서 깜짝 놀라기도 했고, 오레키한테 여자친구가 있다는 것도 놀라웠으니까. 물론…….”

시바노가 쓴웃음을 흘렸다.

“지금 너만큼 놀라진 않았지만.”

그러더니 내게서 살짝 몸을 뗐다. 대화를 끝내려는 신호이리라. 벽시계를 보니 점심시간은 오 분도 채 남지 않았다.

“아사미를 만나고 싶으면 사진부에 가봐. 나도 고등학교에 들어온 뒤로는 얘기해본 적 없지만 간야제 때 사진을 봤어.”

그렇게 말한 시바노는 장난스레 덧붙였다.

“아아, 하지만 아사미가 어디 있는지는 오레키가 알겠네.”

도바 아사미의 이름과 근거지는 졸업 작품의 결함을 조사하기 위해 무엇보다 중요한 정보다.

그렇게 직감했는데도 방과후 내가 고꾸라질 기세로 달려간 곳은 사진부 부실이 아니라 지학 교실이었다. 스스로도 요란하다 싶은 발소리를 울리며 계단을 올라갔다. 오레키 녀석, 혼쭐을 내줘야지. 머릿속 어딘가에서 ‘부실에 가도 오레키가 있다는 보장은 없어’ ‘애초에 혼쭐을 내겠다니, 뭘?’이라고 속삭이는 냉정한 목소리를 무시하고 특별동 4층으로 올라가 지학 교실 미닫이문을 벌컥 열었다.

오레키는, 있었다. 어제와 똑같이 의자에 앉아 있었다.

만약 오레키 혼자였다면 멱살을 붙잡고 쥐어흔들었을 것이다. 하지만 혼자가 아니었다. 오레키 대각선 맞은편에 지이가 있었다. 웃고 있다. 나를 알아보고는 손을 살짝 들었다.

"아, 마야카 씨, 마침 잘 오셨어요. 지금 재미있는 얘기를 듣고 있었어요."

지이, 그보다 내 말 좀 들어봐, 있잖아, 그 녀석은 말이지……!

그렇게 떠벌릴 정도로 심각한 착란에 빠진 건 아니었다. 숨을 크게 골랐다. 진정해, 이바라 마야카. 아직 진위 여부는 몰라.

"흐응, 무슨 얘기?"

이 질문에는 오레키가 대답했다.

"누나가 가져온 여행 기념품 얘기야. 무용담이라고 해야 하나, 뭐라 해야 하나……. 한심한 얘기야."

평소에는 무뚝뚝한 면상인데 꽤나 훈훈한 표정이잖아?

지이는 둘도 없는 명안을 떠올렸다는 듯이 가슴 앞에 두 손을 모았다.

"오레키 씨, 마야카 씨한테도 들려주세요. 처음부터."

"처음부터?"

세상 번거롭다는 듯이 말한다. 지이는 들뜬 목소리로 되풀이했다.

"네, 처음부터요. 당연하잖아요, 시작이 재미있었는데! 게다가……."

"게다가 뭐?"

"실은 저, 이야기 중간에 조금 신경쓰이는 부분이 있었어요."

오레키가 풀썩 고개를 떨어뜨렸다.

"처음이라……. 뭐였더라?"

"두 번째라고 생략하기 없기예요."

당연히 중간을 빼먹을 작정이었는지 오레키는 원망스러운 눈초리로 지이를 쳐다보았다.

지이가 웃음을 되찾은 건 다행한 일이다. 2학년이 되고 나서 여러 일들이 있었으니 그런 마음이 더 절실했다.

……역시 지이 앞에서 오레키의 '여자친구' 얘기는 못 꺼내겠다.

게다가 십중팔구 시바노의 착각일 게 분명하니까. 오레키는 누가 눈앞에 서서 자기를 가리키며 '나는', 오레키를 가리키며 '당신을', 마음을 담아 '좋아합니다'라고 말한다 해도 그게 무슨 의미인지 고민할 만큼 둔감한 인간이다. 남들 눈을 피해 연애를 했다니, 그 말을 어떻게 믿으란 말이야?

4

그날 밤, 나는 후쿠에게 전화를 걸었다.

인정하기 싫지만 오레키의 이야기는 재미있었다. 이러쿵저러쿵하느라 생각보다 오래 머물렀지만 후쿠는 지학 교실에 오지 않았다. 마지막으로 만난 게 토요일이니 꼬박 사흘을 얼굴도 보지 못한 셈이다. 이럴 수가.

휴대전화 발신 기록에서 제일 위에 있는 번호를 골랐다. 신호음이 채 울리기도 전에 후쿠의 목소리가 들렸다.

“여.”

“아. ……전화, 빨리 받네.”

은근한 웃음소리가 들려왔다.

"실은 마야카한테 전화하려고 꺼내 든 참이었거든. 통화 단추를 누르려는 찰나에 네가 전화한 거야."

"그랬구나."

나는 침대에 폴짝 올라가 털썩 엎드렸다.

"있지. 오늘 이상한 얘길 들었어."

"흠, 뭘까?"

입술을 축였다.

"도바 아사미란 애, 알아?"

정적이 흘렀다. 전화 너머에서 당혹스러워하는 후쿠의 얼굴이 보이는 듯하다.

"응, 알아. 사진부지? 뭔가 뜻하는 바가 있는지 학생 사진 대회에는 출전하지 않아서 애먹고 있다고 부장이 한탄하던데."

"후쿠, 사진부 부장하고도 아는 사이야?"

"총무 위원회 덕분에."

"흠……."

내가 모르는 사람과 후쿠가 아는 사이면 가슴이 조금 멘다. 이런 내가 싫다. 숨을 후 내뱉어 답답한 마음을 날려버리고 물었다.

"그 도바 아사미 말인데, 가부라야 중학교를 졸업했대."

"그런 것 같더라."

"그 애에 대해서 뭐 아는 것 없어?"

오레키의 여자친구였다고 말하는 아이가 있는데. 만약 그게 사실이라면 후쿠는 분명 동요하겠지?

후쿠의 속을 떠보는 건 솔직히 조금 즐겁다. 서로 켕길 구석 없는 속내를 떠보는, 준비된 장난이나 다름없다.

하지만 돌아온 대답은 평소의 반응과 달랐다. 후쿠의 목소리는 내가 아니면 알아차리지 못할 정도로 아주 조금, 침울했다.

"일단 알기는 해. 마야카, 도바에게 용건이 있는 거야?"

"응, 좀. 잘 아네."

"그야. ……그럼 조심하는 게 좋아."

후쿠의 목소리가 진지해져서 나는 침대에서 일어나 무릎을 꿇고 앉았다.

"도바는 가부라야 중학교 동급생을 좋게 생각하지 않아. 원만하게 대화하고 싶으면 중학교 때 얘기는 꺼내지 않는 게 좋을 거야."

이유를 묻고 싶었다.

하지만 후쿠는 마치 그 질문을 피하려는 듯 금세 밝은 태도로 말했다.

"뭐, 그보다 내 얘기 들어봐. 일요일 말인데, 큰일났어……."

후쿠가 이야기를 쏟아내자 끼어들 틈이 없었다. 마음에 조금 걸렸지만 아무렴 어떤가 싶어 금세 덮어버렸다.

전화로는 길게 얘기할 여유도 없으니, 나도 이왕이면 후쿠하고는 즐거운 얘기를 나누고 싶다.

벌써 일 년 넘게 가미야마 고등학교에 다니고 있는데 이 학교에 암실이 있는 줄 처음 알았다. 사진부가 부실로 쓰는 화학 준비실에 마련되어 있다고 한다.

어젯밤, 후쿠와 통화한 뒤에 졸업 앨범으로 도바 아사미의 얼굴을 확인했다. 안경을 썼다는 점 말고는 이렇다 할 특징이 없었다. 굳이 말하자면 조금 말랐다는 인상이 전부였다. 다만 그것은 도바 아사미만 따로 보았기 때문에 그렇게 생각한 것이다. 졸업 앨범용 단체 사진을 전부 살펴보니 도바가 조금 남다르다는 것을 알 수 있었다. ……웃는 사진이 없다.

어쨌거나 얼굴을 안다는 것은 강점이다. 방과후, 화학 준비실을 찾은 나는 거기 있는 여학생이 도바 아사미가 아니라는 것을 바로 알았다. 부실에는 또 한 명, 곱슬머리 남학생이 있었다. 옷깃의 휘장으로 보건대 3학년이다. 나는 그 남학생에게 도바 아사미를 만나고 싶다고 말했다.

"도바?"

남학생은 턱을 매만지며 물었다.

"급한 일이야?"

딱히 서두를 이유는 없다. 오레키의 졸업 작품에 어떤 사정이 있었든, 재작년 겨울에 이미 끝난 일이다. 언젠가 그 이유를 알고 싶고, 이왕이면 빠른 편이 좋다. 하지만 꼭 오늘내일이어야 하는 건 아니다.

"아니요, 방해된다면 다시 찾아올게요."

나는 도바가 암실에 있을 줄 알았다. 하지만 3학년 남학생은 "뭐, 상관없나" 하고 중얼거리더니 태연히 말했다.

"걔는 옥상에 있어."

"옥상?"

앵무새처럼 되묻고 말았다.

암실의 존재는 몰랐지만, 이 학교에 옥상으로 이어지는 계단이 없다는 건 알고 있다. 어쨌거나 고전부 부실이 최상층이니까. 옥상으로 가려면 벽에 붙은 철제 사다리를 타고 올라가는 수밖에 없다. 사다리 끝에는 척 보기에도 육중한 철문이 있는데 시도해본 적은 없지만 당연히 잠겨 있을 거라 생각했다.

"그래, 옥상. 비밀이야. 옥상 자물쇠는 여분의 열쇠가 있거든."

그것이 사진부가 대대로 물려받는 물건인지, 도바 아사미 개인의 소유물인지 궁금했지만 뭐, 어느 쪽이든 상관없다. 나는 인사를 하고 화학 준비실에서 나와 익숙한 특별동 계단을 올라갔다. 도바를 서둘러 만날 필요는 없지만 옥상에 올라갈 수 있는 기회는 흔치 않다. 바보와 연기와 이바라 마야카는 높은 곳을 좋아한다. 농담이고, 한번 올라가보고 싶었다.

4층. 지학 교실 문이 닫혀 있는 게 보였다. 누가 있을까? 이틀 연속으로 오레키가 와 있었으니 오늘은 없을지도 모른다. 후쿠는 슬슬 올 때가 됐다. 나중에 들러보자.

계단이 끝난 자리, 하얀 벽면에 사다리가 붙어 있다. 존재는 알고 있었지만 올라가볼 생각도 못 했다. 위를 올려다보고 바로 눈치챘다. 사다리 끝에 있는 철문이 빼꼼 열려 있다. 틀림없다, 누가 위에 있다.

"좋아……."

주먹을 볼끈 쥐어 기합을 넣고 사다리를 붙잡았다.

딱히 출입 금지라고 적혀 있는 건 아니지만 상식적으로 판단할 때 학생이 옥상에 올라가는 행동을 환영할 리 없다. 게다가 유심히 관찰한 건 아니지만 분명 가미야마 고등학교 옥상에는 펜스가 없었던 것 같다. 선생님께 들키면 불호령을 듣고 사진부 열쇠도 압수당할 거라 생각하니 왠지 마음이 조급해졌다.

수직 사다리를 올라가려니 생각보다 팔 힘이 꽤 필요했다. 가느다란 가로대가 손바닥을 파고드는 기분이었다. 먼저 올라간 누군가의 온기는 사다리에 남아 있지 않아, 가로대를 하나 오를 때마다 서늘하게 체온을 빼앗기는 게 싫었다.

말로는 하지 않았지만 마음속으로 영차, 영차, 구령을 붙여가며 사다리를 올라갔다. 가로대 수는 열 개도 되지 않았다. 힘은 들었지만 시간은 별로 걸리지 않았다. 옥상으로 이어지는 철문을 밀자 어이없이 훌쩍 열렸다. 바람의 저항을 예상했던 만큼 김이 빠졌다.

옥상으로 기어 올라갔다.

청소하는 사람이 없어 군데군데 검게 얼룩진 건물 옥상. 그곳에 삼각대를 세운 여학생이 있다. 파인더를 들여다보는 것도 아니고, 카메라 각도를 조정하는 것도 아니었다. 그녀는 그저 서 있었다.

"……도바?"

철문을 열 때 거의 소리가 나지 않았으니 인기척을 느끼지 못한 것도 어찌 보면 당연하다. 도바가 천천히 고개를 돌려

새까만 눈동자로 나를 똑바로 쳐다보았다.

"누구?"

그 한마디에 이토록 강렬한 거부의 뉘앙스를 담을 수 있다는 사실을, 나는 그때 처음 알았다.

도바 아사미가 틀림없다. 생김새는 졸업 앨범으로 본 얼굴과 똑같다.

하지만 나는 "이 애가 진짜 도바일까?" 하고 자문하지 않을 수 없었다. 앨범 속의 그녀는 한마디로 표현하자면 '평범' 그 자체였다. 사진 속에 묻혀 있는 그녀를 보니 복도에서 마주쳐도 과연 알아볼 수 있을지 자신이 없었다.

지금 옥상에 있는 그녀는 달랐다. 어디가 어떻게 다르다고 말할 수는 없지만, 도바는 침입자인 나를 온몸으로 거부하고 있었다. 평범하기는커녕, 꿈에 나올 것 같다. 안경을 쓰지 않았다는 건 나중에야 깨달았다.

가벼운 마음으로 그녀의 공간에 들어선 것을 후회했다. 하지만 이미 늦었다. 마음을 단단히 먹고 정신을 가다듬어 말했다.

"2학년 C반 이바라 마야카야. 도바 아사미지?"

이름을 부르자 그녀는 불쾌하다는 듯 시선을 돌렸다.

"부장이 가르쳐줬구나."

"부장인지는 모르겠지만 곱슬머리 남학생이 여기 있다고 알려줬어."

"그 자식."

도바가 내뱉듯 말했다.

"……그래, 날 알고 있는 걸 보니 무슨 볼일이라도 있나 보지?"

"응."

하늘 밑에서 말하기에는 거리가 너무 멀었다. 나는 몇 걸음, 그녀에게 다가갔다.

"물어보고 싶은 게 있어서. 잠깐 시간 돼?"

도바의 입가에 빈정거리는 미소가 서렸다.

"이런 곳까지 찾아와놓고 '잠깐 시간 돼?'는 또 뭐야?"

맞는 말이다.

"괜찮아. 뭔데?"

후쿠의 충고를 떠올렸다. 중학교 때 이야기는 꺼내지 않는 게 좋을 거라고 했다. 하지만 어쩔 수 없다.

"졸업 작품에 대해 묻고 싶어."

"……무슨 소리야?"

"가부라야 중학교 졸업 작품. 커다란 거울에 붙인 장식 틀

말이야."

도바가 몸을 굳히는 게 느껴졌다. 분명히 '졸업 작품'이라는 말에 반응했다. 표정만 봐도 속마음을 알 수 있다는 오만한 생각은 하지 않지만, 지금 도바가 순식간에 마음을 닫은 것은 똑똑히 알 수 있었다. 도바가 나를 완전히 거부하기 전에 수중의 카드를 전부 쓰는 수밖에 없다. 목소리가 커졌다.

"네가 아는지는 모르겠지만, 그 졸업 작품 때문에 한 남학생이 원망을 샀어. 5반이었던 오레키 호타로야. 그 녀석은 엉성한 조각을 제출한 탓에 디자인을 담당했던 다카스를 크게 울렸어.

하지만 나는 뒤늦게 이상하다는 걸 깨달았어. 오레키는 나태하지만 졸업생이 모두 모여 만드는 추억의 작품을 망칠 만큼 이기적이진 않아. 그 엉성한 조각에는 뭔가 이유가 있었을지 모른다는 생각이 들었어. 그리고 조사해봤더니 도바, 네 이름이 나왔고. 너하고 오레키, 졸업 작품은 어떻게 얽혀 있는 거지? 아니면 아무 상관 없는 거야?"

도바는 내 질문을 듣고 웃었다. 친밀함도 따스함도 없는, 무지한 내가 우스꽝스러워 어쩔 줄 모르겠다는 듯 싸늘한 웃음. 바람 한 점 없는 학교 옥상, 공기는 따뜻하고 하늘은 시원스레 푸르렀다. 하지만 나는 추위를 느낄 수밖에 없었다.

도바가 말했다.

"알아서 뭐하게?"

옛날이야기잖아. 끝난 일이잖아. 도바는 그렇게 말하고 있다. 하지만 아니다. 끝나지 않았다.

"사과할 거야."

도바는 눈썹을 찌푸리더니 내 말을 따라 했다.

"사과해?"

"그래. 사과할 거야."

"누구한테?"

"뻔하잖아. ……오레키지."

반 아이들 모두가 성의 없는 오레키를 몰아세웠다. 귀찮다는 이유로 중학교 마지막 추억을 더럽힌 오레키를 힐난했다. 졸업할 때까지, 오레키는 교실에서 종종 모습을 감추었다.

그 녀석은 도서실에 있었다. 거기서 책을 읽었다. ……그리고 나는 도서실에서도 그 녀석과 눈길조차 마주치려 하지 않았다.

졸업을 하고, 진학을 해서 오레키가 가미야마 고등학교 도서실에 나타났을 때도 마음속에 걸리는 구석이 있었다. 오레키는 믿을 수 없다, 무책임한 녀석이다. 후쿠의 친구라니 어울리지 않는다. 똑똑히 의식했던 건 아니지만 그 정도 생각은 하지 않았을까.

모든 원인은 똑바로 뻗어 있던 넝쿨 조각. 단순히 귀찮아서 그런 거였다면 그해에 졸업한 동급생 모두가 오레키를 경멸할 훌륭한 이유가 된다.

하지만 만약 그렇지 않았다면?

도바는 거듭 나를 비웃었다.

"글쎄? 과연 용서해줄까? 잘 모르겠는데."

역시 그녀는 오레키의 비밀을 아는 것이다. 흠칫 놀라 고개를 든 내게 도바는 말했다.

"이제 와서 뭘. 하지만 그러네, 오레키가 아직까지 원망을 사고 있다는 것도 문제네."

오레키의 이름을 말하는 도바의 목소리에는 은근히 기쁘고 그리운 감정이 묻어났다. 거의 믿지 않았던 '여자친구'라는 말이 떠올랐다.

"도바. 너에게 오레키는……."

"영웅일까. 영웅의 반쪽."

영웅. 오레키가?

그렇게 말하는 도바의 얼굴에는 미소까지 서려 있었다.

말뜻은 나중에 풀이해도 된다. 도바가 거부감을 내려놓은 지금, 조금 더 말을 끌어내고 싶다. 재차 물었다.

"그럼 졸업 작품은?"

"그래……. 영웅이 풀어준 저주라고나 할까?"

"오레키는 졸업 작품에 무슨 짓을 한 거야?"

도바가 의미심장하게 웃었다.

"글쎄? 내가 왜 전부 가르쳐줘야 하는데? 재작년 겨울에 같은 질문을 했다면 기꺼이 대답해줬을 테지만. ……내가 할 수 있는 말은, 오레키가 원망스럽다고 말하는 네가 최악이라는 거야."

이미 오래전 일이라 이야기할 가치도 없다는 뜻일까?

바람이 찾아왔다. 한줄기 바람이라도 난간조차 없는 옥상에 있으니 무서웠다. 얼굴이 잔뜩 얼어붙어 있었는지, 도바는 흥미를 잃었다는 듯 어깨를 으쓱 움츠리고 말했다.

"궁금하면 직접 거울을 봐. 넌 물구나무라도 서지 않으면 모르겠지만. 자, 동아리 활동중이니까 방해하지 말고 그만 내려가줄래?"

그러고는 등을 돌리려 했다.

나는 지이의 웃음을 떠올렸다. 어제, 오레키의 이야기에 푹 빠져 있던 그 옆모습을.

"잠깐만. 하나만 더."

"……끈질기네."

나는 눈썹을 찌푸리는 도바에게 절대 다시 묻지 않을 각오로 물었다.

“이 고등학교에 들어온 뒤로 오레키는 만나봤어?”

다행히 도바는 내 질문의 뜻을 깊이 생각하지 않았다.

“나, 오레키는 영웅으로 남겨두고 싶어.”

“…….”

“만나서 이야기해보면 싫어질 거 아냐?”

도바는 이번에야말로 발길을 돌려 카메라 파인더로 몸을 숙였다. 더는 대답해주지 않을 게 뻔했다.

5

문제는 역시 거울이다.

옥상에서 내려왔지만 지학 교실에 가지는 않았다. 이제 와서 무슨 소용이냐는 도바의 말은 분하지만 옳다. 도바 아사미의 이름을 들먹이며 굳이 따지고 들면 오레키는 입을 열지도 모른다. 하지만 멱살을 붙잡아가며 사과할 이유를 끄집어낸다는 건 엉뚱한 짓이다.

후쿠가 있다면 만나고 싶기는 하다. 하지만 졸업 작품 문제를 두고 말하면 후쿠는 오레키와도, 도바와도 반이 달랐다. 이유야 알 수 없지만 오레키가 감추고 있는 비밀을 내가 털어놓고 의논하다니 비겁한 짓 같았다. 지금은 인내, 오로지 인내.

일반동으로 가서 교실에 내팽개쳐놓았던 가방을 챙겼다. 벽시계를 보니 아직 그리 늦지는 않았다.

가부라야 중학교 하교 시간까지는 아직 여유가 있다.

고등학생이 들어가면 안 되는 장소는 수도 없이 많다. 법률로 금지하는 장소, 조례로 금지하는 장소, 교칙으로 금지하는 장소. 출입 금지 천지다.

그리고 아무도 금지하지 않는데 들어갈 마음이 들지 않는 곳으로 졸업한 중학교를 들 수 있다. 적어도 나는 그렇다.

가부라야 중학교 교문 앞에 서서, 중앙 현관 앞 화단에 피어 있는 마리골드와 카틀레야를 바라보는데 뺨이 화끈거렸다. 운동장에서는 육상부와 야구부가 연습하고 있다. 취주악부가 음을 맞추는 소리가 들려왔다. 구성 요소들만 보면 가미야마 고등학교와 별 차이가 없는데 어째서 이렇게 들어가기 거북할까.

이유는 뻔하다. 나는 미소와 눈물을 머금고 이곳을 졸업했다. 졸업한 곳으로는 돌아갈 수 없다. 돌아가서는 안 된다.

내 차림새를 훑어보았다. 이 동네 사람이라면 누구나 아는, 가미야마 고등학교 교복 차림. 일단 집에 돌아가 가부라야 중학교 교복으로 갈아입고 올까. 다행이라고 해야 하나, 유감스럽게도 키는 거의 자라지 않았다. 아직 한창 자랄 나이지만, 당장 눈에 보이는 숫자는 인정하지 않을 수가 없다. 중학교 교복을 입어도 어색하지는 않을 것이다.

거기까지 생각했다가 세차게 도리질을 쳤다. 무슨 생각을 하는 거람. 그래서야 코스프레 아닌가? 시시한 계획을 짜느니 정면돌파다. 아무리 거북한들 기껏해야 중학교에 들어가는 건데, 용기가 필요할 만큼 무섭지는 않다.

좋아, 가자.

교문 안으로 들어선 다음에야 깨달았다. 지금 손발을 동시에 내밀었다.

중앙 현관은 학생용과 손님용, 직원용으로 나뉜다. 내가 손님은 아니니까 그래도 학생용 출입구로 슬쩍 들어가는 게 낫겠거니 했다. 하지만 생각해보니 학생용 출입구에는 외부인용 슬리퍼가 없으니 학교 안을 돌아다닐 수 없다. 손님이 아니라 미안하지만 손님용 출입구로 돌아가는 수밖에 없다.

안내 데스크라도 있으면 훨씬 마음이 편할 텐데. '이 학교 졸업생 이바라라고 하는데, 잠깐 들어가도 될까요?' 하고 물어보고 '물론이죠'라고 대답해준다면 당당하게 들어갈 수 있다. 하지만 가부라야 중학교 손님용 출입구는 개방적이라 아무도 없다. 떳떳한 자만이 이 문을 지나가라고 말하는 듯하다. 부지 안으로 들어간 이상, 계속 이렇게 쭈뼛거릴 수는 없다. 안으로 성큼 들어가 구두를 벗었다. "가부라야 중학교"라는 금색 글씨가 적힌 갈색 슬리퍼를 신발장에서 맘대로 집어 왔다.

문제의 거울에는 '추억의 거울'이라는 이름이 붙어 있었다. 재치는 찾아볼 수 없지만 이상한 센스를 발휘하는 것보다야 낫다. 거울을 벽면에 건 것은 우리가 아직 졸업하기 전이었으므로 위치는 알고 있다. 두 계단 중 한쪽을 끝까지 내려가면 정면을 가로막는 벽. 들킬까 봐 서두른 건 아니지만 곧장 걸었다.

하교 시간까지 이제 삼십 분. 교내에 인기척은 남아 있지만 복도에서 마주치는 사람은 아무도 없다. 마음이 놓이는 한편 왠지 쓸쓸하기도 하다. 만약 세일러 칼라 교복을 입은 여학생을 발견한다면 나도 작년 삼월까지는 저랬는데, 하고 포근한 마음이 들 것 같다. 하지만 아무도 없으니 도바가 했던 말만 가슴속을 맴돌았다. 영웅이 풀어준 저주…….

어떤 의미일까. 저주의 거울이라면, 백설공주? 그건 마법의 거울인가. 한밤중의 맞거울도 어찌 보면 저주의 거울이다. 하지만 '추억의 거울'은 한 장뿐. 애초에 저주라면 '풀렸다'는 건 무슨 뜻일까? 이런저런 생각을 하는 사이 누구와도 마주치지 않고 추억의 거울 앞에 섰다.

"이렇게 작았나?"

가장 먼저 든 생각이었다.

초등학교를 보면 모든 게 작아서 놀랄 때가 있다. 그것은 단순히 우리의 몸이 자랐기 때문이다. 하지만 추억의 거울을 마지막으로 본 뒤로 내 체격은 거의 변하지 않았다. 그런데 벽면에 있는 거울은 맥이 빠질 만큼 작았다.

아니, 전신을 비추고도 남으니 높이는 이 미터가 넘을 것이다. 일반적으로는 충분히 큰 거울이다. 그렇다면 일 년 남짓한 사이 내 기억 속에서 실물보다 커졌을 뿐일까?

"역시 그립네."

손가락을 뻗었다.

졸업생 모두 함께, 적어도 표면상으로는 모두가 조각한 장식 틀. 완성된 작품에는 별다른 정이 없다. 틀을 짜는 현장에 함께하기는 했지만 실제 접착 작업은 선생님이 한 탓도 있어 직접 만들었다는 실감은 별로 없었다. 하지만 거울 왼쪽을 장식하는 '과실을 쪼아먹는 작은 새'는 틀림없이 나와 미시마가 둘이서 조각한 부분이다. 참새라고 불렀던 그것은 이제 보니 역시 벌새였다. 중학생 때 알았다면 조금 더 벌새처럼 파려고 애썼을 텐데. 거울 옆에는 플라스틱 이름표가 붙어 있었다. "추억의 거울(디자인 다카스 아미)"라는 글자 밑에 우리 졸업 연도가 적혀 있다.

"다카스 이름도 있었구나."

졸업 전에는 알아차리지 못했다. 영원히 학교에 이름이 새겨지다니 부러운 한편으로 내 이름이 아니라 다행이라는 생각도 든다.

크기 외에 또 한 가지, 기억과 달랐던 것은 거울을 둘러싼 넝쿨의 두께였다. 나는 어렴풋이 가로세로 십 센티미터인 판자를 당당하게 가로지르는 굵은 넝쿨로 기억하고 있었다. 실제 넝쿨은 가장 굵은 부분도 기껏해야 이 센티미터밖에 되지 않았지만, 어지러이 꼬여서 입체감을 내고 있었다.

무심코 중얼거렸다.

"잘해야 60점."

중학교 때는 무난하고 성실한 디자인이라고 생각했다.

하지만 지금 보니 넝쿨이 너무 꼬여 있어 지저분한 인상을 지울 수 없다. 특히 거울 아래쪽 장식은 지나칠 정도였다. 군데군데 잎과 포도송이가 달린 넝쿨이 내려갔다가 올라갔다가 돌돌 말렸다가, 종횡무진 어지럽다. 나뭇가지나 벌레 장식까지 더해져 다소 엉망진창이었다.

아래로 내려갈수록 디자인이 복잡해지는 건 그런대로 괜찮아 보였다. 위쪽이 복잡한 것보다야 훨씬 낫다.

그나저나.

거울 전체가 시야에 들어오도록 한 걸음 물러났다.

틀만 관찰하느라 관심을 못 받고 있던 거울 속 내가 심각한 얼굴로 팔짱을 꼈다.

"저주의 거울이라……."

거울 자체는 선생님 아니면 누군가가 발주한 평범한 거울이다. 후쿠라면 어째서 거울에 상이 맺히는지 설명해주겠지. 거기에 어떤 저주가 있을 것 같지는 않다.

저주받았다면, 역시 우리가 조각한 틀일 것이다.

"하지만 풀렸댔잖아."

그리고 아마도, 그것은 오레키가 풀었을 것이다.

그렇다면? 내 시선은 거울을 둘러싼 곡선 속에서 단 한 곳뿐인 직선으로 빨려 들어갔다. 가로로 뻗은 넝쿨 한줄기. 오레키가 조각한 부분.

저주.

"으음."

도바는 또 무슨 말을 했더라? 오레키가 영웅. 만나면 싫어질 테니까 영웅하고는 만나지 않는다. 그리고…….

모르겠다. 도바도 죽었다 깨어나도 나는 모를 거라 했다.

"어, 아닌가."

아니다. 그때도 조금 이상하다고는 생각했다.

도바는 '죽었다 깨어나도'라고 말하지 않았다. '물구나무라도 서지 않으면'이라고 말했던 것이다.

물구나무.

"치마 입었는데……."

후쿠라도 데려왔다면 물구나무를 서는 동안 치마를 붙잡아 달라고 할 수 있었을 텐데.

물구나무. 거꾸로.

"아. 혹시?"

주머니에서 휴대전화를 꺼냈다.

카메라를 열어 렌즈를 거울 쪽으로 내밀었다. 거울 속의 나도 이쪽을 향해 휴대전화를 내밀고 있다.

셔터음은 단조로운 '삐' 소리로 설정해놓았다.

그렇게 찍은 사진을 띄우고 휴대전화를 거꾸로 들었다.

"이거, 였나……."

저녁노을이 다가오는 중학교에서, 나는 홀로 그렇게 중얼거렸다.

6

지학 교실.

오늘은 지이가 없다. 오레키하고 후쿠. 그리고 나.

후쿠라면 들어도 된다. 늘 똑같은 자리를 차지하고 있는 오레키 앞에 나는 말없이 인쇄한 사진을 늘어놓았다.

오레키는 크게 놀란 눈치였다. 그럴 만도 하지. 나도 누가 대뜸 눈앞에 사진을 들이대면 영문을 알 수 없을 것이다. 하지만 사진을 전부 펼쳐놓을 때까지 오레키는 입을 다물고 있었다. 후쿠도.

사진은 '추억의 거울' 장식 틀 아랫부분을 찍은 것이었다. 오레키가 '태만을 부린' 부분을 포함해 전부 열다섯 장이다.

열다섯 장이나 인쇄한 탓에 프린터 잉크가 바닥나고 말았다. 이번 주 일요일, 후쿠를 끌고 새걸 사러 가야겠다.

손길을 멈추자 오레키가 말했다.

"뭐냐, 이건?"

아직도 시치미를 떼다니.

"졸업 작품이야."

"아아, 그런가."

"뻔뻔하네. 연기하는 거 티 나."

오레키는 뺨을 긁적였다.

"어제 도바 아사미를 만났어. 오레키, 도바가 우리 고등학교에 들어온 거 알고 있었어?"

일단 물어는 봤지만 그럴 필요 없다는 건 알고 있었다. 일년 넘게 같은 학교에서 생활했는데 한 번도 못 봤다는 건 말도 안 된다.

하지만 오레키는 말도 안 되는 남자였다.

"아니, 금시초문인데."

"어?"

"잘 지내던?"

그걸 잘 지낸다고 표현해도 되는 걸까. 아무도 가까이 오지 못하도록 거부하는 태도를. 하지만 뭐, 근성이 있어 보였던 건 사실이다.

"그런 것 같아."

"그러냐. 다행이네."

"거울 앞에서 물구나무를 서라더라."

나는 열다섯 장의 사진을 거꾸로 뒤집기 시작했다. 오레키 옆에서는 후쿠가 아무 말 없이 지켜봐주고 있었다. 그 침묵이 오히려 분명한 긍정이었다. 오레키, 도바 아사미, 졸업 작품. 이 삼각형의 비밀을, 후쿠베 사토시는 알고 있었던 것이다.

그냥 보면 지저분할 정도로 배배 꼬인 넝쿨로만 보인다. 하지만 거꾸로 뒤집으면, 거기에는 다른 모습이 나타난다.

돌돌 말려 있는 넝쿨은 거꾸로 뒤집으니 'I'가 되었다.

위아래로 오르락내리락하는 넝쿨은, 뒤집으니 'W'처럼 보였다.

이쪽은 'H'. 이건 'A'. 본 적은 있지만 배우지 않은 필기체로 적혀 있는 탓에 읽는 데 고생 좀 했다.

열다섯 장의 사진은, 하나의 문장을 만들어냈다.

WE HATE A AMI T

"아미가 싫다니, 너무하지. 졸업 작품에 이런 글을 숨겨놓

다니."

오레키는 더이상 어설프게 속이려 들지 않았다. 작게 고개를 끄덕이고는 이렇게 말했다.

"그래. 동감이야."

"하지만 문법이 틀렸어."

"응."

"고유명사 앞에 부정관사는 필요 없어."

"그렇지."

"네가 조각한 건 이 부분이었지?"

나는 'A'와 'A' 사이를 가리켰다. 오레키는 말없이 고개를 끄덕였다.

그다음은 오레키의 대답을 들을 필요도 없다. 내가 눈치챘다는 사실을, 오레키는 확실히 알고 있다.

복잡하게 꼬인 넝쿨 속에 꽁꽁 숨겨진 글은 원래 'WE HATE ASAMI T'였으리라. 하지만 오레키가 한 글자를 빼먹자 문장이 바뀌어버렸다.

도바 아사미를 향했던 저주가 풀렸다.

나는 거기서 후쿠를 쳐다보았다.

"후쿠. 나, 어제 가부라야 중학교에 갔어."

"음, 다들 잘 지내?"

"몰라. 아무도 만나지 못했어. 하지만 거울 옆에 있는 이름표는 봤어. 디자인한 사람이 다카스 아미라고 적혀 있었어."

"그래?"

"그거, 후쿠가 만들게 한 거지?"

후쿠와 오레키는 얼굴을 마주보았다.

어째서 내게 말해주지 않았을까. 가르쳐줬더라면 나도 뭔가 할 수 있었을 텐데. 서운한 녀석들. 아니, 귀찮은 녀석들이라고 해야 할까.

다카스 아미와 그녀의 추종자들은 도바 아사미를 괴롭혔다. 요란하게 괴롭혔다면 다른 반까지 소문이 났을지도 모르지만, 나는 들은 적이 없다. 그렇다면 아마도 겉으로 드러나지 않는 음습한 방법으로 괴롭혔거나, 학교 밖 학원 같은 곳에서 괴롭혔을 것이다.

졸업 작품 디자인을 맡은 다카스 아미는 거기에 마지막 재미를 숨겨놓았다. 졸업생 전체가 도바 아사미에게 보내는 메시지, 가부라야 중학교가 존재하는 한 영원히 남을 메시지를. '우리는 도바 아사미를 싫어해'라고.

하지만 공교롭게도 오레키가 알아차리고 말았다. 오레키가 담당한 부분에는 거꾸로 뒤집힌 'S'가 숨어 있었다. 그것뿐이었다면 아무리 오레키라도 온전한 문장을 파악할 수 없었을 것이다. 반별로 각자 담당할 부분의 디자인만 나눠주었으니까. 수상하게 여긴 오레키는 후쿠에게 의논했으리라. 후쿠는 졸업 작품 진행 관리를 맡고 있었다. 전체 디자인도 가지고 있었을 터였다.

그것을 본 오레키와 후쿠는 전체 메시지를 알아낸다. 여기까지 와서 계획을 전부 중지할 수는 없다. 하지만 문장을 바꿀 수는 있었다.

장식틀을 조립하는 날, 추운 체육관에서 다카스 아미가 그렇게 울만도 했다. 'ASAMI T'를 조롱할 메시지가 어째선지 'AMI T'를 조롱하는 글로 뒤바뀌어 있었으니.

나는 오레키에게 말했다.

"도바가 널 영웅이라고 하더라."

가만히 관찰했다.

오레키의 얼굴이 붉어졌다. 숨은 문장을 찾아냈을 때, 나는 오레키가 사정을 숨긴 이유도 알 것만 같았다. 이 녀석의 행동은 도바를 구했다. 오레키는 그 점이 부끄러운 것이다. 평소 에너지 절약을 주창하는 본인이 변덕과 태만이라는 수단을 쓰기는 했어도 한 소녀를 구했다는 사실을 남들에게 들키고 싶지 않은 것이다.

바보다.

"설마 이제 와서 들킬 줄이야. 내가 마야카를 너무 얕잡아 봤나?"

후쿠가 농담을 던졌다.

오레키가 한숨을 쉬며 후쿠에게 말했다.

"그때, 넝쿨을 일직선으로 만들까 'T'로 바꿀까 고민했지."

"그랬지. 나는 좋은 아이디어라고 생각했는데."

오레키가 조각한 부분이 만약 'T'였다면……. 'WE HATE ATAMI T'.

"하지만 뭐, 아타미 지역에 불만은 없었으니까."

이런 잔꾀로 나를 속일 수 있다고 생각한다면 천만에. 나름대로 오래 알고 지낸 덕에 이 녀석들 수법은 다 안다. 오레키와 후쿠는 익살과 농담이라는 연막으로 이 문제를 '다 끝난 일'로 덮어버리려는 것이다. 뻔히 보인다.

나는 그렇게 내버려두지 않고 똑똑히 말했다.

"오레키, 미안해. 네가 그런 생각을 하는 줄도 모르고, 경멸하고 있었어. 정말 미안."

좌우를 두리번거리던 오레키는 책상 끝에 엎어놓은 문고본을 발견하고는 안도한 듯 가까이 끌어당겼다. 마치 호신 부적이라도 되는 양 문고본 위에 손을 얹고, 오레키는 내게서 고개를 돌린 채로 이렇게 말했다.

"알았으니 사진 좀 치워. ……지금 딱 재미있는 부분이란 말이야."

거울이 있었다면 좋았을 텐데. 본인에게 꼭 보여주고 싶은, 그런 얼굴이었다.

003

맑은가
첩첩 산봉우리는

방과후에 헬기가 날아왔다.

이쪽으로 날아온 프로펠러 소리는 깜짝 놀랄 만큼 가까이 다가온 다음에도 좀처럼 떠나지 않았다. 머리 위에 어찌나 오래 머물던지, 혹시 운동장에 내리려는 건가 싶었을 때에야 비로소 멀리 날아갔다.

고전부 부실, 지학 교실에는 네 사람이 있었다. 나는 책을 읽고 있었고, 믿기 어렵지만 사토시는 숙제를 하고 있었고, 지탄다와 이바라는 우리와 조금 떨어진 자리에서 아까부터 뭐가 그리 즐거운지 재잘거리고 있다.

그랬는데 요란한 헬기 소리에 그만 김이 새버렸다. 소리가 사라지자 약속이라도 한 것처럼 침묵이 내려앉았다. 조금 기묘한 느낌이다. 정적을 깨뜨리려 했던 건 아니지만 나는 불쑥 중얼거렸다.

"헬기인가?"

그전에도 헬기 소리는 몇 번이나 들었는데, 유독 그날은 한 가지 떠오르는 일이 있었다.

"오기가 헬기를 좋아했지."

사토시나 이바라더러 들으라고 한 말인데, 반응은 지탄다가 했다.

"오기 씨요? 2학년 D반 오기 다카히로 씨 말인가요?"

"그게 누군데."

"그러니까 2학년 D반에."

고전부 말고는 다른 활동을 하지 않는 내가 다른 반 학생 이름을 알 턱이 있나. 나는 손에 들고 있던 책을 덮었다.

"네가 모르는 오기야. 우리 중학교 영어 선생님. 사토시, 넌 알지?"

그렇게 묻자 사토시도 샤프를 책상에 내려놓고 내 쪽을 돌아보았다. 하지만 기억이 가물가물한지 고개를 갸웃거린다.

"물론 오기 선생님은 알아. 3학년 때 담임이었으니까. 하지만 헬기를 좋아한다는 건 몰랐네."

이번에는 내가 어리둥절했다. 모든 방면에서 대개 나보다 사토시가 더 정보통인데.

"오기가 헬기를 좋아한다는 건 다들 아는 사실인 줄 알았는데."

그렇게 말하면서 이바라를 흘깃 쳐다보았다. 이바라는 알겠지 싶었던 것이다.

나와 사토시, 이바라, 우리 셋은 가부라야 중학교에서 이곳 가미야마 고등학교로 진학했다. 지탄다만 다르다. 하지만 이바라는 내 시선을 느꼈으면서도 엉뚱한 곳을 보며 짤막하게 중얼거렸을 뿐이다.

"흐응."

이상한데. 사토시도 이바라도 모르는 건가? 평소 교사들을 그리 유심히 관찰하지 않는 내가 아는 사실을 이 녀석들이 모르다니 이상하다. 심지어 이바라는 줄곧 같은 반이었다. 모를 리가 없다.

"이바라, 기억 안 나? 언제였더라, 헬기가 가부라야 중학교 위로 날아왔었잖아."

"수십 번은 날아왔지."

쌀쌀맞다. 사실 살가운 이바라는 본 적이 없다.

"그중 한 번이었는데. 오기가 갑자기 수업을 중단하고 창가로 달려가서 하늘을 올려다본 적이 있었어. 학교로 다가온 헬기가 멀리 날아갈 때까지 하염없이 바라보더니 '헬기를 좋아해서' 어쩌고 하고 웃으며 얼버무리고 수업으로 돌아온 적이 있었잖아."

"……응."

이바라는 분한 표정으로 대꾸했다.

"그렇게까지 말하니 생각나네. 그런 일도 있었지. 그게 오기 선생님이었어?"

"오기였어."

다행이다, 내 기억이 잘못된 건 아니었군.

하지만 사토시는 여전히 고개를 갸웃거렸다. 오른쪽으로 갸웃, 왼쪽으로 갸웃. 어쩌면 굳은 어깨를 풀기 위한 체조일지도 모른다. 사토시는 몸짓을 뚝 멈추더니 이렇게 단언했다.

"그건 이상해."

"네가 이상하다고 해도, 실제로 그런 일이 있었다니까."

"자위대 헬기가 스쿼드런으로 날아왔을 때는 제법 볼 만했는데도 오기 선생님이 반응하는 걸 본 기억이 없는데."

의문점이 몇 가지 있다.

"스쿼드런이 뭐냐?"

"편대."

"자위대라는 건 어떻게 알았어?"

"그것 말고는 화살촉 모양으로 편대를 짜서 비행하는 헬리콥터 집단을 모르니까."

오호라. 그렇다면 남은 의문은 하나.

"그 자리에 오기가 있었던 건 확실해?"

사토시는 눈썹을 찌푸렸다.

"……있었던 것 같은데. 그 헬기를 보고 연상이 돼서 사전으로 'ATM'을 찾아본 기억이 있거든. 그러니까 영어 수업이고, 오기 선생님이 있었겠지. 영어는 내내 그 선생님이 가르쳤으니까."

아마 이바라와 지탄다는 헬리콥터와 현금자동지급기 사이에 무슨 상관이 있는지 짐작도 못 할 것이다. ATM이란 대전차 미사일의 약어로, 군용 헬리콥터에 자주 탑재된다. 그건 됐고.

"확실히 그러네. 그런 게 왔다면 오기가 운동장에 나가서 춤을 추고도 남았을 텐데."

"설마 그러겠냐."

비유가 그렇다는 거다.

이바라도 서서히 기억이 되살아난 모양이다.

"맞아. 헬리콥터를 보고 기뻐한 건 오기 선생님이었어. 꽤 오래전 일이지? 아마 중학교에 입학한 직후였던 것 같은데."

"듣고 보니 '중학교에는 이상한 교사가 다 있네'라고 생각했던 것 같아."

"하지만 후쿠 말대로 그후로 오기 선생님이 헬리콥터에 반응한 건 한 번도 못 봤어."

입학 직후인가. 꽤나 기억이 가물가물하지만 듣고 보니 그때 말고는 오기가 그렇게 행동하는 걸 본 기억이 없다.

사토시도 이것저것 기억이 난 모양이다.

"오기 선생님이라고 하면 그런 사소한 일보다 훨씬 대중적이고 충격적인 전설이 있잖아. 경이로운 오기 전설이."

"맘대로 지어내지 마."

어차피 뭔가 과장되게 떠벌릴 작정이겠지 싶었는데, 사토시는 의외로 진지하게 화를 냈다.

"아니야, 내가 지어낸 게 아니라고. 본인 입으로 그랬단 말이야."

뭐, 잡담을 좋아하는 사람이기는 했다. 내가 입을 다물자 사토시는 만족스럽게 웃더니 기회는 이때다 하고 으스댔다.

"오기 선생님은 말이지……. 나도 좀 믿기는 어려운데, 말해도 과연 믿어줄지. 있을 수 없는 일은 아니라고 생각하는데."

"빨리 말해."

"본인 말에 의하면 그때까지 살아오면서 벼락을 세 번이나 맞았대."

지탄다에게는 오기가 헬기를 사랑하든 ATM을 날리든, 모르는 사람의 추억담에 지나지 않는다. 아무리 지탄다의 호기심이 무한하다고 해도 관심을 가질 리 없다. 하지만 그때까지 우리 이야기에 끼어들지 않던 지탄다도 이 말에는 역시나 깜짝 놀랐다.

"네? 벼락이라니, 진짜 벼락 말인가요?"

집게손가락으로 천장을 가리키고 있다. 사토시는 고개를 끄덕였다.

"응. 그 벼락."

그건 또 몰랐다. 말없이 이바라를 쳐다보았다. 시선의 의미를 이해했을 텐데 살짝 고개를 젓는 걸 보니 이 녀석도 몰랐던 모양이다.

지탄다는 안됐다는 듯이 표정을 흐렸다. 모르는 사람 일인데.

"세 번이나. 무사한 게 기적이네요."

"담벼락 아닌 삼벼락."

차마 못 들어줄 발언이다. 못 들은 척하는 게 배려겠지.

사토시는 방금 자기가 한 말은 쏙 덮어버리고 뻔뻔하게 말을 이었다.

"세 번 다 직접 맞은 건 아닌 모양이지만 다치기는 했대. 한 번은 기절까지 했다던데. 웃으면서 몸에 화상 흉터가 있다고 했어."

"그런가요……. 하지만 목숨을 부지했으니 불행 중 다행이네요."

확실히 낙뢰는 충분히 사인이 될 수 있다. 오기는 겉보기로는 눈에 띄는 흉터도 없고, 왜소하기는 해도 튼튼해 보였다. 벼락을 세 번이나 맞고도 큰 변이 없다니 정말 불행 중 다행이다.

하지만 마음에 걸린다. 벼락. 그것도 세 번이나. 그런 일이 가능한가?

가미야마 시는 딱히 벼락이 자주 치는 지역이 아니다. 그런데 오기만 세 번이나 벼락을 맞을 수 있을까? 사토시가 거짓말을 했을 리는 없다. 사토시가 이따금 이야기를 지어내기는 해도 "지어낸 이야기가 아니다"라고 선언하면서까지 날조하지는 않는다.

그렇다면 오기가 거짓말을 한 걸까? 그것도 이상하다. 불행을 떠벌리는 사람은 많지만 "나, 벼락을 세 번이나 맞았다"라는 건 뭐랄까, 거짓말치고는 허황스럽다.

그런 생각을 하고 있던 내 뇌리에 어떤 예감이 스쳤다. 별로 기분 좋은 예감은 아니었다.

물어보자.

"사토시. 도서관에 옛날 신문 있지?"

갑자기 화제를 바꾸자 조금 불만스러운 기색이었지만 사토시는 순순히 알려주었다.

"있어. 우리 도서실에도 조금은 있고."

"아, 도서실에 있는 건 가미 고에 관한 기사 스크랩뿐이야."

그러고 보니 이바라는 도서 위원이다. 가끔 도서실에 가면 높은 확률로 카운터에 이 녀석이 있다.

가미야마 고등학교하고는 상관없는 일이라 스크랩북으로는 해결이 안 된다. 숄더백을 들었다.

"이만 간다. 도서관에 들를 건데 너도 갈래?"

사토시에게 묻자 의아한 표정을 지었다.

"뭐야, 호타로한테서 의욕이 느껴지는데."

이게 의욕일까. 아마도 아니다. 다만 예감이 너무 강렬해서 도저히 그냥은…….

"신경쓰여."

이렇게 한마디 중얼거린 순간, 기분 탓인지 분위기가 바뀌었다. 아니, 분명히 분위기가 달라졌다. 사토시는 손으로 입을 가렸다. 이바라는 상한 음식이라도 먹은 표정이었다.

사토시가 손짓 발짓 해가며 당혹감을 표현했다.

"호타로? 호타로 맞지? 너 오레키 호타로지? 외계인한테 조종당하고 있는 거 아니지? 아니면 지탄다가 빙의한 건가?"

"전 여기 있는데요."

"오레키, 너 그만 집에 가. 곧장 돌아가서 냉큼 자. 몸 따뜻하게 하고. 내일이면 분명 멀쩡해질 거야."

……내가 자발적으로 행동하는 게 그렇게 이상한 일인가? 이래 봬도 자가 호흡 정도는 하고 있는데. 도서관이 몇 시까지 문을 여는지 모르겠지만 스물네 시간 영업은 아닐 것이다. 폐관 시간을 지나면 김만 샌다. 이런 무례한 녀석들은 내버려두고 간략하게 해치우자.

그렇게 생각하며 일어나려는데 동시에 일어난 녀석이 있었다. 지탄다였다.

"오레키 씨, 신경쓰인다는 거죠?"

"그래, 좀."

"조사하러 가실 건가요?"

"아무것도 안 나올지도 모르지만, 차라리 그게 나아."

"신경쓰여요!"

뭐, 뭐야? 지학 교실 책상과 의자 사이를 헤치며 지탄다가 내게 성큼성큼 다가왔다. 일 미터도 채 남기지 않고 겨우 멈추더니 검은 눈동자로 나를 응시했다.

"오레키 씨의 호기심을 자극하는 일이 이 세상에 존재하다니, 그게 대체 뭔지…… 저, 신경쓰여요!"

아아.

이 녀석도 무례하기로는 도토리 키 재기다.

사토시는 꼭 끝내야만 하는 숙제가 있는지 따라온다고 하지 않았다. 뭐, 딱히 같이 가주길 바랐던 건 아니다. 솔직히 말해 도서 위원인 이바라가 같이 가주면 든든하지만, 나하고 이바라는 서로 뭔가를 부탁할 만한 사이가 아니다.

결국 지탄다 혼자만 교문에서 기다리고 있었다.

하필이면 하교하는 학생들이 몰릴 시간대. 문예계 동아리 활동이 왕성한 가미야마 고등학교에서 교복을 입은 학생들이 줄줄이 집으로 돌아간다. 운동장에서는 체육계 동아리 학생들이 아직 활동하고 있지만 슬슬 정리할 시간인 듯했다. 허들을 쌓아 어깨에 멘 육상부 여학생과, 베이스를 하나씩 뽑으며 다이아몬드를 도는 야구부 남학생이 눈에 들어왔다.

나는 학교에 걸어다니지만 지탄다는 자전거로 다닌다. 지탄다는 금방 자전거 보관소가 있는 학교 뒤편에서 느긋한 속도로 다가왔다.

"그럼 갈까요?"

그 말을 듣고 생각해보았다.

지금 가미야마 고등학교 주변은 어느 쪽으로 가든 하교하는 학생들 천지다. 우리가 함께 가려면 지탄다가 자전거에서 내려 학생들 사이에서 자전거를 끌고 가야 한다. 그 정경을 상상해보았다.

그럴 수는 없다. 역시.

"먼저 가."

지탄다가 나를 슬쩍 보더니 말했다.

"함께 타고 가도 돼요."

지탄다가 페달을 밟고, 내가 뒤에 타는 모습을 상상해보았다.

아무리 생각해도 그럴 수는 없다.

애초에 생각해보면 여기서 기다릴 필요도 없었다. 지탄다가 내가 조사하는 것을 구경하고 싶다면 도서관에서 합류하면 된다. 먼저 가라고 한 번 더 말하는 대신 길을 가리켰다.

지탄다는 그럼, 하고 가려고 했다.

문득 생각이 나서 뒤돌아선 지탄다를 불러 세웠다.

"아, 지탄다."

"예?"

지탄다가 자전거 위에서 어깨 너머로 돌아보았다.

"도서관에 가서 지난 신문 기사를 검색할 수 있으면 오기 마사키요라는 이름 좀 조사해주겠어? 작은 나무가 곧고 청정하다고 써서 오기 마사키요小木正清야."

"알겠어요. 그럼 나중에."

뒷모습을 배웅하면서 든 생각인데, 지탄다에게 자전거는 별로 안 어울린다. 물론 아무리 근대 여학생 같은 분위기가 있다고 해도 마차나 인력거가 어울린다는 말은 아니지만.

나도 하교하는 학생들 틈바구니에 끼었다. 너무 느리게 걸으면 지탄다가 기다리게 된다. 달리는 건 아무래도 에너지 절약주의에 지나치게 반하는 행동이지만 뭐, 서두르는 정도라면야.

발밑만 보고 성큼성큼 걸었다. 시립 도서관은 집으로 가는 길에서 크게 벗어나지 않는다. 약간만 돌아가면 된다. 강변 옆, 익숙한 통학로다. 비가 오는 날은 아케이드가 있는 상점가로 돌아갈 때도 있지만 보통은 이 길로 다닌다. 학교 근처에서는 집단을 이루고 있던 가미 고 학생들도 일부는 집으로, 일부는 학원으로, 또 다른 이곳저곳을 찾아 삼삼오오 흩어져 이윽고 강가에는 나만 혼자 남았다.

종종걸음에도 조금 지쳐서 숙이고 있던 고개를 들었다. 뒤에서 다가오는 경차를 발견하고 길 옆으로 살짝 피했다. 눈길을 들자 정상에 눈이 쌓인 가미카키우치 산이 평소처럼 당당히 솟아 있다.

가미야마 시는 가미카키우치 산 밑자락에 있다. 수학여행으로 이 도시 밖으로 나가면 병풍처럼 뻗은 산들이 우리를 굽어보지 않는다는 사실을 알고 해방감과 불안감을 조금씩 느낀다. 날카로운 삼천 미터급 봉우리가 이어지는 가미카키우치 산은 대기의 흐름마저 끊는지, 산 바깥쪽과 안쪽의 기후도 완전히 다르다고 한다. 가본 적은 없다. 지리 교과서에 그렇게 적혀 있었고, 누나가 실제로 그렇게 느꼈다고 가르쳐주었다.

일본은 물론이고 세상 어디든 '잠깐 다녀올게' 하고 떠나는 누나는 눈앞에 솟은 가미카키우치 산에도 몇 번이나 들어갔다. 이렇게 다양한 특성을 가진 오레키 도모에지만 아직 등산가라고 말할 정도는 아닌 모양이다. 초보자 코스라는 이천 미터 후반의 산을 몇 개 제패한 수준일 것이다.

나도 초등학교 때 끌려간 적이 있다. 등산은 말할 필요도 없이 에너지 절약주의와 완전히 반대되는 행동이다. 나는 아마도 두 번 다시 산에 들어가지 않을 것이다.

노을이 지려면 아직 시간이 있다. 기다리고 있을 지탄다를 잊은 것은 아니지만 한동안 익숙한 산을 바라보고 있었다.

가미카키우치 산을 본 것은 우연이 아니다.

도서관에 도착한 나를 발견하고 조용한 걸음으로 다가온 지탄다가 한 장의 복사지를 건네주었다.

"오기 씨 정보, 찾았어요."

굳이 복사할 필요는 없었는데. 복사비는 한 장에 십 엔이었을 터. 지갑에서 십 엔을 꺼내서 건넸다. 지탄다는 아무 말 없이 받았다.

지탄다가 찾아준 자료는 작년 신문 기사였다.

등산길 미화 작업, 가미카기우치 산에서

26일부터 가미야마 산악회 주최로 아부미다케 산길 미화를 추진하고 있다. 자원봉사자 등 11명이 참가해 등산길 주변의 쓰레기를 주웠다. 가미야마 산악회 회장 오기 마사키요 씨(39)는 "등산이 인기를 끌면서 산에서 지켜야 할 매너를 모르는 등산객이 늘었다. 등산 매너는 생명과도 직결된다는 것을 알아주길 바란다"고 했다.

“오기 선생님은 산을 타는 분이셨군요.”

내 표정이 적잖이 어두웠던지 지탄다가 내 얼굴을 들여다보았다.

“저……. 왜 그러세요?”

“아니야. 옛날 신문은 전부 검색한 거야?”

“아뇨, 자료 검색은 오 년 전까지만 된대요. 저쪽 카운터에 부탁하면 찾아줘요.”

지탄다는 그렇게 대답하면서도 여전히 내 태도를 수상쩍게 여겼다.

세 번이나 벼락을 맞았다는 이야기를 듣고 나는 문득 이런 생각을 했다. ……평지에서 그런 일이 있을 수 있을까?

그럴지도 모른다. 세상에는 벼락을 몇십 번이나 맞고도 살아남은 사람이 있다는 이야기를 들은 적이 있다. 하지만 나는 조금 다른 가능성을 생각했고, 그 예상은 적중했다.

다음 예상은 솔직히 빗나갔으면 좋겠다. 그런 생각을 하면서 카운터로 다가갔다. 은테 안경을 쓰고 컴퓨터 앞에 앉은 젊은 여성에게 물었다.

“실례합니다. 신문 기사를 검색하고 싶은데요.”

“예. 무슨 기사를 찾으시나요?”

내가 중학교에 입학한 해, 사월부터 오월 사이 기사를 부탁했다.

키보드를 매끄럽게 두드리는 소리가 흘러나왔다. 그 여성은 키보드도 모니터도 아닌, 내 쪽을 보고 입력하면서 다시 물었다.

"찾고 싶은 키워드는 있나요?"

잠시 고민했다.

"……'조난'으로."

이유도 묻지 않고, 표정 하나 바꾸지 않고 그녀는 컴퓨터를 조작했다.

이 사람은 사서일까? 전에는 도서관에서 일하는 사람들 전부 사서인 줄 알았다. 어쩌다 그 착각을 들켜서 이바라에게 한참 놀림을 받은 적이 있다. 사서든 아르바이트든 그녀의 작업 처리는 빨랐다. 조건에 일치하는 신문 기사가 대번에 검색되었다.

"열두 건이네요. 더 좁혀볼까요?"

"그 정도면 그냥 볼게요."

그녀는 모니터를 내 쪽으로 돌려주었다.

당시 기사가 그대로 데이터베이스에 등재된 게 아니라, 어디까지나 검색만 가능한 것 같았다. 모니터에 나온 것은 제목

뿐. 하지만 거기서 예상하고 있던 글을 찾았다.

가미카키우치 산에서 조난 수색 난항

말없이 모니터를 보는 내 뒤에서 지탄다가 말을 걸었다.

"5월 9일 기사네요. 지난 신문은 저쪽에 있어요. 찾아봐요."

그 목소리에 들뜬 기색은 없었다.

지탄다는 눈치가 없다. 내가 알아차리고, 이바라가 알아차리고, 사토시가 알아차려도 지탄다 혼자 어리둥절해할 때가 종종 있다. 하지만 지금 목소리로 지탄다도 사정을 알아차린 것을 느꼈다. 나는 말없이 지탄다를 따라갔다.

날짜만 알면 원하는 기사는 금방 찾을 수 있다. 일 분도 지나지 않아 찾아냈다. 5월 9일 금요일, 조간. 가부라야 중학교에서 영어를 가르치는 오기가 수업중에 헬리콥터를 좋아한다고 밝힌 것은 아마도 이날이었으리라.

기사 내용은 이러했다.

가미야마 산악회원 2명 조난

8일, 다와라다 고이치 씨(43)와 무라지 이사오 씨(40) 두 명이 하산 예정

시간이 지났는데도 돌아오지 않는다는 신고가 가미야마 경찰서에 접수되었다. 두 사람은 가미야마 산악회 회원으로, 가미카키우치 산 시코로다케 봉우리를 중심으로 오르고 있었던 것으로 보인다.

산악 구조대가 출동했지만 시코로다케 주변 기상 악화로 수색은 난항을 겪고 있다. 현경은 구조 헬기를 가미야마 경찰서로 보내 날씨가 좋아지는 대로 공중 수색을 실시할 예정이다.

"결국…… 어떻게 된 건가요?"

무슨 일이 있었는지 지탄다도 어렴풋하게는 알 것이다. 다만 그것을 말로 하기 싫은 것이다. 내가 생각해내고, 내가 말을 꺼낸 문제니 답을 내놓는 것 역시 내가 해야 할 일 같았다.

먼저 결론부터 말했다.

"오기는 헬리콥터를 좋아했던 게 아니야."

저녁 무렵 도서관에는 의외로 사람이 많았다. 아이를 데리고 온 부모와 어르신들, 우리와 같은 교복을 입은 가미야마 고등학교 학생도 드문드문 보이고, 다른 학교 교복도 보였다. 도서관에서는 정숙. 나는 목소리를 낮추었다.

"오기는 벼락을 세 번이나 맞았어. 그건 아마 진짜겠지. 하지만 이 동네에서 평범하게 영어 교사로 지냈다면 그렇게 벼락을 자주 맞을까? 그래서 이런 생각을 해봤어. 오기는 벼락이 잘 떨어지는 곳에 자주 갔던 게 아닐까."

"그게 산이군요."

"그래. 오기는 교사이면서 동시에 등산가였던 게 아닐까 하는 생각이 들었어. 그러자 곧이어 줄줄이 어떤 생각들이 떠오르면서 단 한 번, 헬기를 좋아하다고 말한 그 의미를 알 것 같았어. 설마 싶어 확인하러 왔던 거야."

그리고 지금, 우리 앞에는 과거의 신문 기사가 있다. 오기가 활동했던 산악회, 그 회원의 조난을 전하는 기사가.

"어째서 오기는 그날만 헬기를 보려고 했을까? 그 헬기에 특별한 의미가 있었기 때문이야. 그날 헬기가 날기를 남몰래 기다렸던 게 아닐까?

조금 더 자세히 말하면 헬기가 날 수 있을지 없을지 계속 신경썼던 거야. 그래서 소리를 듣고 저도 모르게 기체를 확인한 거지."

영어 교사가 헬기에 관심을 보였다는 것만으로는 아무것도 알 수 없다.

하지만 등산가였다면 아무래도 사연이 있을 것 같다. 하물며 가미야마 시는 삼천 미터급 험산이 뻗은 가미카키우치산이 있는 도시. 헬기가 과연 날 수 있을지 등산가가 신경을 썼다고 바꿔보면 무슨 일이 있었는지 대충 예상이 된다. 등산과 헬기를 연관 짓는 것은 공중 촬영이나 자재 운반. 아니면…… 구조.

지탄다의 목소리도 속삭임에 가까웠다. 이곳이 도서관이라는 이유만은 아닌 것 같았다.

"……이 기사에는 8일은 기상이 나빠 헬리콥터가 뜨지 못했다고 적혀 있어요."

"그러네."

나는 그다음 말은 하지 않았다. 지탄다도 알 것이다. 불필요한 말은 하지 않는다.

오기는 가미야마 시 경찰서에 대기하고 있던 헬기가 뜰 수 있을지 걱정했던 것이다. 수업 시간에, 중학교 1학년에게 ABC부터 영어를 가르치면서 가미카키우치 산 주변의 날씨가 좋아졌는지 걱정하고 있었다. 산봉우리 주변의 날씨가 맑으면 헬기가 뜬다. 헬기가 뜨면 조난자가 구조될 가능성도 높아진다.

"어떤 심정이었을까요."

지탄다의 조용한 말에 다시 한번, 삼 년 전 일을 떠올렸다.

창가로 달려간 오기는 이윽고 헬기 소리가 멀어지자 교단으로 돌아왔다. '헬기를 좋아하거든'이라고 변명하면서. 나는 그때 오기의 표정을 기억하고 있다. 아니면 기억이 잘못된 걸까?

"속마음은 알 수 없어. 하지만 그때 오기는 웃고 있었어."

학생들 앞이었기 때문일까?

며칠 뒤 신문까지 읽어보니 조난당한 가미야마 산악회 두 사람은 시신으로 발견되었다고 한다.

발견한 것은, 현경 헬리콥터였다.

도서관에서 나오니 해가 저물어 있었다. 예정에 없던 도서관에 들렀지만 나와 지탄다는 집 방향이 다르다. 중앙 현관에서 나와 그럼, 하고 헤어지려는데 지탄다가 불쑥 물었다.

"저……."

"응?"

몸을 돌리다 말고 뒤를 돌아보았다.

지탄다는 아주 조금, 고개를 떨구고 있었다.

"한 가지, 물어봐도 될까요?"

"물론."

"어째서 신경쓰였던 거예요?"

그건가. 나는 무심코 쓴웃음을 흘렸다.

"내가 자발적으로 뭔가 조사하는 게 그렇게 이상해?"

지탄다도 내 웃음이 옮은 것처럼 빙그레 웃었다.

"네, 그래요. 오레키 씨답지 않다고 생각했어요."

"뭐, 확실히 평소에는 '안 해도 되는 일은 하지 않는다' 주의니까."

"아뇨, 그런 뜻이 아니라."

내 불변의 모토를 저렇게 치워버리다니. 지탄다는 의아해한다기보다 어쩐지 당혹스러운 기색으로 말을 이었다.

"오레키 씨는 다른 사람을 위해서라면 여러모로 애를 써요. 저도 몇 번이나 도움을 받았어요. 하지만 오레키 씨는 자기 일에는 무관심하죠. 그런데 어째서 오늘만은 본인의 궁금증을 해결하려 조사한 거죠? ……죄송해요, 저, 아무래도 신경쓰여요."

뭔가 엉뚱한 소리를 들은 것 같다. 심각한 오해를 사고 있는 듯한.

다만 오해를 풀어주려면 꽤 시간이 걸릴 것 같았다. 이미 해도 졌다. 나는 간략하게, 질문에만 답하기로 했다.

"벼락 얘기를 듣고 불쾌한 연상을 했거든."

"아까도 그렇게 말씀하셨죠."

"그 연상이 맞는다면 앞으로 조심해야 하니까. 그래서 조사해야만 했어."

일주일쯤 꼼짝도 못 하고 매달려야 할 조사였다면 이야기가 달라지지만 지난 신문을 뒤적이는 정도라면 그리 큰 수고도 아니다. 도와줄 사람도 있었고.

지탄다는 아직 이해를 못 하는 눈치였다.

"조심한다고요?"

"실제로는 그런 일이 있었던 건데, 오기가 헬기를 좋아한다는 말을 내가 가볍게 할 수는 없잖아. 그건 무신경한 거야. 당연히 조심해야지."

별 뜻 없이 한 대답이었다.

어째선지 지탄다는 커다란 눈을 휘둥그레 떴다. 깜짝 놀란 기색이었다. 예상치 못한 반응에 말실수라도 했나 싶었다. 고개를 갸웃거리며 말을 덧붙였다.

"무신경하달까, 남의 속도 모른다고 할까. 오기를 다시 만날 일은 아마 없을 테니 남의 속을 알고 자시고 할 일도 없지만."

"오레키 씨, 그건 굉장히……."

지탄다가 뭔가 말하려고 입을 열었다.

하지만 입을 오물거리더니 묘하게 어리둥절한 표정을 지었다. 결국 그 입에서 나온 말은 한마디뿐.

"잘 표현하지 못하겠어요."

무슨 말을 하려 했는지 짐작도 가지 않는다. 뭐, 잘 표현하지 못할 말이라면 잘 알아들을 수도 없으리라.

"그래? 그럼 이만. 도와줘서 고마웠어."

"천만에요. 그럼."

짧은 인사를 나누었다. 지탄다의 집은 멀다. 자전거를 타도 집에 도착할 무렵에는 깜깜할 것이다. 같이 가겠다고 말한 건 지탄다였지만 그래도 어쩐지 미안하기는 하다. 이건 역시 빚을 진 거겠지.

돌아가는 길에 문득 고개를 들어 산봉우리를 올려다보았다.

가미카키우치 산은 캄캄한 어둠 속에 싸여 있었다.

004

전설의 책
우리

1

처음 읽었던 만화는 무엇이었을까? 기억해내고 싶지만 너무 어렸을 때 일이다. 이건가 싶은 작품은 몇 개 있지만 그중 어느 것이었다고 딱 잘라 말하기는 어렵다. 다만 폭 빠져 있었던 포근한 기억은 간직하고 있다.

집에 책장이라곤 거실에 있는 하나가 전부다. 그곳에는 먼지를 뒤집어쓴 백과사전과 케이스 밖으로 나와 있는 꼴을 본 적이 없는 문학 전집은 꽂혀 있어도 만화책은 없었다. 내가 만화를 접할 수 있는 유일한 곳은 이모네 집이었다. 이모네 집에는 투박하고 촌스럽지만 올려다봐야 할 정도로 커다란, 이쪽 끝에서 저쪽 끝까지 책으로 가득차 있는 철제 책장이 있었는데 그중 절반이 고금의 만화였다. 초등학교에서 돌아오면 가방을 집에 두고 곧장 이모네 집에 가서 만화책을 읽다가 저녁 식사 때가 되면 집으로 돌아가는 것이 일과였다. 어머니와 그리 닮지 않은 이모는 내가 찾아가면 언제나 웃으며 "우리 만화광 마야가 오늘도 왔네" 하고 머리를 쓰다듬어준 다음에는 내가 무엇을 읽든 상관하지 않았다. 지금 생각하면 야한 장면이 많은 만화는 책장 위쪽, 초등학생인 내 손이 닿지 않는 곳에 옮겨놓았던 것 같지만.

운명의 기로는 초등학교 3학년 때 찾아왔다. 어렴풋한 기억이지만 나는 『불새』를 읽고 있었다. 어쩌면 『와일드 7』이나 『지구로…』였을지도 모르지만 어쨌거나 늘 그렇듯 정신없이 만화를 읽고 있었는데 어쩐 일인지 이모가 간식을 먹자고 불렀다. 입이 짧은 아이였던 내가 저녁을 남길지도 모른다는 배려에서 이모는 간식을 주지 않았는데, 그날따라 고급 수박을 선물로 받아 내게도 꼭 먹이고 싶었던 듯했다.

"마야도 수박 먹고 가렴."

이모는 내게 그렇게 말했다. 이모에게는 미안하지만 수박 맛은 기억나지 않는다. 내가 기억하는 것은 가벼운 잡담 속에서 이모가 무심코 던진 한마디였다.

"책은 참 신기하지, 아무나 써도 되니까."

무슨 이야기를 하다가 튀어나온 말인지는 모른다. 차를 운전할 때도, 무전기를 쓸 때도 면허가 필요한데 책을 쓸 때는 면허가 필요없다니 신기하다는 실없는 이야기였을지도 모른다. 하지만 그 한마디는 내게 큰 깨달음을 주었다.

그런가……. 내가 만화를 그릴 수도 있구나.

그걸 깨닫자 잔뜩 조바심이 나서, 그날 밤부터 당장 만화를 그리기 시작했다. 원래 그림을 그리는 게 싫지 않았고, 미술 성적은 대개 다섯 단계 평가에서 수를 받았다. 나도 그릴 수 있다, 그렇게 확신했다. 그 확신이 박살나기까지 글쎄, 십 분, 십오 분쯤 걸렸을까? 방금 그린 서툰 그림들의 집합을 바라보며 나는 울었다. 분하고 속상해서, 이럴 리가 없다고 이를 악물고 스스로를 야단치며 공책에 눈물을 떨구고 이윽고 욕지거리를 내뱉으며 각오를 다졌다.

그날부터 지금까지, 나는 그림을 그리고 있다.

《월간 코믹 라·신》은 처음에 《월간 코믹 신·소》의 별책으로 시작했다. '신'을 돌림자로 써서 같은 계보라고 주장하는 모양이지만 내용은 상당히 다르다. 기본적으로 소년 만화인 《신·소》에 비해 《라·신》은 중성적이랄까, 만화를 좋아한다면 연령이나 성별을 따지지 않고 환영하는 느낌의 잡지다.

"만화광을 위한 잡지"라는 광고 문구를 붙이고 싶은 잡지는 많지만 그나마 서브컬처 느낌이 덜하다고 할까, 기본적으로 너무 마니악한 작품은 싣지 않는다. 만화 잡지를 모조리 사들일 용돈도, 그걸 보관할 방도 없지만 《라·신》만큼은 매달 꼬박꼬박 발매일인 18일에 산다.

다른 수많은 잡지들과 마찬가지로 《라·신》도 만화 공모전을 열어 신대륙상이라는 신인상을 준다. 심사는 일 년에 네 번, 대상 수상작은 잡지에 게재해주지만 그 밖에 가작도 몇 작품 뽑고, 스무 작품 정도는 노력상으로 제목만 실어주고 짧은 심사평을 곁들인다.

2월 18일은 혹독하게 추운 일요일이었다. 질리지도 않고 계속 내리는 눈이 온 동네를 뒤덮은 가운데 나는 목도리와 귀마개, 고무장화 등등으로 최대한 방수 방한 조치를 하고 국도변에 있는 고분도 서점으로 갔다. 조난 위험마저 느껴지는 일요일에 밖에 나가고 싶지는 않았지만 하필 그날이 《라·신》 발매일이었던 것이다. 아무리 꼬박꼬박 사는 잡지라도 평소 하루도 기다릴 수 없을 정도로 학수고대하는 것은 아니다. 하지만 오늘 나올 3월 호만큼은 사정이 달랐다.

발목까지 쌓인 눈을 헤치고 평소보다 다섯 배쯤 더 걸려 도착한 고분도 서점 문 앞에서 나는 책에 물기가 묻지 않도록 몸에 들러붙은 눈을 꼼꼼히 털어냈다. 괜히 양쪽을 조심스레 살피며 안으로 들어가 에어컨 온풍을 한껏 들이마시고 만화 잡지 코너로 갔다.

결과부터 말하면, 내 노력은 전부 헛수고였다. 《라·신》은 아직 들어오지 않았다. 점원에게 물어보니 정식 발매일이 일요일이면 하루이틀 어긋나기도 한다고 했다. 어쩔 수 없이 터덜터덜 집으로 돌아올 수밖에 없었다.

돌아온 월요일 방과후, 도서 위원회 일을 친구에게 맡기고 고전부에도 만화 연구회에도 고개를 내밀지 않고 가미야마 고등학교를 뛰쳐나가 이제야 제설 작업이 완료된 인도를 달음질쳐 고분도 서점으로 뛰어 들어갔다. 속을 들춰보지 못하도록 비닐 끈으로 묶여 있는《라·신》을 집어 가슴에 품고 심호흡을 하고서 계산대로 향했다. 이미 안면을 튼 계산대 여성 점원이 변함없이 조금 달콤한 목소리로 "봉투에 넣어드릴까요?"라고 물었다.

"네, 넣어주세요."

그렇게 대답하고 침을 꼴깍 삼키며 한 가지 더 부탁했다.

"끈 좀 잘라주시겠어요?"

어떻게 생각할까 싶어 뺨이 확 붉어졌지만 점원은 딱히 이상하게 생각하지는 않았는지 "네" 하고 대답하고는 가위로 비닐 끈을 잘라주었다.

종이봉투를 품에 끌어안고 서점에서 나오자마자 잡지를 꺼냈다. 서점 앞에서 지금 막 산 만화 잡지를 펼쳐보는 사람은 별로 없다. 나를 알아보는 사람에게 들키기라도 하면 어쩌나 걱정하면서도 손은 페이지를 팔락팔락 넘기고 있었다.

제14회 신대륙상 수상 작품「역습의 너구리」, 마미아나 마모루.

모르는 사람이다. 재미있으면 좋겠다.

가작 이름도 살펴보았다. 가작에 선정되면 딱 한 컷, 잡지에 실리는데 어느 컷이나 낯선 그림이다. ……즉 내 그림은 실리지 않았다.

맑은 겨울 하늘을 올려다보며 하얀 숨을 폭 내뱉었다.

노력상은…… 다사카 이치타로, MILULU, 쇼다 가네스케, 조지아 사토, 야지마 가오루, 지크 하일, 이바라 가즈루, 하루 엔마…….

"어, 엇!"

괴상한 소리가 튀어나왔다. 가게 안으로 들어가려던 남자가 이쪽을 힐끗 쳐다보았지만 부끄럽다는 생각도 들지 않았다.

"앗, 어!"

다시 보았다.

이바라 가즈루! 「탑이 있는 섬」!

실려 있다. 내 펜네임이, 내가 그린 만화 제목이, 《코믹 라·신》 3월 호에 실려 있다!

나는 《라·신》을 일단 덮었다가 다시 살금살금 펼쳐보았다. 방금 전에는 뭔가 착각한 거고, 잡지를 덮어버리면 내용이 바뀌어 있을지도 모른다.

그런 일은 없었다.

2

오월의 화창한 월요일, 종례가 끝난 뒤 일단 도서실로 갔다. 나는 만연과 고전부, 도서 위원회 세 동아리에 들어 있는데 도서 위원 당번은 금요일이지만 월요일은 올해 사월에 들어온 1학년 위원이 당번이라 도서 반납 정도는 도와줄 생각이었다. 매끄럽게 반납 작업을 끝마친 뒤에도 하늘은 아직 밝았다. 다음은 만연에 얼굴을 내미는 게 좋다고 생각하면서도 다리는 특별동 4층 구석, 고전부로 향했다.

지학 교실 미닫이문을 열자마자 귀에 익은 활기찬 목소리가 나를 반겨주었다.

"여, 마야카, 마침 잘 왔어! 이리로 와."

교실 한복판에서 손짓하는 후쿠를 보니 자연히 미소가 번졌다.

부실에는 2학년이 다 모여 있었다. 오늘 1학년은 오지 않은 모양이다. 후쿠베 사토시와 지탄다 에루, 후쿠와 지이가 나란히 앉아 있고 책상에는 책자가 몇 권 펼쳐져 있다. 조금 떨어진 자리에서는 오레키가 무뚝뚝한 얼굴로 창밖을 바라보고 있다.

"어, 뭔데, 뭔데?"

가까운 책상에 가방을 내려놓고 두 사람에게 다가가자 지이가 미소를 지으며 책자 표지를 보여주었다.

『가미야마 시 독후감 대회 모음집』이었다.

"이건 사 년 전 책인데, 어제 방 청소하다가 나왔어요. 별 생각 없이 펼쳐봤는데 예상치 못한 이름을 찾았지 뭐예요."

지이가 가녀린 손가락으로 페이지를 펼치자 금상 '『파랑새』를 읽고, 고지마 아미', 은상 '『도롱뇽』을 읽고, 미야마 지로', '『크리스마스캐럴』을 읽고, 시미즈 노리코'에 이어 다섯 명쯤 되는 동상 중에 '『달려라 메로스』를 읽고, 오레키 호타로'라는 글자가 보였다. 사 년 전이라면 우리가 중학교 1학년 때다.

"마야카 씨는 오레키 씨하고 같은 반이었죠?"

그렇다. 유감스럽게도 오레키와 나는 초중학교 내내 같은 반이었기 때문에 저 녀석이 독후감 콩쿠르에 입상한 것도 기억한다. 하지만 그 감상문을 읽은 적은 없었다. ……이런 책으로 나와 있을 줄은 몰랐다.

"메로스라. 왠지 오레키한테 안 어울리는데."

"마야카도 참. 호타로가 자발적으로 우정 소설을 골랐을 것 같아? 아마 과제 도서였겠지."

"그럼 나도 기억할 텐데. 메로스가 과제였던 적이 있었나?"

지이가 고개를 갸웃거리며 말했다.

"중학교 1학년 때 여름방학 과제 도서라면 분명 악셀 하케의 『세상에서 가장 작은 임금님』이었을 텐데요."

듣고 보니 그랬던 것 같다.

우리는 짜기라도 한 것처럼 거의 동시에 오레키를 돌아보았다. 오레키는 시선을 돌리고 있었지만 우리의 침묵이 의미하는 바를 알아차렸는지 작은 한숨을 쉬고는 고개를 돌렸다.

"도서실에서 독후감 쓰기에 알맞다고 권해줬어. 짧기도 했고."

아아, 그런 이유라면 이해가 간다.

후쿠가 유난히 재미있다는 듯 웃고 있다.

"그런데 마야카, 이 독후감이 제법 걸작이란 말이야. 호타로는 중학교 1학년 때부터 호타로구나 싶어서 감회가 새로워."

지이도 고개를 끄덕였다.

"저도 흥미롭게 읽었어요. 저는 이렇게 못 쓸 것 같아요."

이 두 사람이 이렇게까지 말하다니 궁금하긴 하지만, 일단 오레키에게 물어보았다.

"나도 읽어봐도 돼?"

오레키는 부루퉁하니 표정에 불만을 드러내면서도 이렇게 대답했다.

"이미 공개된 거니까."

그냥 보여주기 싫다고 하지 않고 보여주기는 싫지만 공개된 글인 이상 읽지 말라는 말은 하지 못하겠다는 뜻이 깃들어 있는 게 참으로 오레키답다. 허락을 받은 나는 지이의 손에서 책자를 받아들었다.

원문은 물론 손으로 썼겠지만 책자에는 활자로 인쇄되어 있었다.

『달려라 메로스』를 읽고

오레키 호타로

달려라 메로스를 읽었다. 재미있었다. 메로스와 세리눈티우스가 죽지 않아 다행이다. 디오니스 왕도 뉘우쳐서 다행이다. 그 반성이 오래 지속되면 좋겠다.

메로스는 사실 달릴 필요가 없었다. 메로스의 마을에서 왕성까지는 십 리, 즉 사십 킬로미터로 걸어도 열 시간이면 갈 수 있다. 마을을 나선 메로스는 미련을 떨쳐버리기 위해 처음에는 달렸지만 마을에서 멀어지자 평범하게 걸었다.

그런데 마지막에 죽어라 달려야만 했던 것은 두 가지 이유 때문이다. 하나는 전날 호우로 다리가 붕괴되어서. 또 하나, 더 큰 이유는 산적의 습격을 받았기 때문이다. 메로스는 산적에게 포위당하지만 최소 네 명을 물리치고 돌파했다. 굉장히 강하다. 아무나 할 수 없는 일이다. 하지만 메로스는 그 때문에 녹초가 되어 잠이 든 탓에 나중에는 달려야만 했다.

메로스는 값어치가 나가는 물건은 아무것도 갖고 있지 않았다. 그 점은 처음에 메로스가 직접 "나는 목숨 말고는 아무것도 없다"고 말했으니 차림새를 보면 금방 알 수 있었을 것이다. 산적들은 뭘 하려고 했던 걸까? 그 목적은 그들이 직접 설명해준다. "목숨 말고는 아무것도 없다"라고 말한 메로스에게 산적들은 "그 목숨을 원한다"고 말했다. 즉 그들은 산적이라기보다는 자객에 가깝다. 약하지만. 그 자객을 보낸 자의 정체에 대해 메로스는 "그렇다면 왕의 명령이로구나"라고 말하지만 자객들은 그 말에는 대꾸하지 않았다. 의뢰인의 이름을 말하지 않는 점이 훌륭하다.

그런데 왕이 자객을 보냈다는 메로스의 추측은 과연 옳은가?

그렇지 않을 것이다. 세상 모든 사람들이 메로스를 죽이려 해도 왕만은 그러지 않았을 것이다.

디오니스 왕은 인간을 신뢰하지 않기 때문에 메로스가 돌아올 거라는 생각은 아예 하지 않았다. 그랬기 때문에 실제로 메로스가 돌아오자 충격을 받고 뉘우친 것이다. 메로스가 돌아올 리 없다고 생각하는 사람이 메로스가 돌아오는 것을 방해하려고 자객을 보냈을 리 없다.

그렇다면 자객은 누가 보낸 것인가? 자객이 메로스를 죽이는 데 성공하면 기뻐할 자는 누구인가?

암살이 성공했을 경우를 상정해보자. 메로스는 일몰까지 나타나지 못하고 세리눈티우스는 처형당해 왕은 "이러니 인간은 믿을 수 없도다" 하고 슬픈 표정을 짓는다.

그후 만약 메로스의 시체가 발견되면 왕은 산적의 습격으로 죽은 자가 약속대로 돌아오지 않았다는 이유로 인질을 처형한 것이 알려지게 된다. 사람들은 왕을 두려워하면서도 동시에 마음속으로 그 어리석은 판단을 비웃을 것이다. 만약 산적들이 꽁꽁 숨겨 메로스의 시체가 영원히 발견되지 않는다면 왕은 자기 예상대로 메로스가 달아났다고 굳게 믿을 것이다. 인간을 신뢰할 기회를 잃고 처형을 되풀이할 테고, 왕국은 나날이 기울어간다.

결국 메로스가 자객에게 살해당할 경우, 이 왕국은 어떻게 해도 나쁜 결과만 맞게 된다. 그걸 감안할 때 자객을 보낸 것은 메로스가 돌아와 만에 하나라도 왕이 잘못을 뉘우치고 백성들의 지지를 받을 경우 곤란해지는 자다. 그 인물은 메로스가 돌아왔을 때, 분명 혀를 찼을 것이다.

그러고 보니 왕성 코앞까지 온 메로스에게 세리눈티우스의 제자라는 필로스트라토스는 실제로는 아직 처형을 집행하지 않았는데 "당신은 한발 늦었다", "그만 달려라"라고 말한다. 한편 스승이 위험에서 벗어난 장면에서 필로스트라토스는 찾아볼 수 없다. 추측건대 그는 세리눈티우스의 제자가 아닐 것이다. 아마도 필로스트라토스를 보낸 자와 자객을 보낸 자는 같은 인물일 테고, 암살에 실패하고 메로스가 왕성에 들어서자 하다못해 말로 붙잡아보려 했던 것이다.

디오니스 왕은 "사람을 신뢰할 수가 없다"고 했다. 그 불신은 옳다. 왕에게는 적이 있다. 다만 왕은 메로스 사건을 겪고도 누가 적인지 알아내지 못했다. 메로스를 노린 인물은 앞으로도 디오니스 왕의 의심을 부추겨 인심을 잃도록 온갖 수단을 쓸 것이다.

디오니스 왕이 잘못을 뉘우쳐서 다행이다. 하지만 『달려라 메로스』를 읽어보니 그 반성은 오래가지 않을지도 모른다는 생각이 들었다.

이마를 짚었다.

"오레키……."

설마 이런 독후감을 냈을 줄은 몰랐다. 눈길을 드니 오레키는 다시 고개를 돌리고 있었다. 사 년도 더 전에 쓴 글을 남이 열심히 읽으면 민망하기도 하겠지.

어느새 내 곁에 와 있던 후쿠가 들뜬 목소리로 말했다.

"특히 대단한 건 이 독후감이 가부라야 중학교 대표로 가미야마 시 독후감 대회에 나갔고, 제일 낮다고는 해도 상까지 받았다는 사실이야. 솔직히 독후감은 책을 읽은 감상을 쓰는 숙제가 아니라 어떤 감상을 쓰면 선생님이 통과시켜줄지 고민하는 숙제라고 생각했는데, 한 수 배웠어. 이럴 수도 있는 거구나."

"보통은 안 될걸. 중1 때 국어 담임이 하나시마 선생님이었잖아. 그 선생님이 특이했던 거야."

하나시마 선생님에 얽힌 일화 중에 아직도 기억나는 게

"작가의 마음을 고민할 필요는 없습니다"라는 주장이었다.

선생님은 이어서 이렇게 말했다.

"어차피 별생각 없을 겁니다. '빨리 술 마시고 자고 싶다' 라고 생각하면서 쓴 문장이라도 그 문장이 무엇을 뜻하는지 정확하게 짚어내 고민하는 게 국어입니다. 가령 마쓰오 바쇼는 '해와 달은 백년 과객이요, 오가는 세월 또한 나그네'라고 했습니다. 이 문장을 진지하게 마주한 결과, 풀어낼 수 있는 뜻은 바쇼에게 세월은 지나가는 게 아니라 오가는 것, 즉 오기도 하고 가기도 하는 것이라는 인식으로, 이는 곧 바쇼가 시간 여행자라는 사실을 시사하고 있습니다. 그럴 리 없다고 생각한다면 직접 조사해보도록. 재미있어요."

지금 생각해도 이상한 선생님이다. 그 선생님이라면 오레키의 독후감을 추천할 만하다.

"디오니스 왕은 그후로 어떻게 되었을까요. 오레키 씨는 어떻게 생각하세요?"

"몰라."

지이의 물음에 오레키는 어쩐지 뺨을 붉히며 짤막하게 대답했다.

책자를 들추다가 한 가지 사실을 깨달았다.

"얘, 오레키, 네가 쓴 글 좀 길다?"

허를 찔렸는지 오레키가 내 쪽을 힐끗 쳐다보았다.

"다른 건 좀더 짧아. 이거, 제한 매수를 꽉 채운 거 아냐?"

"아아, 그거."

부루퉁하던 오레키가 피식 쓴웃음을 흘렸다.

"다섯 장 이상 쓰는 숙제인 줄 알고 딱 다섯 장 썼던 거야. 그런데 실제로는 다섯 장 이하였어. 얼마든지 에너지를 절약할 수 있었는데 괜한 수고를 한 게 억울해서 어디 좀 빼버릴까 했다."

"나중에 빼면 절약한 게 아니잖아……."

기가 막혀 그렇게 말하는 내 옆에서 후쿠가 깊이 수긍했다.

"그 마음 이해해. 나 같았으면 진짜 빼버렸을지도."

에너지 절약을 위해 에너지를 쓴다는 건가. 그런 마음 이해할 수 있어? 그런 뜻을 담아 지이에게 시선을 보내자 지이는 고개를 갸웃거렸다. 역시 모르겠지. 고전부 남학생들은 영 이상하다. 지이와 나는 얼굴을 마주보고 웃었다.

그나저나. 나는 손목시계를 보았다. 너무 늦으면 안 되니 자리에서 일어났다.

"어, 마야카, 집에 가?"

"아니. 만연에 가봐야 해. 요즘 별로 안 갔거든."

그렇게 말하자 후쿠의 얼굴이 조금 어두워졌다. 괜찮다는 마음을 담아 고개를 끄덕여 보이고 가방을 들었다.

가미야마 고등학교 만화 연구회는 작년 축제 이후로 변해 버렸다.

서툴러도 좋으니 직접 그려보고 싶은 그룹과, 직접 그리고 싶은 욕구는 없이 만화를 읽으며 즐기고 싶은 그룹이 축제를 둘러싼 여러 소동을 계기로 적대시하기 시작했다. 만화를 그리고 싶은 사람은 그리면 그만이고, 읽는 게 좋은 사람은 읽으면 그만 아닌가. 단순한 문제라고 생각하는데 서로 감정이 틀어져 이제는 만화를 떠나서 험악한 분위기가 가실 기미가 없었다.

대립에는 나도 책임이 있다. 전에는 읽기만 하는 그룹이 압도적으로 많았고, 직접 그려보고 싶은 그룹은 숨죽이고 지내는 신세였다. 하지만 축제 때 읽기만 하는 그룹의 아이가 직접 그려보고 싶은 그룹인 내게 물감 씻은 물을 쏟은 뒤로 읽기만 하는 그룹 사이에서 행동이 지나쳤다는 동요가 일었고, 직접 그려보고 싶은 그룹은 본격적으로 화를 내고 말았다. 정작 나는 다소 악의는 있었을지 몰라도 기본적으로는 사고였다고 생각하는데, 양쪽 다 진실은 이제 아무래도 상관없는 것이다.

새 학년이 시작되어 신입생 대상 가입 홍보 기간도 끝났고, 1학년이 몇 명 들어온 뒤로 대립 상황이 바뀔 계기가 있었다. 실은 훌륭한 만화를 그리면서도 주위에 그 사실을 숨기고 읽기만 하는 그룹의 실질적인 리더였던 고치 아야코 선배가 다른 3학년보다 한발 먼저 은퇴한 것이다. 직접 그려보고 싶은 그룹 안에는 이로써 이겼다는 분위기가 감돌았다……. 하지만 고치 선배는 중재자였고, 선배가 떠나고 좋아질 상황은 하나도 없다는 결론이 뚜렷해졌다. 선배가 있었을 때는 야유나 심술을 부리는 말다툼이 고작이었는데 오월에 접어든 지금은 서로 험한 말을 퍼붓는 일도 드물지 않다. 창작론으로 입씨름한다면 그나마 이해하겠는데, 욕설의 시작은 "시끄러워!" 아니면 "아주 기세등등하시네" 같은 시비 일색이다.

만연이 부실로 쓰는 제1 예비 교실에서 읽기만 하는 그룹은 교실 앞쪽에, 직접 그려보고 싶은 그룹은 뒤쪽에 뭉쳐 있다. 출입할 때도 다른 문을 쓴다. 아이들이 나를 직접 그려보고 싶은 그룹의 대표처럼 여기고 있다는 건 안다. 하지만 나는 너무 유치해서 아무 쪽이나 가까운 문으로 다닌다. 그게 또 도발로 보이는 모양이다.

고전부에서 오레키의 독후감 덕분에 실컷 웃은 뒤에 만연 부실로 간 나는 늘 앉는 창가 자리에서 다음에 그릴 만화의 아이디어를 대학 공책에 끼적이고 있었다. 요즘 현대 일본을 무대로 한 만화만 그렸기 때문에 가끔은 취향을 바꿔서 특이한 걸 그릴 수 있는 이야기를 짜보고 싶었다. '증기 컴퓨터', '큰 시계(엄청나게 큰!)', '도시를 통째로 이용한 자동 달걀 프라이기' 등, 생각나는 키워드를 아무렇게나 늘어놓았다. 그때 공책에 그림자가 져서 고개를 들자 눈앞에 같은 2학년인 아사누마가 서 있었다.

"잠깐 시간 돼?"

만연에서 만화 아이디어를 짜내고 있었으니 부끄러울 건 없지만 반사적으로 공책을 덮어버렸다.

"응, 왜?"

아사누마는 근처에서 의자를 끌어와 책상 맞은편에 앉았다.

"의논할 게 있는데."

은근히 나직한 목소리였다.

갸름한 얼굴에 살짝 치켜 올라간 눈, 높은 목소리를 가진 아사누마는 만화를 그린다. 오래 그렸는지 상당히 익숙한 손놀림으로 거침없이 그림을 그리는데, 손이 느린 나는 그게 부러우면서도 한편으로는 조금 더 정성스레 그려야 만화도 행복할 거라고 생각하는 마음도 있다. 그 마음을 말로 바꾸어 몇 번 직접 전하기도 했지만 아사누마는 웃으며 흘려들을 뿐 귀찮다는 표정을 짓기 때문에 괜한 참견은 그만두었다.

축제에서 고치 선배와 대립한 건 나였지만 그후 직접 만화를 그려보고 싶은 그룹 중에서 가장 적극적으로 만연의 주도권을 휘어잡으려 한 게 아사누마였다. 아사누마는 한때 동아리에 만연했던, 펜만 쥐고 있어도 백안시당하는 풍조를 바꾸어 언젠가 새로 들어올 후배들도 마음 편히 만화를 그릴 수 있는 환경을 만들고 싶었던 것이리라. 번거로운 인간관계를 피해 그리고 싶은 것만 그리는 나는 흉내도 못 낼 일이라, 아사누마의 뜻은 존중하고 존경도 한다.

아사누마가 다짜고짜 말을 꺼냈다.

"이번에 동인지를 낼 건데, 이바라 네 작품도 싣고 싶어."

무심결에 주위를 살폈지만 우리를 쳐다보는 기색은 없었다. 예상도 못 한 일이다. 나는 내 만화를 동인지로 내고 있기는 하지만 아사누마하고 같이 내본 적은 없었다.

"동인지라니……. 어떤?"

아사누마는 방금 전 내가 그랬듯이 예비 교실을 쓱 훑어보더니 짜증스러운 기색으로 말했다.

"이대로 가다간 올해 축제 때도 감상문만 내놓게 될 거야.

만연에 들어왔는데 만화를 그릴 수 없다니 아무리 생각해도 이상해. 그럴 바에야 그냥 우리끼리 내면 되잖아. 안 그래?"

"만연하고는 별개의 동아리를 만들겠다는 뜻이야?"

아사누마는 고개를 가로저었다.

"아니야, 그래서야 의미가 없잖아. ……다른 아이들한테는 비밀로 작품을 만들어서 가미 고 만연 이름으로 여름방학 때 열리는 이벤트에 내놓는 거야. 그 한 권의 작품으로 만연은 만화를 그리기도 하는, 아니 원래 그런 동아리였다고 호소하는 거지."

비릿한 걸 삼킨 기분이었다. 기습으로 기정사실을 만들어 사태를 유리하게 끌어나가려는 거라면 쿠데타나 다름없다. 서글프게도 현재 만연이 파벌 싸움의 소용돌이 속에 있는 건 사실이지만 나는 지금까지 만화를 그리는 나의 행동이 읽기만 하는 그룹에게 공격으로 작용할 수 있다는 건 생각도 못했다. 하지만 듣고 보니 확실히 지금 만연에서 만화를 그린다는 행위는 그 자체로 어떤 주장으로 받아들여져도 어쩔 수 없다. 아니, 오히려 그게 당연해 보였다. 내가 너무 순진했는지도 모른다.

"또 누가 그리는데?"

그렇게 묻자 아사누마는 손가락을 꼽아가며 이름을 들었

다.

"나, 다이, 니시야마, 하리가야, 그리고 이바라 너. 이제부터 설득할 거지만."

전부 직접 그려보고 싶은 그룹의 사람들이지만 내가 아는 바로는 어느 정도 제대로 그려본 적이 있는 이는 아사누마뿐이다. 다이는 신입생이라 잘 모르겠지만 만화는 그려본 적이 없어 만연에서 공부하고 싶다는 말을 했었다. 니시야마와 하리가야는 2학년으로, 둘 다 일러스트만 그린다.

"스토리 만화도 그릴 수 있대?"

아사누마가 슬그머니 웃었다.

"아마 못 그릴 테지만, 그렇게 긴 만화는 안 그려도 돼. 네다섯 페이지면 족해. 여차하면 양면 두 페이지라도 괜찮아. 가급적 많은 인원이 참가한다는 사실이 중요하니까."

지금까지 일러스트만 그렸다고 니시야마나 하리가야가 만화를 그리지 못할 거라고 단정하다니 실례다. 그 두 사람도 그릴 거라는 대답을 듣고 싶었다. 하지만 아사누마의 대답은 만화를 그릴 수 있는지 없는지는 문제가 아니라고 말하고 싶은 투였다. 그녀의 목적인 실적 확보로만 보자면 당연할지도 모르지만…….

망설이는 내 속마음을 눈치챘는지 아사누마의 말투가 회유

조로 바뀌었다.

“아예 새로운 걸 그려달라는 게 아니야. 주제는 정해놨으니 편하게 그려주면 돼.”

내 만화에 자부심을 갖기에는 너무 이를지 모르지만 ‘편하게’ 그릴 수 있는 건 아니라고 반박하고 싶었다. 아사누마도 잘 알 텐데 저렇게 말하는 건 그만큼 필사적이라는 증거라고 믿고 싶다.

일단 물어나 보자.

“주제가 뭔데?”

“‘만연’으로 정할 거야.”

으음, 신음을 흘리고 말았다.

아사누마의 목소리에 힘이 들어갔다.

“이런 짓이라도 하지 않으면 우리 동아리에서는 책 한 권 못 내. 실적을 확보하려고 만드는 동인지라는 건 부정하지 않겠어. 하지만 가미 고 만연의 이름을 등에 업고 그린 만화를 남들에게 보여줄 기회는 졸업하면 평생 다시 오지 않아. 그런 건 싫어. 이바라 너도 그렇지?”

가미 고 만연의 이름을 등에 업고 싶다고 생각한 적은 없지만 한두 명이라도 누가 읽어준다면…… 그건 기쁜 일이다.

“어때?”

마음이 흔들렸다. 만연이 파벌 싸움의 도구가 되는 건 아무래도 싫지만 어쨌거나 나는 만화를 그리고 싶고, 그리는 이상 누가 읽어줬으면 좋겠다. 그게 어떤 형태로 읽힐지는 솔직히, 아무렴 무슨 상관인가?

고민하는 나를 보고 가망이 있다고 판단했는지 아사누마의 목소리가 조금 가벼워졌다.

"수락한다면 몇 장 그릴지 먼저 알려줘."

"어? 몇 장을 그릴지 먼저 정한 뒤에 참가 여부를 결정하라고?"

조금 의외였다. 나는 다른 아이들과 함께 책을 내본 적은 거의 없지만 여럿이 함께 책을 만들 때는 참가할 인원을 먼저 정한 다음 페이지 수를 정하는 경우가 많다. 아니면 분량을 정하지 않고 각자 마음대로 그린 다음 작품이 갖춰지면 페이지 수를 확정하는 경우도 흔하다. 페이지 수를 모르면 참가 의사도 표할 수 없다니, 적어도 나는 처음 들어보는 소리다.

"응. 먼저 몇 장 그릴지 정한 다음 예산을 확보하려고."

"예산? 갹출하는 게 아니야?"

"자비로 내면 만연 동아리 활동이 아니잖아. 총무 위원회에 올려서 반드시 동아리 예산으로 받아낼 거야. 그러니까 먼저 정확한 숫자를 알아야 해."

그래도 되나? 동아리 예산은 동아리 전체가 쓰는 돈이다. 가능하면 부원 전체, 적어도 유아사 부장의 승인이 없으면 횡령이 된다. 애초에 총무 위원회에서 돈을 내주지도 않을 텐데.

"부장한테는 당연히 얘기할 거지?"

유아사 부장은 만연 내부의 대립에 거의 개입하지 않고, 신입생 확보나 예산 신청과 같은 일반적으로 해야 하는 업무를 매끄럽게 처리하고 있다. 미덥지 못해 보일 때도 있지만, 불에 기름을 뿌리지 않도록 어느 한쪽으로 치우치지 않는 자세는 현명한 것 같기도 하다.

아사누마는 껄끄러운 기색으로 중얼거렸다.

"음, 그래, 말해야겠지……."

조금 걱정되지만 뭐, 예산은 아사누마에게 맡겨야겠다. 나는 내 만화를 어떻게 할지나 고민해야지.

"지금 당장 몇 장이라고는 말 못 하겠어. 그릴 수 있는 건 기쁘지만 '만연'이라는 주제로 뭘 그리면 좋을지 감이 안 오는데다가 몇 페이지나 나올지 짐작도 안 가. 일단 스토리를 짜보고 몇 장인지 알려줄 테니 조금만 기다려."

아사누마는 입술을 살짝 비죽거렸다.

"뭐, 어쩔 수 없네. 언제까지 기다리면 돼?"

오늘이 14일, 어떤 이야기로 그릴지 아이디어를 정리해 플롯을 쓰고, 페이지 수만 확인하면 되니 콘티는 정말 대충 짠다 치면…….

"금요일쯤?"

"알았어. 그때까지 나도 그릴 만한 애를 더 찾아볼게."

아사누마는 마지막으로 못을 박는 것을 잊지 않았다.

"이거, 비밀이다?"

3

우리 부모님은 내가 만화를 그리는 것에 딱히 별말씀 않으신다. 반대는 하지 않지만 찬성도 하지 않겠다, 공부만 제대로 한다면 나머지 시간을 어떻게 쓰든 네 마음이라고 말씀하셨다.

나는 '공부만 제대로 한다면'이라는 부분을 집에서 마음껏 만화를 그려도 되는 것은 휴일뿐이라는 뜻으로 해석하고 있다. 평일에 만화를 그리면 아버지도 어머니도 어쩐지 불안한 표정을 짓기 때문에 보통 주말에 그리는데, 요즘에는 주말에 다른 일정이 이것저것 많아서 제법 바쁘다.

아사누마에게 동인지 제안을 들은 게 월요일이고, 금요일에는 참가 여부를 알려줘야 한다. 아직 그림을 그리는 단계는 아니지만 평일에 집에서는 만화를 그리지 않는다는 암묵의 약속은 가급적 지키고 싶으니 학교에서 준비하기로 했다.

문제는 장소다. 아사누마의 계획이 비밀인 이상, 만연 동아리방에서 할 수는 없다. 고전부 동아리방, 지학 교실에서 하는 게 가장 좋지만 고전부에 만연의 복잡한 사정을 끌어들이고 싶지는 않다. 도서 위원이라 도서실을 부당하게 점거하기도 꺼려진다. 그런 이유로 나는 우리 교실, 2학년 C반 교실에서 대학 공책을 펼쳤다.

다른 사람들은 어떤지 모르겠지만 적어도 나는 남들 앞에서 만화를 그리는 게 몹시 거북하다. 특히 학교라면 동급생들이 있는 장소에서는 절대 그리지 않는다. 하지만 지금 하는 작업은 아이디어를 하나의 이야기로 바꾸어가는 과정으로, 옆에서 보면 공책에 고개를 묻고 열심히 공부하는 것처럼 보일 것이다. 위장용 교과서를 펼쳐놓으면 더욱 완벽하다. 내가 설마 만화 이야기를 짜내고 있는 줄은 하느님도, 오레키도 모를 것이다.

화요일 방과후, 나는 C반 교실 내 자리에 등을 꼿꼿이 펴고 앉아 세계사 교과서를 펼쳐놓고 스토리를 구상하고 있었다.

남이 정해준 주제로 그리기는 난생처음이라 익숙하지 않지만 못 할 건 없다. 아사누마는 만연이라고만 했지, 가미야마 고등학교 만화 연구회를 무대로 하라고 지정하지는 않았다. 만화를 연구하는 모임……. 그렇다, 가령 미래의 이야기를 그려보면 어떨까? 문명이 쇠퇴한 지구의 한 유적에서 '만화'를 발견한 사람들이 그게 뭔지 연구하는 이야기다. 너무 멀리 갔나?

그렇게 샤프로 공책에 끼적거려봤지만 정신이 산만해 집중할 수가 없다. 원인은 같은 교실에 있는 여학생 때문이다. '하니 마키'라는 묘하게 입에 착 달라붙는 이름 탓에 풀네임으로 부르고 싶어지는 아이로, 생김새는 여려 보이지만 실상은 그렇지 않아 축제 때 대담한 코스프레를 선보였다. 머리도 좋아 보이는데 이쪽은 실상도 인상 그대로 똑똑하다. 그리고 하니는 만연 부원이다. 지금은 다른 여학생과 여름방학 이야기로 한창 수다를 떨고 있다.

적극적으로 나서서 만연의 파벌 항쟁을 자세히 파악할 생각은 없지만, 지켜보면 대강 알 수 있는 일도 있다. 하니는 소위 읽기만 하는 그룹이다. 그렇지만 적극적으로 파벌에 한몫 거들려고 하지 않는 것은 분명하다. 두 그룹이 옥신각신 싸울 때는 읽기만 하는 그룹 쪽에 있기는 하지만 딱히 참견하지 않는다. 직접 그려보고 싶은 그룹의 일원으로 간주되면서도 주도권 항쟁은 시시하다고 생각하는 내 입장과 비슷할지도 모른다. 만연 동아리방에서는 서로 이야기를 나눌 일이 없지만 반에서는 자연스럽게 이야기를 나눈다.

하니가 아사누마의 계획을 안다고 해도 다른 사람에게 밀고할 것 같지는 않다. 그렇지만 하니가 내 공책을 보면 만화 플롯, 줄거리라는 걸 알아차릴 것이다. 그게 부끄러워서 나는 아까부터 슬금슬금 하니의 눈치를 보고 있다.

내 생각이 지나친가 싶기도 했지만 꼭 그렇다고 할 수도 없다. 이랬다저랬다 스토리를 짜내다가 문득 손을 멈추고 고개를 들면 하니가 은근슬쩍 고개를 돌리는 일이 반복되었다.

"어, 하지만 우리 야구부는 엄청 약한데?"

그런 이야깃소리로 보건대 다른 아이들의 대화에 끼고 있기는 한 것 같은데, 어째서 이렇게 이쪽을 쳐다보는 느낌이 드는 걸까? 만약 내가 만화 플롯을 짜고 있다는 걸 알아차렸다고 해도 멀찍이서 지켜보는 이유를 모르겠다.

……사실은 한 가지, 마음에 걸리는 점이 있기는 하다.

하니는 저번에 은퇴한 고치 선배와 개인적으로 사이가 좋다. 단순히 동아리 선후배 사이가 아니라, 친구처럼 친근하고 다정하게 이야기를 나누는 모습을 몇 번 보았다. 고치 선배에게는 여학생 팬들이 많았기 때문에 그 아이들이 하니를 눈엣가시로 여겼다는 것도 알고 있다. 주워들은 이야기로는 서로 집이 가까워 어렸을 때 자주 함께 놀았던 모양이다. 읽기만 하는 그룹의 리더였던 고치 선배의 관계자가 직접 그려 보고 싶은 그룹의 쿠데타에 가담할지도 모르는 나를 감시한다……. 그렇게 생각할 수도 있겠지만 그야말로 만화 같은 이야기다. 그것도 아니라면 어째서 지켜보는 건지, 다른 이유가 마땅히 떠오르지 않는다.

그런 생각을 하고 있는데 하니가 휴대전화를 보더니 훌쩍 일어나서 교실 밖으로 나가버렸다. 역시 지나친 생각이었나, 괜히 부끄러웠다.

이튿날, 수요일 방과후에도 하니는 교실에 남아 있었다. 내 생각이지만 역시 그 시선은 내 쪽을 향하고 있었다. 마침 교실에는 나하고 하니, 축구 이야기로 왁자지껄한 남학생들 세 명밖에 없었다. 나는 공책을 펼치고 있고 하니는 말없이 책을 읽고 있다. 영 거북했지만 빨리 콘티로 넘어가지 않으면 시간이 없다.

일반적인 방식과는 다를지도 모르지만 나는 만화를 그릴 때 먼저 대사표를 만든다. 누가 어떤 식으로 이야기할지, 이

인물이라면 이 장면에서 무슨 말을 할지 먼저 확인하고 이야기를 짜기 위해 대사만 미리 써놓는다. 이 방식이 효율적인지는 알 수 없다. 아니, 써놓은 대사를 말풍선 안에 넣을 때 대개는 짧게 줄여야 하니 아마도 효율은 떨어질 것이다. ……그래도 어쩔 수 없다. 대사를 먼저 쓰는 방식은 학교에서는 부끄러워서 도저히 콘티를 그릴 수 없는 나머지 짜낸 고육지책이니까.

그저께부터 짜고 있던 이야기의 첫 대사를 공책에 써내려갔다. 썩 내키지 않는 주제였지만 이야기가 굴러가기 시작하니 그리고 싶은 장면도 생겨서 의외로 그럭저럭 될 것 같다.

《코믹 라·신》의 심사평을 떠올렸다. 신대륙상은 프로 만화가가 심사에 관여하는데, 노력상에도 한 줄뿐이나마 심사평이 붙는다. 이번 심사위원은 니이로 유타카 선생님이었는데, 내 만화에 대한 평가는 이러했다.

◎열정, 센스 △그림(화이팅!) ×대사가 길다. 점점 발전하고 있군요, 끈기도 능력!

그전까지 니이로 유타카 선생님의 만화는 본 적이 없었지만 심사평을 받은 다음날 용돈을 털어서 잔뜩 샀다. 어쨌거나 대사가 긴 것이 내 약점이고, 그건 스스로도 알게 모르게 느끼고 있었던 점이라 말을 어떻게 다듬을까, 효과적인 말은 무엇일까 궁리하면서 공책을 채워갔다.

열중하고 있을 때 누가 불쑥 말을 걸어왔다.

"마야카."

하니의 목소리다. 고개를 드니 방금 전까지 있던 남학생들은 어느새 사라지고 방과후 교실에는 하니와 나, 둘밖에 없었다. 하니는 내가 아니라 손에 든 휴대전화를 보고 있었다. 슬그머니 공책을 덮으며 물었다.

"왜?"

이쪽을 돌아보는 얼굴은 무표정했다.

"아사누마가 세운 계획, 들켰어."

시치미를 뗄 필요도 없고, 그리 놀랍지도 않았다. 아사누마는 비밀 계획이라고 했지만 만화를 그릴 수 있을 만한 부원들을 무작정 꾀어보는 듯했으니 언젠가는 들통날 줄 알았다. 그렇다면 역시 하니는 나를 감시했던 걸까?

"그렇구나."

들켜버린 이상 동인지를 만연 예산으로 만들 수는 없을 것이다. 애초에 부원들 의견을 무시하고 총무 위원회와 담판을 짓겠다는 계획이 무모했다. 참가자들끼리 갹출하는 걸로 결론이 날 텐데, 처음부터 그러는 편이 나았을지도 모른다.

그런 생각을 하고 있는데 하니가 어이가 없다는 표정으로 말했다.

"마야카, 그렇게 태평하게 굴어도 돼? 일이 좀 커진 것 같은데."

나는 하니가 들고 있는 휴대전화를 쳐다보았다. 아무래도 문자로 무슨 연락을 받은 모양이다. 일이 커지다니……. 듣고 보니 짐작 가는 구석이 있었다.

"만연에 혹시 무슨 일이 있는 거야?"

하니는 고개를 끄덕이더니 여려 보이는 얼굴을 잔뜩 찡그렸다.

"아사누마를 다그치고 있나 봐. 뭐, 당연한 일이지만."

당연하다는 말은 아사누마가 뒤에서 비겁한 짓을 했으니 혼쭐이 나도 당연하다는 의미인지, 아니면 아사누마의 마음가짐은 존중하지만 읽기만 하는 그룹이 화를 내는 게 당연하다는 의미인지 판단이 서지 않는다.

"그러네."

나 역시 어느 쪽인지 마음을 가늠하지 못한 채로 그렇게 동의하고 책상 위에 펼쳐놓았던 공책을 정리하기 시작했다. 하니가 조금 놀란 기색으로 물었다.

"갈 거야? 왜 굳이 제 발로 불바다에 뛰어들어?"

평소 자주 이야기하는 사이도 아닌데 걱정해주는 하니의 배려가 기뻤다. 하지만 뭐, 아무래도 그렇잖아.

"아사누마가 만드는 책에 참가하겠다고 결정한 건 아니지만 무시할 수는 없어."

하니는 슬쩍 웃더니 이렇게 말했다.

"그런가. ……미안하지만 나도 가야겠다."

읽기만 하는 그룹의 하니는 동아리방에 가면 아사누마나 나를 몰아세우는 쪽에 가담해야 한다. 하니는 그걸 알기 때문에 미안하다고 한 것이리라.

"마야카, 메일 주소 교환하자. 무슨 일 생기면 연락할게."

나는 고개를 끄덕이고 가방에서 휴대전화를 꺼냈다.

만화 연구회 동아리방은 일반동 2층 제1 예비 교실로, 내가 있는 2학년 C반 교실은 같은 일반동 3층에 있다. 그리 멀지 않은 거리지만 솔직히 말해 나는 서두르지 않았다. ……욕설을 들을 게 뻔한 자리에 누가 서둘러 달려갈까? 하니는 그런 내 뒤를 따라왔다.

그렇게 동아리방에 도착해 미닫이문을 연 나는 달려오지 않은 것을 조금 후회했다. 이미 승부가 난 것이 한눈에 봐도 확연했기 때문이다. 아이들이 아사누마, 하리가야, 다이 세 사람을 반원으로 에워싸고 있었다. 가엽게도 다이는 힘겹게 흐느끼고 있었고, 아사누마도 고개를 푹 숙이고 꾹 참고 있는 듯했다. 팔짱을 끼고 세 사람 앞에 서 있던 2학년 시노하라가 동아리방에 들어온 나를 보고 콧방귀를 뀌었다.

"이바라 왔어? 이제야 나타나다니 끝날 때까지 기다렸나 보지? 치사하기는!"

"아니야. 몰랐을 뿐이야."

"알 게 뭐람."

시노하라는 그렇게 내뱉더니 아무 말도 못 하는 세 사람을 가리키며 기세등등하게 말했다.

"지각한 네게도 알려줄게, 이미 들통난 일이니까. 동아리 예산을 빼돌려서 자기들끼리 책을 만들어, 만화도 못 그리는 사람은 만연에서 나가라고 할 셈이었지? 정말 비겁해."

고치 선배가 은퇴한 뒤로 시노하라는 읽기만 하는 그룹의 리더 격이다. 그녀에게는 아사누마의 계획이 그렇게 보였을지도 모르지만 말이 지나치다.

"그렇지 않아. 아사누마는 만연에서 만화를 그려도 비난받지 않도록 실적을 만들고 싶었던 것뿐이야. 동아리 예산도 유아사 부장한테 의논하겠다고 했어. 빼돌린다고 말하지 마."

"흥, 유아사 부장?"

시노하라는 그렇게 말하며 얼굴 가득 웃음을 지었다.

"선배는 그만뒀어. 입시에 전념하겠대. 너, 몰랐니?"

"뭐?"

나는 동아리방을 둘러보고 유아사 부장의 모습을 찾았다. 하지만 보이지 않았다. 부장뿐만 아니라 3학년이 한 명도 없었다.

"아아, 그런 거였어?"

혼잣말이 흘러나왔다.

아사누마가 동인지로 만연의 주도권을 장악하려 했던 것처럼, 시노하라 그룹은 양쪽에 중립적인 유아사 부장의 은퇴를 기회 삼아 우위에 서려 했던 모양이다. 그러고 보니 3학년은 슬슬 은퇴할 시기다. 부장은 어제 아니면 오늘, 내가 모르는 사이에 그만둔 게 분명하다. 정말이지, 고작 만화 연구회에서 만화를 그리네 마네 하는 문제로 우리는 대체 뭘 하고 있는 걸까!

우스꽝스러운 생각이 들었다. 그런 내 표정을 본 시노하라가 마구 퍼부어댔다.

"애당초 비난을 받다니, 그게 무슨 소리야? 그건 우리가 할 소리야. 평소에는 그림도 못 그리면서 만연 부원이라니 웃기지도 않는다는 듯이 콧방귀를 뀌면서, 멋대로 굴지 말라고 하니까 피해자 시늉이야? 작작 좀 해, 우리는 재미있는 걸 재미있다고 말하고 싶은 것뿐이야. 만화를 좋아한다는 이유만으로 부모님도 선생님도 우릴 우습게 보는데, 어째서 동아리에서까지 그런 대접을 받아야 하지?"

아사누마 쪽을 에워싸고 있던 부원들의 눈이 이제는 모두 나를 향하고 있었다. 그 싸늘한 시선이라니!

우습게 여긴 적 없다. 나는 좋아서 만화를 그릴 뿐이지, 그림을 그릴 줄 안다고 자랑할 마음은 없다. 만화를 그리지 못하는 아이를 업신여기는 짓은 하지 않는다.

……정말로?

어쩌면 전혀 의식하지 않았어도 말끝에서, 사소한 태도에서, 스스로도 깨닫지 못한 못된 부분이 새어 나오지는 않았을까?

아니야, 정신 차려, 이바라. 나는 그런 생각을 한 적이 없다. 만화를 그리는 건 철봉으로 대차륜을 돌거나 일본의 연호를 줄줄 외는 특기와 별 차이가 없다. 본인에게는 중요한 일이지만 남에게 자랑하기에는 시시한 일이다. 내가 나를 의심하면 어쩌려고.

싸늘한 시선에 흔들려서는 안 된다. 지금은 하나하나, 상황을 확인해야 한다.

"그래서 누가 새로운 부장이야?"

시노하라는 의외라는 듯이 눈을 휘둥그레 떴다.

"어, 몰라?"

내가 알 만한 사람이라는 뜻일까? 누구지? 설마 아사누마는 아닐 테고. 시노하라는 손을 들어 나를 가리켰다.

"나?"

"그럴 리 있어? 네 뒤야, 뒤."

뒤를 돌아보았다.

거기에는 나중에 동아리방에 들어온 사람, 여려 보이지만 실상은 그렇지 않은 동급생, 하니가 서 있었다. 할말을 잃은 내게 하니가 두 손을 모아 사과하는 시늉을 했다.

"미안, 마야카. 말할 분위기가 아니라서."

하니는 시노하라와 아사누마 사이로 걸어와 시노하라에게 물었다.

"조건은?"

"받아들였어, 전부."

"다행이야. 마야카한테도 알려줘."

눈감아주는 조건이라는 거겠지. 시노하라는 아까보다 차분한 목소리로 말을 꺼냈다.

"네가 없는 사이에 정한 일인데."

"……만화를 그리지 말라는 거지?"

"누가 그런 말을 한대? 그리고 싶으면 그리든지."

예상하지 못한 말에 나는 무심코 아사누마를 쳐다보았다. 하지만 그녀의 표정은 여전히 딱딱했다. 그렇다면 시노하라의 이야기는 여기서 끝난 게 아니다.

"재가 기획한 책은 어차피 실패해. 잘난 척해봤자 제대로 그려본 건 이바라 너 하나뿐이니까. 뭐, 맘대로 해봐. 동아리 예산 신청도 거들어줄 수 있어. 완성하지 못하면 손가락질하며 비웃어줄게. 그리고 예산을 낭비한 책임을 지고 너희 모두 만연에서 나가는 거야."

시노하라는 내게 들이댄 손가락을 거두더니 가슴에 손바닥을 얹었다.

"만약에 제대로 된 책을 만들면 대단한 분들 나셨으니 축하해줄게. 만연은 너희 맘대로 해. 우리는 새로운 동아리를 만들어서 마음대로 할 거야."

그런 건가. 올 때가 온 것이다.

어렴풋이 눈치는 채고 있었지만, 두 그룹 사이에 벌어진 틈은 회복할 수 없을 만큼 깊었던 것이다. 아사누마의 동인지 계획을 계기로 만연은 둘로 갈라지려 하고 있다.

망연자실한 나를 제쳐두고 하니가 한차례 손뼉을 쳤다.

“자, 이제 마야카도 알겠지? 미안하지만 그렇게 됐어. 그럼 할 일은 후딱 처리할까?”

하니는 시노하라에게 종이를 한 장 받아 아사누마 눈앞에서 팔랑팔랑 흔들었다.

“동아리 예산 신청 용지, 이미 만들어뒀어. 내 서명도 들어가 있고 고문 선생님께도 연락해놨어. 금액하고 사용 목적은 아사누마, 네가 써.”

이름을 불린 아사누마는 그제야 겨우 고개를 들어 넋 나간 사람처럼 신청 용지를 바라보았지만 결국 힘없이 고개를 가로저었다.

“얼마나 들지 몰라. 아직 페이지 수를 못 정해서…….”

“뭐야, 그런 걸 걱정했어? 괜찮아! 부족하면 추가 신청도 해줄 수 있어. 일단 만 엔으로 넣어보자. 시작이 반이니까!”

하니의 밝은 목소리에 이끌린 것처럼 아사누마는 불안한 걸음으로 하니에게 다가가 용지를 받아들었다. 시노하라는 주도면밀하게 준비해놓았던 볼펜을 꺼내서 건넸다. 멍한 표정으로 볼펜을 쳐다보던 아사누마는 신청서에 기입하려다 뭔가에 붙들린 것처럼 동작을 멈췄다.

“왜 그래? 역시 겁나니?”

옆에서 그렇게 도발하자 눈에 분노를 머금고 단숨에 볼펜을 휘갈겼다.

나는 그 광경을 그저 멍하니 지켜보았다. 뭔가 이상한데, 흘러가는 상황에 충격을 받아 머리가 제대로 굴러가지 않았다. 이윽고 마음속에 서서히 의혹이 떠올랐다. 하니는 어째서 저렇게 서둘러 동아리 예산을 신청하게 만들려는 걸까? 저 신청 서류를 채워 넣으면 무슨 일이 벌어지는 걸까? 동인지를 만들 수 있게 된다? 아니, 그것 자체는 문제가 아니다.

아까 시노하라는 뭐라고 했지? 뒤죽박죽 엉킨 사고 속에서 그 말을 필사적으로 찾았다. 분명 시노하라는 이렇게 말했다.

—예산을 낭비한 책임을 지고 너희 모두 만연에서 나가는 거야.

"아!"

잠깐, 하고 외쳤지만 아사누마는 벌써 유도에 휘말려 신청 서류를 작성하고 볼펜을 내려놓은 참이었다. "어?" 하고 내 쪽을 돌아본 아사누마의 손에서 하니가 재빨리 서류를 낚아챘다.

만연의 분열을 저지하고 싶으면 방법은 하나, 아직 계획 단계일 뿐인 동인지 제작을 우리가 포기한다. 멋대로 책을 만들지 않겠다고 약속하고 화해의 길을 모색하는 수밖에 없다. 동아리 예산을 신청해버리면 아직 아무것도 시작하지 않았다는 변명이 통하지 않는다. 일 엔 한 푼 쓰지 않아도 예산이 나오고 나면 '동아리 예산을 낭비했다'는 비난을 피할 길이 없다.

읽기만 하는 그룹을 얄밉다고 생각한 적은 없었다. 애초에 내가 직접 그려보고 싶은 그룹이라고 생각한 적도 없었으니까. 하지만 지금 이 방식은 너무하다. 동아리를 가르고 싶으면 자기들이 잠자코 나가거나 아사누마나 내게 나가라고 하면 그만인데, 대립해온 상대에게 망신을 주려는 것이다. 말없이 노려보았지만 하니는 내 쪽을 쳐다보지도 않았다.

"열심히 해봐. 난 선생님 도장을 받아 올 테니."

하니는 신청 서류를 소중하게 가방에 넣더니 그런 말을 남기고 동아리방에서 나가버렸다.

지금 쫓아가서 머리끄덩이라도 잡고 하니의 가방에서 신청 서류를 빼앗아오면 만연의 분열을 막을 수 있을까?

일만 더 복잡해지려나. 조용한 동아리방에는 1학년 다이가 훌쩍거리는 소리만 들렸다. 다이는 이윽고 체면도 차리지 않고 펑펑 울기 시작했다.

"미안해요, 선배. 미안해요……!"

4

무슨 목적으로 만화를 그렸더라?

수요일 방과후, 시노하라 그룹에게 내몰린 아사누마는 한동안 넋이 빠져 있었지만 "그만둘 거야?"라고 물으니 "계속 할 거야"라고 대답했다.

"책을 완성하면 시노하라 그룹은 동아리를 그만둘 거야. 그래도?"

헛된 질문이다. 책을 완성하지 못하면 우리가 쫓겨날 판국이니, 어느 쪽이든 사태는 호전될 가망이 없다. 하지만 아사누마는 내 말을 듣고 어색한 미소를 지으며 말했다.

"할 맛 나잖아. 쫓겨날 바에야 쫓아내버려야지."

나는 시노하라 그룹을 만연에서 쫓아낼 목적으로 만화를 그리려는 게 아니다. 그렇다면 무슨 목적으로 그리는 걸까. 점점 더 모르겠다.

이상하다. 어제까지는 분명 알고 있었는데.

그래도 만화는 계속 준비했다.

대강의 스토리는 완성했고, 대사도 거의 다 썼다. 몇 번이나 되읽어보았지만 여기까지 왔는데도 수준이 탐탁지 않다. 뭐랄까, 복잡하게 꼬아놓은 것에 비해서는 어디서 많이 본 듯한데다가, 당사자라 그런지 모르겠지만 즐거운 마음으로 썼다는 느낌이 없다. 하지만 최고의 플롯을 마련하기 전에는 만화를 그리지 않겠다고 한다면 십 년은 못 그릴 테니, 손에 든 카드로 승부에 나서는 수밖에 없다.

목요일 방과후부터 콘티 작업에 들어갔다. 예산은 정해졌지만 책을 만들기에 만 엔은 턱없이 부족하니 페이지 수를 먼저 정한다는 방침은 그대로다. 아사누마가 하니의 강요에 휩쓸려 방침을 바꾸기 싫어했기 때문이다.

콘티 작업에 들어가면 간단하게나마 실제로 종이에 칸을 나누고 말풍선을 만들어 그림을 그려야 한다. 이 단계에 들어가면 교실이나 도서실에서는 그릴 수 없고, 집에서 그리면 부모님이 눈썹을 찌푸리고, 만연에서 하면 그야말로 도발로 받아들일 것이다. 그런 고로 작업할 수 있는 장소는 딱 한 군데, 고전부 동아리방, 지학 교실뿐이다. 고전부에는 되도록이면 만연의 일을 가지고 가기 싫었지만 사실 전에도 지학 교실에서 만화를 그린 적이 있다.

그날, 동아리방에는 후쿠밖에 없었다. 평소 같으면 기쁘겠지만 오늘은 할 일이 있고, 후쿠도 뭔가 서류를 작성하고 있었다.

“안녕.”

“왔어?”

인사와 미소를 가볍게 나누고 조금 떨어진 책상에 앉아 공책을 펼쳤다. 콘티는 만화 원고용지에 그려야 나중에 편하지만, 원고용지는 짐이 되는데다 누가 봐도 만화 도구로 보여 학교에 가져오기 거북했다. 무엇보다 값이 조금 비싸서 나는 대학 공책에 그린다.

자, 이제 시작이다.

부탁이야. 간절히 기도하는 마음으로 첫 장면을 그려나갔다. 부탁이니까 재미있어야 돼. 나는 아직 미숙하지만 그래도 온 힘을 다해 노력할게. 내가 지금까지 읽은 만화는 전부 재미있는 작품들이었으니까 너도 분명 재미있을 거야. 제발,

재미있어야 돼…….

계절은 봄에서 여름으로 다가서고 있었다. 활짝 열린 창으로 들어오는 바람이 상쾌했다. 자 없이도 곧은 선을 그리고, 컴퍼스 없이도 매끈한 동그라미를 그린다. 비 오는 날 처마에 매다는 헝겊 인형처럼 동그라미 안에 눈만 그려 넣은 단순한 등장인물들로 이 만화가 앞으로 어떻게 될지 결정해나간다.

나는 한 가지 실수를 했다. 대사를 써놓은 공책에 콘티를 그리기 시작한 것이다. 학교에 만화용 공책을 여러 권 가지고 다니기 싫어 한 권으로 줄였는데, 이미지가 확고했던 처음에는 상관없었지만 세 페이지, 네 페이지 그려나가는 사이에 매번 공책을 들춰보고 대사를 확인하는 일이 잦아졌다. 이거 아무래도 번거로운데, 다음에 만화를 그릴 때는 대사와 줄거리를 쓰는 공책과 콘티를 그리는 공책을 꼭 따로 나눠야겠다.

미숙한 준비로 고생하면서도 콘티를 그려나갔다. 유감스럽게도 아사누마가 준 만연이라는 주제에 막연히 품고 있던 위화감은 페이지가 쌓일수록 차츰 뚜렷하니 커져갔다. 하지만 이 만화가 시노하라 그룹을 쫓아내는 데 사용된다는 생각은 머릿속에 거의 없었다. 여기까지 오면 머릿속에는 만화 생각만 남는다. 손을 멈추는 순간 암울한 기분이 되살아나겠지만.

하염없이 그림을 그리고, 공책을 들춰 대사를 확인하고, 그대로 페이지를 넘겨서 스토리 전개를 확인하고, 다시 그림을 그린다. 시간이 얼마나 흘렀을까? 진동 소리에 손을 멈췄다.

문자가 온 모양이다. 가방을 열어 휴대전화를 보니 보낸 사람은 뜻밖에도 하니였다. 문자는 짧았다.

'얼른 와봐.'

하니가 보낸 것으로 보아 만연에서 무슨 일이 생겼으니 동아리방으로 오라는 뜻이리라. 무슨 일이 벌어졌을지 짐작 가는 구석은 많았지만 그중 괜찮은 이유는 하나도 없었다. 증오와 기만이 마침내 부상자를 내고 말았다……. 그런 상상마저 들었다. 덜컹 소리를 내며 의자에서 일어나자 옆에서 깜짝 놀란 목소리가 튀어나왔다.

"앗! 깜짝이야."

깜짝 놀라기는 나도 마찬가지다. 후쿠가 있는 줄 깜빡했다.

"아, 미안, 문자가 와서."

설명도 되지 않는 소리를 주절거리며 책상 위에 펼쳐놓았던 공책을 탁 덮었다. 별일 없겠지만 혹시 모르니.

"이거 잘 보고 있어!"

그렇게 부탁하자 후쿠가 어리둥절한 표정으로 고개를 갸웃거렸다.

"보라니……. 읽으면 돼?"

큰일날 소리!

"아니야, 잘 지키고 있어!"

"지키라고?"

하긴, 뜬금없이 공책을 지키라고 하면 난처하기도 하겠지. 표현에 문제가 있다고는 생각했지만 정정할 시간조차 아깝다. 나는 그대로 지학 교실에서 뛰쳐나갔다.

황급히 달려간 제1 예비 교실은 평화로웠다.

평소처럼 읽기만 하는 그룹은 교실 앞쪽에, 직접 그려보고 싶은 그룹은 뒤쪽에 모여서 저마다 만화를 읽거나 수다를 떨고 있었다. 좋은 분위기는 아니지만 당장 무슨 일이 벌어진 것처럼 보이지는 않았다.

읽기만 하는 그룹 속에서 시노하라가 친구들과 웃고 있었다. 하지만 직접 그려보고 싶은 그룹 속에 아사누마는 없었다. 어제 받은 불시의 충격에서 아직 벗어나지 못한 걸까, 아니면 뭔가 볼일이 있는 걸까. 직접 그려보고 싶은 그룹의 다른 아이들도 비장한 분위기는 아닌 것으로 보아 내가 오기 전에 쫓겨난 것 같지도 않다.

일단 하니를 찾자……. 그런 생각으로 동아리방을 둘러보고 나서야 정작 하니가 없다는 것을 깨달았다. 두리번거리는 내게 시노하라가 물었다.

"누굴 찾아?"

"아, 응."

"아사누마는 안 왔어."

가까이 있던 2학년이 "어디서 질질 짜고 있는 거 아냐?" 하고 빈정거렸지만 시노하라는 그쪽을 돌아보지도 않았다. 하니를 찾고 있다고 이 자리에서 이름을 말하면 괜히 거북하게 만들지도 모른다. 아사누마를 찾는 척해야겠다.

"그래? 고마워."

걸음을 돌리는데 웃음소리가 뒤통수에 꽂혔다. 하지만 내 착각이 아니라면 거기에 시노하라의 목소리는 없었던 것 같다.

하니가 만연에 없다면 "얼른 와봐"라는 문자로 나를 불러낼 장소는 2학년 C반 교실밖에 떠오르지 않는다. 같은 반이니까 그쪽을 먼저 떠올릴 수도 있었는데. 하지만 또 헛걸음하기는 싫어 먼저 문자를 보냈다.

'모르고 만연으로 갔어. 어디로 가면 돼?'

제1 예비 교실에서 조금 떨어져 기다렸지만 이삼 분 기다려도 답장은 오지 않았다. 직접 가는 게 빠르겠다 싶어 계단을 올라 2학년 C반 교실로 향했다.

하지만 하니는 거기에도 없었다. 교실에는 C반이 아닌 아이도 포함해 다섯 명이 저마다 책상이나 의자에 걸터앉아 있었다. 마침 교실에서 자리가 가까워 가끔 이야기를 나누는 아이가 있기에 물어보았다.

"혹시 하니 못 봤니?"

"허니? 우리 아까부터 여기에 있었는데 허니는 없었는데."

아이들이 하니를 허니라고 부르는 줄은 몰랐다. 그 여려 보이는 생김새에 전혀 어울리지 않는데…….

그건 됐고, 뭔가 이상하다. 만연도 교실도 아니라면 하니가 기다리는 곳이 어디인지 짐작하지 못하겠다. 도서실일 리도 없고.

"허니 찾고 있어?"

"음, 찾고 있다고 해야 하나, 걔가 불렀어."

"여기로?"

"그걸 모르겠어. 응, 알겠다, 고마워. 다른 데 가볼게."

교실에서 나와 휴대전화를 보았지만 답장은 오지 않았다. 하니의 용건이 궁금했지만 연락이 닿지 않으니 더이상 어찌할 방도가 없다. 전화번호도 물어볼걸 그랬다.

"……콘티나 그리자."

대체 무슨 용건이었을까 고개를 갸웃거리면서 고전부 동아리방으로 돌아갔다.

지학 교실에서 나는 거의 비명에 가까운 소리를 질렀다.

"공책이 없어!"

책상 위에 올려두었던 대학 공책이 사라졌다. 이럴 수가, 분명 여기에 있었는데!

동아리방에서 여전히 서류에 고개를 처박고 있던 후쿠가 내 목소리에 샤프를 떨어뜨렸다.

"까…… 깜짝이야! 이번엔 왜 그래?"

아까 나가면서 후쿠더러 공책을 지켜보라고 당부했는데, 내 말이 짧았는지 후쿠는 공책의 내용을 살펴보라는 뜻으로 착각했다. 정정하기는 했는데 그걸 또 착각해서 후쿠가 챙겨갔는지도 모른다.

"후쿠, 혹시 여기 있던 공책 가져갔어?"

"아니, 나한텐 없는데."

"그럼 어디 갔지? 이상한데."

가방 속을 뒤지기 시작한 내게 후쿠가 약간 불안한 목소리로 물었다.

"저…… 혹시나 해서 물어보는 건데 공책이 필요하니까 가져와달라고 부탁한 거, 마야카 네가 아니었어?"

핏기가 가셨다. 고개를 번쩍 쳐들자 눈앞에 후쿠의 얼굴이 있었다. 표정에서 평소의 익살스러운 기색은 찾아볼 수가 없었다.

"난, 모르는 일인데."

"……그래."

별안간 후쿠가 고개를 숙였다.

"미안. 내 실수야. 마야카가 부탁했다면서 어떤 여자애가 와서 공책을 가져갔어. 네가 지켜봐달라고 부탁까지 했는데, 이상하다는 생각도 못 했어."

도둑맞았다는 건가?

"그게 언제였어?"

"잘 모르겠어, 이 서류를 작성하느라……. 마야카가 나가고 나서 얼마 지나지 않았을 거야."

"누가 그런 짓을!"

"전에 어디서 본 것도 같은데, 모르는 애였어. 허둥지둥 뛰어들어 이바라 공책이 여기 있느냐고 물었어."

하니다. 틀림없다. 나를 문자로 꾀어 자리를 비운 틈에 들고 간 것이다. 그 공책을 노릴 줄은 생각도 못 한 탓에 이렇게 단순한 계략에 홀랑 넘어가고 말았다.

"여려 보이는 애라서 뭔가 사정이 있는 줄 알았어. 마야카가 앉아 있던 책상이라면 저기라고 가르쳐주기까지 했는데, 내가 어리석었어."

후쿠는 잘못이 없다. 이런 일이 생길 줄 누가 상상이나 했을까? 예전에 초콜릿을 도둑맞은 적도 있기는 하지만 그때는 누구 짓인지, 어째서 훔쳤는지 금방 짐작이 가서 별로 놀라지도 않았고 나중에 따끔하게 혼도 냈다. 이번 일과는 다르다. 나는 고개를 세차게 가로저었다.

"후쿠 잘못이 아니야. 오히려 여기 있어준 덕분에 범인이 누군지 알았으니 내가 고맙다고 해야지. 큰 소리를 내서 미안."

나는 가까이 있던 의자를 잡아당겨 비틀비틀 주저앉았다.

하니는 읽기만 하는 그룹이니 만연에서는 서로 입장이 다르지만, 반에서는 평범하게 이야기를 나누었다. 그 애를 신뢰했던 건 아니다. 신뢰라는 말을 쓸 만큼 친한 사이가 아니었다. 부장이 된 것도 알려주지 않았을 정도니 하니도 아마

나를 그리 친한 친구로 생각하지 않았을 것이다. 하지만 설마 이런 짓을 꾸미고 있었다니.

문자로 나를 꾀어내려면 메일 주소가 필요하다. 그걸 가르쳐준 건 어제, 하니가 만연에서 아사누마와 아이들이 곤욕을 치르고 있다고 알려주면서 메일 주소를 교환하자고 했기 때문이다. 다시 말해 어제부터, 어쩌면 교실에서 나를 감시했던 그저께부터, 하니는 내 공책을 노리고 있었을지도 모른다.

이유는?

어째서 내 공책을 훔쳐야만 했나?

짐작 가는 이유는 하나뿐이다.

하니는 아사누마의 동인지 계획을 망가뜨리고 싶은 것이다. 나를 함정에 빠뜨리고, 후쿠를 속이고, 그런 짓까지 해가면서 내가 만화를 그리지 못하도록 훼방을 놓으려는 것이다!

읽기만 하는 그룹과 직접 그려보고 싶은 그룹의 허망한 다툼, 그 도구로 사용되는 동인지, 갑작스러운 부장 교체, 그리고 이번 도난 사건, 모든 일들이 머릿속을 뱅글뱅글 맴돌았다. 어째서, 어째서 이렇게 된 걸까? 어째서, 나는 이런 일에 휘말린 걸까? 공책을 잃은 건 그리 큰 피해는 아니다. 새로 만들 수 있다. 하지만 하니가 그걸 훔쳤다는 게 너무 싫었다.

믿었던 건 아니다, 그렇게 친하지도 않았다. 그래도 거짓말이면 좋으련만!

"마야카, 마야카!"

큰 소리에 정신을 차렸다. 후쿠가 내 얼굴을 들여다보고 있었다.

"괜찮아?"

울고 싶었다. 엉엉 울고, 후쿠에게 괜찮다고 위로받고 싶었다. 하지만 안 된다, 아직 이르다!

숨을 크게 들이쉬었다가 천천히 내뱉었다. 뜨겁게 달아오른 머리가 이건 전부 거짓이고, 꿈이고, 착각이라고 말한다. 하지만 안타깝게도 그렇지 않다는 것을 나는 안다.

"소중한 공책이었구나."

후쿠가 진지한 눈빛으로 그렇게 말했다.

"공책 자체는 그렇지만도 않아……. 만화를 그려놔서 남들이 볼까 봐 싫은 것뿐이야."

"만화를 도둑맞았어?"

만화가 아니라 대사와 줄거리를 메모하고 밑그림을 조금 그린 것뿐이지만, 그걸 어떻게 설명해야 할지 말이 나오지 않았다. 내가 잠자코 있자 후쿠는 물러나서 책상에 한 손을 짚고 말했다.

"찾아올게. 그 여자애가 누군지 짐작은 가는 거지?"

"아마 내가 아는 애일 거야. 하지만…… 괜찮아."

"내 책임이라는 말은 굳이 하지 않을게. 하지만 역시 책임을 느끼는 건 사실이고, 이런 짓은 용서할 수 없어. 누구야, 걔?"

나는 고개를 살며시 가로저었다.

"후쿠 잘못도 아니고, 밖으로 이야기가 퍼지면 일이 복잡해져……. 끌어들이고 싶지 않아."

지학 교실에서 만화를 그리는 게 아니었다. 결국 이런 일이 벌어지고 말았다. 고개를 떨군 내게 후쿠가 말했다.

"마야카, 나는 같이 고민하고 싶어."

"……응."

후쿠는 허공을 뚫어져라 노려보다가 이윽고 천천히 입을 열었다.

"못 미더울지도 모르지만 사정을 얘기해봐. 내가 나서면 일이 복잡해진다는 건 알겠어. 하지만 공책을 되찾을 다른 방법이 없는지 함께 고민해보자."

아마 내 얼굴에는 쓴웃음이 피식 떠올랐을 것이다.

"역시 후쿠 너, 책임을 느끼는 거지?"

"아무래도……. 만연에 복잡한 사정이 있는 줄 알고 있었는데, 홀딱 속아넘어갔으니."

지금 만연에서 내 입장이 어떤지 후쿠에게 털어놓을 생각은 없었다. 걱정할 테니까. 하지만 우연이라고는 해도 이렇게 털어놓게 되자 이상하리만치 마음이 든든했다.

5

그렇게 나는 사정을 모조리 털어놓았다.

지난 월요일에 아사누마가 동인지를 함께 만들자고 제안한 일. 그게 만연 안에서 파벌 항쟁을 유리하게 만들기 위해 만드는 동인지라는 것. 페이지 수를 정하려고 조금 기다려달라고 했다는 것.

화요일에 교실에서 공책을 펼쳐놓고 작업하는 나를 하니가 감시하는 느낌을 받은 것.

수요일에 하니가 내게 아사누마의 계획이 들통났다고 알려준 것. 그런 하니가 어느새 부장이 되어 있었던 것.

오늘 하니의 문자를 받고 자리를 비운 사이에 공책을 도둑맞은 일…… .

이야기가 끝나자 후쿠는 지긋이 생각에 잠겼다. 후쿠에게 털어놓자 나도 덩달아 조금 정리가 된 기분이다. 이윽고 후쿠가 낮은 목소리로 말했다.

"미행당한 거네."

아마도 그럴 것이다. 어제까지는 2학년 C반 교실에서 만화 준비를 했지만 오늘은 지학 교실로 장소를 옮겼다. 그런데 하니가 정확히 이곳으로 온 이유는 무엇일까? 내 뒤를 쫓아왔다고밖에 생각할 수 없다.

"내가 교실에서 그렸다면 이런 일은 없었을까?"

"글쎄……."

후쿠는 팔짱을 끼고 한참 생각에 잠겼다.

"……수요일에도 하니를 따라서 이동했다고 했지?"

"응. 아사누마하고 다른 애들이 곤욕을 치르고 있다는 말을 듣고 만연으로 갔어. 그건 사실이었어."

"그때도 공책은 교실에 내팽개쳐놨던 거 아니야? 어땠어?"

어땠더라? 기억을 더듬었다.

아직 그림은 그리기 전이었지만 만화 스토리를 쓴 공책을 교실 책상에 떡하니 내놓지는 않는다. 가방에 넣은 기억은 있다. 그후에 내가 만연에 가방을 가져갔던가?

아니. 교실로 돌아올 생각이었으니 그러지 않았다.

"가방에 넣기는 했지만 그 가방을 교실에 그냥 두고 갔어."

"그렇다면 하니는 어제도 훔칠 기회가 있었던 거네."

그런가. 미처 몰랐지만 그랬다. 오히려 어제 교실에는 나하고 하니밖에 없었으니 교실에서 조금만 늦게 나와도 하니는 공책을 쉽게 훔칠 수 있었다.

"어째서……."

저도 모르게 그렇게 중얼거리자 후쿠가 요란하게 끄덕거렸다.

"바로 그거야. 어째서? 어째서 굳이 오늘, 마야카의 공책을 훔쳐야 했을까?"

"아사누마의 동인지 계획을 망치기 위해서지. 달리 무슨 이유가 있겠어?"

그렇게 내뱉었다.

하지만 후쿠는 고개를 갸웃거리며 작게 신음했다.

"그럴까? ……듣다가 문득 생각난 건데, 이 이야기, 지난번 호타로 그거하고 비슷한 것 같아."

호타로 그거?

지난번이라니 언제 적 일을 말하는 걸까?

후쿠하고 지이하고…… 그렇다, 우리는 오레키의 독후감을 읽고 있었다. 즐거웠다. 몹시 오래된 일처럼 느껴진다. 「달려라 메로스」를 읽고 쓴 독후감이었는데, 누가 메로스를 방해했는지 파헤치는 내용이었다. 하지만 뭐가 비슷하다는 말인지 통 모르겠다.

"비슷하다니……. 뭐가?"

"디오니소스와 산적 부분 말이야."

"디오니소스는 술의 신이고."

"아, 그런가. 듀나미스……는 천사지?"

"그래?"

"역천사力天使였을 거야. 그냥 왕이라고 하자. 마야카 얘기를 들으니 왕하고 산적이 나오는 부분이 떠올랐어."

오레키는 독후감에 왕성으로 달려가려는 메로스의 앞길을 막은 산적은 메로스를 죽이려고 누군가가 고용한 자객이고, 그들을 고용한 것은 메로스의 추리와는 달리 왕이 아니라고 써놓았다.

"무슨 상관이 있는데?"

"기억나? 호타로는 왕이 메로스가 돌아오지 않을 거라고 진심으로 믿는 이상, 왕은 절대로 메로스의 귀환을 방해할 리 없다고 썼어. 호타로답지, 좀 우스웠어."

나도 웃었다.

"그리고 이건 그 독후감을 읽은 내 느낌인데, 가령 메로스가 돌아온다고 해도 왕은 잃을 게 없어. 메로스는 돌아오지 않을 테지만, 만약에 돌아와도 딱히 난처할 이유가 없는 게 왕의 입장이지. 그러니 그런 관점에서 봐도 자객을 보낸 건 왕이 아니야."

논리적으로는 이해한다. 왕이 '사람을 믿을 수 없다'는 가치관을 반드시 고수하고 싶고, 그걸 뒤흔들지도 모를 메로스를 위협 요소로 느꼈다면 이야기가 다르지만 소설 속의 왕은 그렇게 생각하지는 않았다.

"마야카 얘기를 들으니 하니는 아사누마가 어차피 동인지를 완성하지 못할 거라고 믿는 것 같아. 그리고 완성된다 해도 하니는 별로 난처할 일이 없지 않아?"

"어째서? 동인지가 완성되면 하니네 그룹은 동아리를 그만둬야 해."

"하지만 그 조건을 건 게 바로 하니잖아?"

그건 그런데…….

후쿠가 살짝 어두운 표정으로 말했다.

"만연에 대해선 여러 정보가 돌고 있어. 마야카에게 들은 이야기까지 종합해보면 둘로 갈라설 수밖에 없을 것 같아. 미행에 쿠데타라니, 동아리 활동이 비상식적으로 왕성한 가미야마 고등학교에서도 역시 이상해. 내가 파악한 바로는 만연은 신입 부원까지 해서 서른 명이 넘는 큰 동아리니까 둘로 나뉘어도 다른 문예계 동아리보다 커. 동아리를 둘로 나눠서 서로 평범한 동아리 활동이 가능하도록 하려는 게 하니라는 부장의 목적이 아닐까……. 마야카 눈에는 어떻게 보여? 엉뚱한 생각이야?"

후쿠는 원래 다양한 분야에 관심이 많아 어떤 정보든 탐욕스럽게 흡수하지만 고등학교에서 총무 위원이 된 뒤로는 특히 절차나 조직, 당위성에 해박해진 것 같다. 가령 남과 함께 행동하는 게 서툰 오레키는 당위성이나 명분의 존재는 알고 있어도 제대로 이해는 하지 못하는 눈치다. 반면 후쿠는 그런 부분을 잘 꿰뚫어 본다. 그러면서도 내면은 변함없다는 점이 멋지지만.

그런 후쿠가 만연은 이제 끝났다고 하니 정말 그럴지도 모른다. 만연의 불화는 분명 해소할 수 없는 수준에 달했다. 그래도 나는 만연이 둘로 갈라서는 게 낫다고 생각한 적은 없었다. 하지만 하니는 어떨까? 어쩌면…….

아니, 그러면 말이 안 된다.

"그렇다면 조용히 그만두면 되잖아? 아니면 멋대로 동인지를 만들려고 한 책임을 씌워 우리를 쫓아내거나."

"그게 그럴까? 하니 쪽 그룹이 말없이 그만두면 실컷 당하기만 했는데 먼저 꼬리를 말고 달아나는 것처럼 보일 거 아냐. 체면이 안 서지. 반대로 마야카네를 쫓아내려고 해도, 동인지를 만들려고 참가자를 모았다는 이유만으로 강제로 쫓아내는 건 불가능해. 너희가 고문 선생님한테 하소연이라도 하면 혼나는 건 하니네 쪽일 거야."

그런가. 듣고 보니 대의명분이 부족하다.

"난 잘 모르는 분야지만, 어떤 형태로든 동인지를 한 권이라도 만들면 되는 조건이라면 기준이 굉장히 낮은 것 아니야?"

"뭐……. 카피본이라도 괜찮다면, 쉽지."

"책이 완성되면, 이번에 망신을 산 아사누마 그룹 아이들 체면도 세워주고, 원만하게 합의이혼을 할 수 있어. 반대로 완성되지 않으면 기회가 있었는데도 살리지 못한 아사누마 그룹이 잘못한 거니 쫓아낼 이유가 돼."

이해는 하겠는데, 그다음이 보이지 않는다. 말투가 조금 거칠어졌다.

"그렇다면! 하니하고 메로스의 왕이 똑같다면, 하니는 내 공책을 훔칠 필요가 없다는 거잖아! 이유도 없는데 훔치다니, 단지 심술 부리는 거 아니야?"

이유가 있다고 용서해줄 수 있는 건 아니지만 단지 악의밖에 없다니 그게 더 서글프다.

후쿠는 바닥을 내려다보다가 불쑥 중얼거렸다.

"그래. 그 점이 이상해. ……분하다. 호타로였으면 금방 뭔가 알아차릴 텐데. 이유가 뭘까? 마야카의 공책을 가져가도 하니한테는 아무 이득도 없을 텐데."

이따금 후쿠는 데이터베이스는 결론을 내리지 않는다며 익살을 떤다. 잡학 지식도 풍부하고 소문에도 밝지만 그런 정보에서 어떤 진상을 찾아내는 건 서툴다……. 아니, 처음부터 포기하고 있다는 뜻이리라.

하지만 지금 후쿠는 진지하게 고민하고 있다. 나는 모르겠어, 도저히 손을 쓸 방도가 없다, 평소라면 이미 내뱉었을 말들을 한마디도 하지 않고, 꼼짝도 않고 곰곰이 생각에 잠겨 있다.

물론 나도 함께 고민하고 있었다. 한편으로는 침묵하는 후쿠에게 자꾸만 눈이 갔다.

이윽고 후쿠는 드물게 눈썹을 찌푸린 채로 말했다.

"마야카의 공책은 반드시 되찾아올게. 하지만 잘 설명하지 못하겠는데, 조금만 기다려보면 어떨까?"

현실적으로 볼 때 후쿠가 아무리 노력해도, 내가 정신 차리고 분노의 화신으로 변신해도 하니는 벌써 하교했을 테니 오늘 안에 공책을 되찾을 가망은 없다. 만약 하니가 단순히 심술을 부리고 싶었던 것뿐이라면 공책은 지금쯤 재로 변해 있거나, 강물을 타고 바다로 흘러가고 있거나, 가연성 쓰레기로 분리되었을 것이다. 그렇지 않다면 되찾을 기회야 있겠지만 후쿠는 조금 기다려보라고 한다.

"그렇게 말해주는 건 고마운데, 왜 기다려야 해?"

후쿠의 설명은 매끄럽지 못했다.

"마야카가 만화 그리는 방식 말이야, 전에 조금 봤는데 꼭 그 공책이 있어야만 그릴 수 있는 건 아니지? 물론 화가 나는 것도 이해하고 나도 용서할 수 없어. 하지만 순수하게 피해만 놓고 따지면, 단순히 새로 메모하는 데 드는 시간만 손해 본 거라고 할 수도 있잖아."

그건 그렇다. 그 공책은 단순한 메모고, 사흘 만에 만든 것이다. 내 기분을 제쳐둔다면 사흘만 있으면 또 만들 수 있는 것이긴 하다.

"그렇다면…… 시간을 버는 게 하니의 목적이었던 게 아닐까? 그렇게 번 시간으로 뭔가 저지를 생각인지도 몰라. 왜,

유괴 드라마나 소설을 보면 범인의 연락을 기다리곤 하잖아. 그거랑 마찬가지로 상대의 동향을 살핀 다음 어떻게 행동할지 결정해도 되지 않을까?"

"그 저지른다는 게 최악의 행동이라면 기다릴 게 아니라 저지하는 게 나을 것 같은데."

"응. 그때는 내가 지켜줄게."

과연 뭘 해줄 건지 의심스럽긴 하지만 그렇게까지 말한다면 뭐, 후쿠를 믿어보도록 할까. 나는 고개를 까딱 숙였다.

"알았어, 조금 기다려볼게. 내일, 하니한테는 아무 말도 하지 않는 게 나을까?"

"어떻게 하는 게 좋을까? 뭔가 요구 사항이 있다면 상대가 먼저 접촉해 올 것도 같은데. 정말, 호타로가 있었으면 의논하는 건데."

오레키였다면 분명 좀더 논리적으로 생각할지도 모른다.

하지만 나는 오레키가 있었으면 더 좋았을 거라고 생각하지 않는다. ……고마워.

6

5월 18일 금요일. 즐거운 마음으로 기다렸던 날인데, 마음이 무거운 일이 너무 많다.

집을 나서다가 손수건을 깜빡해서 평소보다 조금 늦게 등교했다. 교실에는 하니가 먼저 와 있었지만 마주쳤는데도 미안한 기색도 없다. 모르는 행인처럼 무시당했다. 내 공책을 돌려달라고 외치며 어깨로 들이받을 수도 있지만 조금 기다려보라는 후쿠의 말을 믿기로 한데다, 무엇보다 하니에게 부상을 입히면 안 되니 우선은 꾹 참기로 했다.

하니와 만나는 것보다 아사누마에게 진행 상황을 전하는 게 더 내키지 않았다. 금요일에는 페이지 수와 참가 여부를 알려주겠다고 했는데 확인이 불가능하게 되었다. 아사누마하고는 메일 주소를 주고받은 사이지만 중요한 사항은 역시 직접 만나서 이야기하고 싶어 점심시간까지 기다렸다가 밥을 먹고 아사누마가 있는 2학년 A반 교실로 향했다.

A반 교실에서는 식사 속도가 늦은 아이들 두세 명이 아직 도시락을 펼쳐놓고 있었지만 대부분의 학생들은 식사를 마치고 저마다 하고 싶은 일을 하고 있었다. 말없이 남의 반에 들어가기는 거북하다. 입구에서 두리번거리고 있자 늘씬하고 예쁜 여학생이 나를 발견하고 말을 걸어주었다.

"누굴 찾아?"

"아, 응. 아사누마를 좀."

"아사누마? 있으려나."

그 아이는 교실을 힐끗 둘러보더니 창가에 있는 아사누마를 발견하고 다가가 말을 붙였다. 이쪽을 가리키는 동작은 내가 찾고 있다고 전하는 것이리라. 아사누마는 나를 보더니 얼굴을 살짝 찌푸리고 무거운 걸음으로 다가왔다.

"무슨 일이야?"

목소리에도 힘이 없다. 아사누마도 마음이 무거운 모양인데 거기에 설상가상 짐 하나를 더 얹으려니 정말 싫다. 새삼 공책을 훔쳐간 범인에게 분노가 치밀었다.

"그 얘기, 금요일에 대답하겠다고 했잖아."

"응, 그거 말이구나."

아사누마는 그렇게 대답하면서 슬그머니 좌우를 살폈다. 교실에서 동인지 이야기를 하는 게 거북할지도 모르고, 계획이 들통난 경위로 볼 때 누가 엿듣고 있지 않은지 경계하는지도 모른다. 그 동작에 맞춰 나도 은근히 목소리를 낮추었다.

"미안해, 조금만 더 기다려줄 수 있어?"

아사누마가 도끼눈을 떴다.

"뭐? 무슨 소리야? 오늘이라고 했잖아?"

흔쾌히 받아들이지 않을 줄은 알았지만, 각오했던 것보다 더 심한 반응이 돌아왔다.

무슨 말을 들어도 하니에게 공책을 도둑맞은 것 같다는 말은 하지 않기로 결심했다. 증거도 없고, 이런 일이 밖으로 알려진다면 만연 내부에서 벌어지고 있는 걷잡을 길 없는 대립의 불길에 기름을 콸콸 퍼붓는 꼴이다. 최종적으로 공책이 돌아오지 않는다면 거리낌없이 기름을 퍼부을 작정이지만 지금은 누명을 뒤집어쓸 각오로 고개를 숙였다.

"정말 미안해. 맞출 수 있을 줄 알았는데 콘티가 끝나지 않아서."

아사누마가 들으란 듯이 한숨을 쉬었다.

"아, 그래. 설마 그렇진 않겠지만 나중에 발뺌할 생각은 아니겠지?"

도저히 그냥 듣고 있을 수 없었다.

"발뺌이라니 무슨 소리야?"

"다이도 울면서 빠져나갔고, 니시야마는 배신하더니 그 애들한테 전부 털어놨어. 그리고 넌 조금 더 기다려달라고? 발뺌할 작정이라고 의심해도 어쩔 수 없는 상황 아니야?"

그 말을 듣고 보니 아사누마가 시작한 일이기는 하지만 조금 안쓰러워졌다. 사정이 어찌됐든 약속한 날에 맞추지 못한 건 사실이니 내 잘못이다. 다시 한번 고개를 숙였다.

"미안해."

"야, 정말 같이 할 거지?"

신경이 곤두서 있는 건 이해하지만…….

"미안하다고 생각해서 사과하러 온 건데 그걸 의심하는 거야?"

아사누마는 다시 한번, 하지만 이번에는 무심코 흘러나온 듯한 한숨을 쉬었다.

"……미안해. 신경이 좀 날카로워서."

"나야말로."

"그래, 얼마나 기다리면 돼?"

콘티는 중간까지 진행했으니 월요일에 공책이 돌아온다면 화요일에는 마무리지을 수 있다. 하지만 공책이 돌아오지 않을 경우 대사표부터 새로 짜야 한다. 돌아오지 않는다는 전제로 주말에 작업을 한다 치고…….

"화요일……. 아니, 다음주 수요일에는 꼭."

아사누마는 고개를 끄덕이더니 바닥에 시선을 살짝 떨어뜨렸다.

"알았어. ……미안해, 이바라. 일이 복잡해져서."

이번 계획을 세운 건 아사누마지만 나도 만화를 그릴 기회가 있다는 말에 기꺼이 받아들였다. 사과받을 이유는 없다.

"그럼."

아사누마의 사과에는 굳이 대답하지 않고 짧은 인사를 남기고 A반 교실을 뒤로했다.

교실로 돌아오니 점심시간도 벌써 끝나가는 터라 아이들도 대부분 돌아와 있었다. 5교시는 체육이다. 지금은 머리보다 몸을 쓰는 게 차라리 낫다고 생각하면서 내 자리로 돌아가는데 가벼운 발소리가 다가왔다. 뒤를 돌아보니 하니였다. 그 표정은 아무런 거리낌도 없이, 목소리마저 어딘가 모르게 쾌활했다.

"마야카, 오늘 수업 끝나고 시간 있어?"

마음의 준비를 하지 않았다면 어떻게 반응했을까? 장난하는 거냐고 화를 냈을까, 아니면 물에 빠진 사람에게서 보따리까지 빼앗아가는 격인 하니의 말에 겁을 먹었을까? 실제로는 어느 쪽도 아니었다. 후쿠의 예상이 맞아떨어져 기쁘기까지 했다. 덕분에 나도 의외이리만치 냉정한 머리로 대답할 수 있었다.

"5시까지 도서 당번이야. 그후라도 괜찮다면 시간 되는데, 왜?"

아주 잠깐, 하니는 나를 똑바로 쳐다보았다……. 내가 동요할 거라 예상했는지도 모르지만, 바로 미소를 머금은 얼굴로 돌아갔다.

"미안하지만 방과후에 시간 좀 내줄래?"

나는 일부러 고개를 갸웃거렸다.

"어, 별로 안 내키는데. 시간을 내주면 어떻게 되는데?"

"내가 빌린 걸 돌려줄 수 있지. 서두르는 게 낫지 않아?"

나는 교섭에 능하지 않다. 뻔뻔한 말에 빡이 확 달아올라 욕지거리가 튀어나오려는 것을 겨우 억눌렀다.

"……그러네, 서두르는 게 낫지. 내가 어떻게 하면 돼?"

하니는 만족스럽다는 듯이 고개를 끄덕였다.

"바이런이라는 가게 알아?"

"문화회관 옆에 있는 케이크 가게 말이야?"

"맞아, 설명할 필요가 없어 잘됐네. 그 가게 안쪽에 카페 코너가 있는데, 차만 마셔도 되는 거 아니? 거기서 5시 반에 만났으면 하는데 괜찮아?"

그럴 마음은 없을지도 모르지만 하니는 내 공책을 인질로 잡고 있는 셈이나 마찬가지다. 그런데 대등하게 의논하는 척 하다니 우스꽝스럽다. 확 까발리고 싶은 마음이 꿈틀거렸지만 나도 애써 미소로 답했다.

"물론이지! 기대된다."

"그러게. 그럼 5시 반에 봐."

오늘은 즐거운 마음으로 기다렸던 날인데 마음이 무거운 일이 너무 많다. 예비 종이 울리자 교실에 있던 여학생들은 각자 탈의실로 향했다.

5시 5분에 교문을 나선 나는 걸음을 조금 서두르며 여러 가지 생각을 했다.

일단 후쿠의 말대로 하니가 먼저 말을 걸어온 것에 대하여. 후쿠는 잠시 기다려보자고 했지만 실제로는 겨우 하루 만에 사태가 진전되었다. 하니는 대체 뭘 하려는 걸까? 나를 불러낼 미끼로 공책을 훔쳤던 걸까? 설마, 하니하고 친한 건 아니지만 그냥 불러냈어도 딱히 싫은 기색 없이 나갔을 것이다. 공책을 훔칠 필요가 없다.

내 공책을 보고 싶었던 건 아닐까? 아사누마의 동인지에 기고하려는 만화가 어떤 내용인지 확인해보고 싶었다면? 만약 하니가 공책을 보여달라고 부탁했다면 나는 이것저것 핑계를 대고 보여주지 않았을 것이다……. 부끄러우니까. 하니가 내 공책을 보려면 훔칠 수밖에 없지 않았을까?

아니, 그것도 아닌 것 같다. 내가 죽어도 보여주지 않을 거라는 건 그게 내 일이니까 할 수 있는 말이지, 하니 입장이라면 일단은 물어볼 것이다. 다짜고짜 도둑질이라는 강경 수단을 쓸 이유가 없다.

고민할수록 목적을 알아내려는 것 자체가 상대가 노리는 계획인 것만 같아, 나는 다른 생각을 하기로 했다. 바이런에서 하니와 단둘이 이야기하는 건 분명 굉장히 거북하겠지.

어라, 생각해보니 둘만 만난다는 보장은 없으니 상대편이 몇 명인지 모른다. 어쩌지, 바이런에 가봤더니 읽기만 하는 그룹의 멤버가 몰려나와서 못을 박은 야구방망이를 한 손에 들고 '잘 왔다, 배짱 하나는 인정해주지, 끝장이다!' 하고 덤벼들면 어쩌지?

……뭐, 나를 공격하려면 학교 안에서 하는 게 여러모로

편할 테니 그럴 리는 없나. 다만 하니가 혼자일 리 없다는 추측은 적중할 것 같다. 누구든 함께 가는 게 좋을까? 후쿠나 지이, 아사누마. 음, 뭐, 내 문제니 가급적 혼자 처리하고 싶다.

약속 시간이 도서 당번이 끝나는 삼십 분 뒤였기 때문에 서점에 들를 수가 없다. 여태 두근두근, 아니, 조마조마한 심정으로 오늘을 기다렸는데 더 기다려야 하다니 너무하다.

이야기를 빨리 나누어보는 게 낫다고 생각한 건 사실이지만, 저녁 5시 반에 만나는 것은 조금 난처하다. 저녁 식사 시간에 늦어도 어머니는 아무 말씀도 하지 않지만 어쩐지 서글픈 표정을 지으시기 때문이다. "도서 당번하고 동아리 일 때문에 의논할 게 있어서 늦어질지도 몰라요"라고 문자는 보내놓았지만 가급적 저녁 식사 전에는 돌아가고 싶다.

장소가 바이런이라는 것도 싫었다. 가미야마 시는 작은 동네라 양과자점이 별로 없다. 시가지에 있는 것은 바이런 하나뿐이라고 해도 과언이 아니며, 그곳 케이크는 환상의 디저트다. 초등학교 때 부모님은 내 생일에 반드시 바이런에서 케이크를 사다 주셨고, 저번에 지이네 집에 갔을 때도 이곳 쿠키를 사들고 갔다. 나도, 하니도 알고, 고등학생이 방과후에 들어가도 자연스러운 가게가 바이런 말고 또 있느냐 하면 바로 떠오르는 곳은 없지만, 좋은 추억밖에 없는 그 가게에서 이상한 이야기는 하고 싶지 않다.

하지만 상대가 그곳을 골랐으니 어쩔 수 없지. 그런 생각을 하는 사이에 하얀 벽과 군청색 기와지붕이 인상적인 양과자점 바이런 앞에 도착했다. 손목시계를 보니 5시 27분, 아슬아슬했다. 걸음을 서둘렀기 때문에 조금 숨도 차고 땀도 찬 것 같다. 한두 번 심호흡으로 숨을 고르고 손수건으로 이마와 목덜미를 훔쳤다.

자, 여기까지 왔으니 머리를 굴려봤자 소용없다. 어떤 무시무시한 적이 튀어나와도 무찌르고, 공책을 되찾아 집에 돌아갈 뿐이다. 뺨을 찰싹 두드리고 가게로 들어갔다.

냉장 쇼케이스에 색색의 케이크가 즐비했다. 아직 복숭아철은 아니고, 체리의 계절이다. 딸기 쇼트케이크와 가토쇼콜라의 먹음직스러운 모습을 보아도 오늘은 마음이 들뜨지 않았다. 바이런 점원의 유니폼은 칼라만 하얀 검은 원피스로, 모자마저 검어서 수녀님처럼 보인다. 차분한 목소리와 미소로 맞이해주었다.

"어서 오세요."

"어, 카페를 이용하려고 하는데요."

"네, 안쪽으로 들어가세요."

가게 안쪽에는 들어가본 적이 없었다. 손으로 가리키는 쪽으로 향하니 좁고 어두운 복도 끝에 탁 트인 공간이 나타났다.

천장이 높고, 바닥에는 마루판을 깔았다. 창문은 세로로 길고, 벽에는 커다란 추시계가 있다. 하니는 카페 코너라고 했지만 홀에 가까웠다. 차를 마시기에는 늦은 시간이라 그런지 손님이 별로 없었다. 유일한 손님은 가미야마 고등학교 교복인 세일러 칼라 복장으로, 내 쪽을 등지고 있다. 내 발소리를 들었는지 단 한 명의 손님이 천천히 고개를 돌렸다.

"왔구나, 이바라."

나는 장승처럼 굳어서 아무 말도 하지 못했다.

어떤 무시무시한 괴물이 튀어나와도 무찌를 각오였지만 설마 이 사람이 나올 줄은 몰랐다. 가미야마 고등학교 3학년, 전前 만화 연구회 소속, 고치 아야코.

고치 선배는 쓴웃음을 지으며 말했다.

"뭘 그리 놀라? 하니가 아무 말도 안 했어? 괜찮아, 여긴 내가 살게. ……선배니까!"

만화 연구회에서 직접 그려보고 싶은 그룹과 그냥 읽으며 즐기고 싶은 그룹이 뚜렷하게 대립하기 시작한 계기는 작년 축제였다. 하지만 두 파벌의 충돌이 심각해져 동아리 활동에 지장이 생긴 것은 과거에 읽기만 하는 그룹의 리더 같은 존재였던 고치 선배가 다른 3학년보다 한발 먼저 은퇴했기 때문이다. 리더로서 중재자 역할을 했던 고치 선배를 잃은 만연은 분열 상태에 빠졌다.

그런 고치 선배가 여기에 있고, 하니의 이름을 말했다. 뭐가 뭔지 모르겠다. 오싹한 기분이 들어 이대로 걸음을 돌려 나가고 싶은 충동에 휩싸인 나를 고치 선배는 손짓으로 불렀다.

"자, 넋 놓고 있지 말고 일단 앉아."

태연하게 말하고 있지만 목소리에 어딘가 긴장감이 감돌았다. 적의와는 다른 그 감각이 어디에서 오는 건지 모른 채로, 신중하게 선배에게 다가가 둥근 테이블을 사이에 두고 맞은편에 앉았다.

선배 앞에는 홍차가 담긴 잔과, 뚜껑에 꽃무늬가 있는 티포트, 그리고 대학 공책이 놓여 있다. 빈 옆자리에는 종이가방이 있고, 만화 잡지인지 두꺼운 책이 들어 있었다. 둥근 테이블 위에 메뉴판은 없었지만 아까 보았던 수녀 같은 점원이 "실례합니다" 하고 홀로 들어와 반으로 접힌 메뉴판을 내게 내밀었다.

식욕은 없었다. 홍차를 주문했다.

점원이 떠나자 홀에는 고치 선배와 나만 남았다. 불현듯 오레키가 쓴 독후감과 내 상황이 비슷할지도 모른다고 했던 후쿠의 말이 떠올랐다. 그 독후감은 메로스에게 산적을 보낸 흑막은 왕이 아니라 다른 인물이라는 것을 암시하고 있었다. 내 경우도 하니를 보낸 흑막은 따로 있었다는 셈인가? 하니와 고치 선배 사이에는 개인적인 친분이 있다. 그건 알고 있었지만…….

홍차를 한 모금 마신 고치 선배가 챙그랑 소리를 내며 찻잔을 받침에 내려놓았다.

"그래, 만연은 요즘 어때?"

"말도 못 해요."

고치 선배는 진짜 용건으로 들어가기 전에 가볍게 입을 풀 생각이었는지 모르겠지만 계속 쌓아두었던 마음이 입 밖으로 튀어나왔다.

"심술에 비방이 가득해서 만화를 좋아한다는 말을 할 수 있는 상태가 아니에요. 선배…… 어째서 그만둔 거예요?"

고치 선배가 은퇴를 늦추어주었다면 지금처럼 상태가 악화되기 전에 화해의 길을 찾을 수 있었을지도 모른다. 그만둔 선배를 원망하는 건 아니다. 들어오는 것도 나가는 것도 본인의 자유다. 하지만 역시 이 사람이 떠난 후로 모든 것이 악화되었다는 생각을 부정할 수 없다.

"아아, 그게, 좀……."

선배는 그렇게 말을 흐리며 찻잔을 잡더니, 노골적으로 화제를 돌리려는 듯이 티포트로 홍차를 따랐다.

얼마 지나지 않아 점원이 내게도 홍차를 가져다주었다.

"이 분 정도 지나면 마셔도 됩니다. 설탕 필요하세요?"

평소에는 커피에도 홍차에도 설탕을 넣지만 오늘은 떫은 그대로 마시고 싶었다.

"아뇨, 필요 없어요."

다시 둘만 남은 홀에서 침묵을 참다못해 먼저 입을 열었다.

"선배가 제 공책을 훔치라고 시킨 거예요?"

고치 선배는 시선을 찻잔에서 시선을 떼지 않고 말했다.

"음, 그런 셈이 되나."

어째서 그런 짓을 했는지 따지고 싶었지만 먼저 해결해야 할 문제가 있다.

"돌려주세요."

어쨌거나 공책부터 되찾아야 한다. 선배는 억지로 웃으려는 것처럼 일그러진 표정으로 공책 위에 손을 얹었다.

"물론. 하지만 받자마자 달아나면 안 돼."

"인질을 잡아놓고 그런 소릴 할 입장이에요?"

"역시 화났구나. 뭐, 당연한가."

그러더니 선배는 천천히 고개를 숙였다.

"미안해, 내가 잘못했어. 하지만 내 말 좀 들어줘."

용서할 기분이 아니라고 해야 하나, 용서할 수 있을지 없을지 판단할 재료가 아무것도 없다. 목소리가 굳어졌다.

"……알겠어요. 개의치 않는다는 말은 못 하겠지만, 들어보죠."

"고마워."

선배는 공책을 내 쪽으로 밀며 말했다.

"속은 보지 않았어."

공책을 집어 든 나는 무의식중에 그것을 가슴에 품었다. 펼쳐서 확인하고 싶었지만 그러면 속은 보지 않았다는 선배의 말을 의심하는 꼴이 될 것 같아 그만두었다. 기껏해야 메모고, 다시 만들 수도 있는 공책이지만 가방 속에 넣으니 비로소 되찾았다는 실감이 솟았다. 집에 돌아가면 후쿠에게 전화해서 공책을 돌려받았으니 걱정하지 말라고 해야지.

내 잔에 홍차를 따라 한 모금 천천히 삼키고 배에 꾹 힘을 준 다음 고치 선배를 똑바로 쳐다보았다.

"그래서 할 얘기라는 게 뭔데요?"

"응."

선배가 그러지 않아도 사납게 생긴 눈매로 나를 뚫어져라 쳐다보았다.

"이바라."

"네."

"너, 만연 그만둬라."

……그렇게 나오시겠다?

삼 초 뜸을 들였다가 물었다.

"그런 협박을 하려고 공책을 훔친 거예요?"

"협박이라. 내가 잘못했으니 반론도 못 하겠구나."

고치 선배는 짤막한 한숨을 내쉬더니 고개를 숙이고 희미하게 웃었다.

"지나친 생각이야. 그게 아니야."

나는 아무 대답도 하지 않았다. 선배가 다시 고개를 들었다.

"아사누마 이야기는 들었어. 제안을 받은 아이가 겁을 먹고 하니에게 전부 털어놨거든. 하니가 내게 의논해서 사정은 대충 알아. ……네가 제안을 받은 것도. 너, 기꺼이 수락했다면서."

'기꺼이'와는 좀 다른데.

"만화를 그릴 수만 있다면……."

"장소는 고르지 않는다고? 골라."

내 말을 자르는 강한 목소리에 나는 입을 다물었다. 선배는 둥근 테이블에 오른팔을 얹으며 몸을 살짝 내밀었다.

"너, 그렇게 시시한 곳에서 뭉그적거리고 있을 때야? 아사누마는 그냥 권력 다툼을 하고 싶은 것뿐이야, 너도 알잖아?"

아사누마는 아사누마 나름대로 만화를 사랑한다고 반박하고 싶었다. 하지만 그럴 수 없었다. 나는 아사누마가 그린 만화를 읽어본 적이 없고, 어떤 만화를 좋아하는지도 모른다. 생각해보니 아사누마와 만화 이야기를 한 적이 없다. 하지만 뭉그적거릴 때가 아니라는 말을 할 정도라면…….

"그럼 뭘 할 때라는 거예요?"

말이 떨어지기가 무섭게 고치 선배가 단언했다.

"발전하기 위해서 그림을 그릴 때야. 아사누마 말을 듣고 얼씨구나, 하고 시시한 주제로 만화를 그려봤자 장난밖에 안 돼."

움찔했다. 마음속의 동요가 겉으로 드러났을 리는 없지만 고치 선배는 전부 안다는 듯이 쏘아붙였다.

"지금 넌 그런 걸 그리면 안 돼."

"……."

"만연은 네 발목을 붙잡을 뿐이야."

그야 나도 아쉽게 생각한 적은 있다. 만연 내부가 지금처럼 삐걱거리지 않았다면 얼마든지 다양한 이야기를 나눌 수 있을 텐데. 아니, 만연에 갈 때마다 그렇게 통감한다. 하지만 그렇다고 해서 발목을 붙잡는다고 생각한 적은 없다.

그런데 내 입에서 튀어나온 목소리는 한심할 정도로 힘이 없었다.

"그렇지, 않아요."

선배는 가차없었다.

"동지애야? 아니면 한번 들어간 동아리를 그만두다니 끈기가 없는 것 같아? 그럼 한마디 더 할까? 만연이 네게 도움이 안 되듯, 너도 만연에 도움이 안 돼. 네가 모든 원인이라고 말하지는 않겠어. 하지만 너도 원인 가운데 하나야."

축제 때 고치 선배와 논쟁을 벌이고, 구정물을 뒤집어쓴 일을 말하는 걸까? 그후로 만연 내부의 대립이 심각해진 건 사실이지만 그건 사고였고 내가 어찌할 수 있는 일이 아니었다.

"잘 모르겠다는 표정이네. 우리 학교 야구부, 약하지?"

갑자기 엉뚱한 얘기를 꺼내는 바람에 순간 알아듣지 못했다.

"……그렇다는 얘기를 들은 적이 있어요."

"가미 고는 대학 입시를 목표로 하는 학교니까, 인문고의 약소 야구부라고 볼 수 있겠지. 흔한 설정이야. 그런데 거기에 강호들 중에서도 일인자가 되고 남을, 십 년에 한 번 나올까 말까 한 천재가 오면 어떻게 될 것 같아?"

선배는 내게 생각할 틈도 주지 않고 말을 이었다.

"주위가 자극을 받아 필사적으로 연습해서 다 함께 강해진다……. 그런 건 그야말로 만화 속 세상이야. 십중팔구, 분수에 맞게 즐겁게 지냈는데 짜증나는 녀석이 왔다고 생각하는 게 고작이겠지."

그게 가미 고 만연이라는 걸까?

"저는……."

딱딱하게 굳은 혀로 반론했다.

"십 년에 한 번 나올까 말까 한 천재가 아니에요."

"맞아, 그 정도는 아니야."

선배는 선뜻 수긍하면서도 이런 말을 덧붙였다.

"하지만 조금은, 아주 조금은 재능이 있어. 적어도 나하고 비슷한 정도로는."

고치 선배의 만화를 읽은 적이 있다.

『보디 토크』……. 재미있었다, 대단히.

"선배가 더 잘 그려요."

"뭐, 그건 내가 선배니까. 너, 겸손도 좋지만 자각 좀 해."

선배는 찻잔을 들어 한 모금 꼴깍 삼켰다. 손에 든 잔을 허공에서 흔들며 혼잣말처럼 중얼거렸다.

"……난 프로가 되고 싶어. 서툴지만 더 발전하고 싶어."

고치 선배가 자기 입으로 서툴다고 하다니 듣는 입장에서는 속상하다. 이 사람과는 여러 가지 일이 있었다. 하지만 이 사람의 만화가 재미없다고 생각한 적은 없다. 유머 센스가 뛰어나, 괴로울 때 읽으면 웃음이 나는데도 즐거울 때 읽으면 어쩐지 가슴속에 서글픈 생각이 치밀어오른다.

"난 만연을 그만둘 수 없었어. 너처럼 반감을 살 각오를 하고 만연 안에서 계속 그림을 그리지도 못했지. 이상하게 아이들이 따라서 그걸 저버릴 수가 없었어."

선배는 나를 타이르듯 내 눈을 똑바로 쳐다보았다.

"후회스러워. 삼 년이라는 고등학교 생활에서, 그런 곳에서 이 년이나 허비한 게."

그 말은 너 역시 이미 일 년을 허비한 거야, 라는 뜻을 담고 있었다.

선배가 주먹을 굳게 쥐었다.

"더 그랬어야 했어. 늦었을지도 모르지만, 그래서 만화를 그리려고 그만둔 거야. 내게는 재능이 있어. 보잘것없고 하찮은 재능이지만, 그래도 나는 거기에 모든 걸 걸었어야 했어."

재능에 모든 것을 건다.

선배, 그건 괴로운 일이에요. 친구도 같은 편도 다 버리고 미덥다는 보장도 없는 자신의 재능에 모든 걸 거는 것은, 너무 두려워요. 선배는 그러겠다는 건가요? 제게도 그러라는 건가요?

고치 선배가 갑자기 이상하게 밝은 목소리로 말했다.

"이바라, 너도 그만둬."

"하지만……."

"만연은 그만두고, 나랑 하자."

말이 나오지 않았다. 뭘 잘못 들은 건가 싶어 귀를 의심하는 내게 선배는 같은 말을 두 번 해주지는 않았다.

"『저녁에는 송장이』 기억하지?"

잊을 리가 없다. 중학생 때 놀러간 가미 고 축제에서 산, 소중한 책이다. 고등학생은 이렇게 굉장한 만화를 그릴 수 있구나, 충격을 받은 나는 동경하는 마음으로 가미 고에 입학하자마자 고민 없이 만연에 들어갔다. 사실은 고민했어야 했다. 나중에 알게 된 사실이지만 『저녁에는 송장이』의 작가는 만연 부원이 아니었다.

그 만화에 대한 이야기를 하면, 고치 선배는 아주 조금 응

어리를 내비친다.

"그건 전설이야. 나는 차마 읽을 수 없었고, 너는 영향을 받았어. 다음은 내 차례야. 나하고, 네 차례야."

온몸이 짜릿했다.

선배가 손가락을 하나 세웠다.

"좋은 점이 두 가지 있어. 우선 아사누마의 계획에 어울리는 것보다 훨씬 더 우리 경험에 도움이 돼. 보아하니 네 만화는 대사가 너무 길어, 뭐든지 다 전하려고 해. 그리고 나는 뭐라고 할까, 만화가 너무 냉소적이야. 묘하게 비딱하게 보는 버릇이 있어. 서로 배울 점이 있을 거야."

이어서 두 번째 손가락을 세운다.

"그리고…… 『저녁에는 송장이』가 그랬던 것처럼 앞으로 들어올 후배들에게 길을 제시할 수 있어. 만연은 그렇게 되고 말았지만 우리끼리 전설을 이어나갈 수 있어."

설마.

"축제 때 팔겠다는 거예요?"

선배는 태연하게 끄덕였다.

"그래."

아마 교칙 위반이겠지만, 그건 나중에 생각하고.

"그런 짓을 하면 만연 아이들에게 원망을 살 텐데요!"

『저녁에는 송장이』의 작가는 만연 부원이 아니어서 그런지 문제가 있었다는 얘기를 듣지 못했다. 하지만 내가 만연을 그만두고 축제에서 직접 그린 만화를 판다면, 책과 함께 싸움을 파는 꼴이다.

선배가 답답하다는 표정을 지었다.

"그러니까 말하잖아. 만연 눈치를 보느라 그리고 싶은 걸 못 그리는, 그런 걸 그만두자는 거야. 미움도 살 테고 원망도 받겠지. 그래서 뭐? 때리기야 하겠어? 아니, 때리려나……? 뭐, 한 대 정도는 괜찮아."

"저는 만화를 그리고 싶은 것뿐인데……."

"늦었어! 자작 만화를 그린다는 시점에서 넌 이미 이상한 사람이고, 고운 시선은 못 받아. 그게 싫으면 만화를 그만두거나, 발전해서 주위 사람들 입을 막아버리거나, 둘 중 하나야."

어렴풋이 느끼고는 있었지만 이렇게 대놓고 말하니 조금 괴롭다.

"게다가 솔직히 말해서 만연에는 네가 진지하게 그린 만화를 읽어본 애가 없어. 괜찮아, 괜찮다니까. 다른 애한테 부탁해서 팔면 안 들켜."

듣고 보니 만연에서는 2차 창작이라고 하나, 남의 흉내를

낸 그림만 그렸다. 축제까지는 넉 달이나 남았고, 고치 선배하고 그린다면 그림체도 바뀔 테고. 괜찮겠지……. 괜찮을까?

홍차를 한 모금 마시고 마음을 가다듬었다.

"그래도 아사누마의 제안을 거절하기는 역시……."

"미안해? 이런 말까지 하고 싶지는 않았는데, 걔, 만화 그릴 애들을 모을 때 편집은 이바라 네가 할 거라고 떠벌렸어."

금시초문이다. 몸이 차갑게 굳었다.

"너, 이용만 당할 참이었다고. 그런데도 아사누마한테 의리를 지킬 거야?"

고치 선배가 하는 말도 모르는 바는 아니다. 하지만 오늘 점심 때 일을 생각하면…… 역시 아사누마를 내칠 수는 없다.

"저, 아사누마한테 기다리라고 했어요. 기다리라고 해놓고 동아리를 그만둘 거니까 같이 할 수 없다는 말은 도저히 못 해요."

선배가 땅이 꺼져라 한숨을 쉬었다.

"어쩔 수 없네. 너 작년에 축제용으로 그린 네 페이지짜리 만화 있지? 문집 방침이 바뀌어서 싣지 못한 거."

듣고 보니 그런 걸 그렸더랬다. 가미 고 만연을 소개하는 네 컷 만화였는데, 실어준다는 보장도 없이 멋대로 그렸다가 나중에 문집에는 평론만 싣는다고 해서 그대로 어둠 속에 처박혔다.

"그걸 실어. 작년에 그린 거라고 해도 아사누마는 불평하지 않을 거야."

그것도 방법이다……. 용케 기억하네. 나도 잊고 있었는데.

대답하기 전에 알아둬야 할 일이 있었다.

고치 선배는 만연에서 인간관계의 거미줄에 묶일 뻔한 나를 구해주려고 한 건지도 모른다. 어쩌면 단순히 그럭저럭 만화를 그릴 줄 아는 후배와 함께 책을 만들고 싶어진 걸지도 모른다. 어느 쪽이든 기쁜 일이지만, 나는 아직 이 사람을 용서할 이유를 찾지 못했다.

텅 빈 찻잔에 홍차를 다시 채워 천천히 한 모금 마셨다. 긴 한숨을 내쉬고 고개를 들었다.

"무슨 말씀인지는 알겠어요. 선배, 하나만 가르쳐주세요."

"뭘?"

"그럼 어째서 제 공책을 훔치라고 한 거예요?"

어제 방과후에 느꼈던 억울한 격정이 이 사람 때문이라고 생각하니 믿고 함께 무언가를 할 기분이 들지 않았다.

고치 선배가 어두운 표정으로 대답했다.

"……아사누마에게 동인지 제안을 받은 네가 확실한 대답을 하지 않았다는 말을 듣고, 이거 큰일이다 싶었어. 일단 그린다고 대답하고 나면 네 성격상 무슨 일이 있어도 그릴 거잖아. 그리되면 너는 만연을 그만두지 않을 테고, 나하고 함께 그리지도 않겠지. 그래서 하니한테 어떻게든 금요일 저녁까지 네가 대답하지 못하도록 방해해달라고 부탁했어."

선배는 작은 한숨을 흘렸다.

"하니를 나쁘게 생각하지 마. 내 부탁을 들어준 것뿐이니까. 변명 한마디 하자면 나도 걔가 이런 방법을 쓸 줄은 몰랐어. 하니에게 사정을 털어놓았다면 네게 피해가 가는 방법을 쓰지는 않았을 텐데, 설명하기 거북한 부분도 많아서……."

아마 나와 함께 축제 때 만화를 낸다는 말은 하지 않았으리라. 하려면 게릴라 전법으로 나가야 할 테니 비밀을 털어놓을 상대는 적을수록 좋다.

지금 선배의 설명으로 어째서 이런 일이 벌어졌는지 대강 이해했지만 아직 한 가지 이상한 점이 남아 있다.

"어째서 금요일 저녁까지라는 거죠?"

금요일 방과후에는 아사누마에게 대답할 생각이었으니 그걸 막으려면 내 작업을 방해하는 수밖에 없었을 것이다. 용서

할 수 있는가 없는가는 별개로 치고, 이유는 알겠다. 하지만 그렇다면 어째서 어제나 그저께 이 이야기를 하지 않았던 걸까? 무엇 때문에 시간을 끌었는지 모르겠다.

"그건……."

고치 선배는 왜 그리 당연한 걸 묻느냐는 듯이 눈을 깜빡거리다가 아아, 그런가, 하고 중얼거리더니 빈 의자에 두었던 종이봉투에서 뭔가를 꺼냈다.

그 순간, 온몸이 굳었다. 어째서 그게 여기에!

선배가 갖고 있는 것은 니이로 유타카 선생님이 표지를 그린《월간 코믹 라·신》6월 호였다.

"오늘이 발매일이었으니까."

분명 오늘은 5월 18일,《라·신》의 발매일이다. 게다가 6월 호에는 일 년에 네 번 있는 신대륙상 결과가 실린다. 지난번 결과에 의기양양해진 나는 이번에도 투고했다. 그래서 오늘을 손꼽아 기다리고 있었다. 하지만 지금 이 자리에《라·신》이 왜 나오는 거지?

당황하는 내 모습이 우스웠는지 고치 선배가 살짝, 심술궂은 미소를 지었다.

"지난번 노력상 축하해, 이바라 가즈루."

아, 우, 의미 없는 외마디소리가 흘러나왔다. 선배는 황당하다는 듯이 웃었다.

"그렇게 놀랄 일이야? 너, 그 이름으로 몇 번이나 공모전에 나갔잖아. 지난번 오스에서도 그랬잖아. 《라·신》은 나도 읽으니까 그 정도는 알아차릴 수 있어."

설마, 이 사람한테 들켰을 줄이야.

고치 선배는 《라·신》 표지를 바라보고 있었다.

"3월 호에서 네 이름을 발견했을 때, 난 뭘 하고 있는 걸까 생각했어. 물론 내가 떠나자마자 싸움이 벌어졌으니 나름대로 만연 내부의 균형에 일조하기는 했겠지. 하지만 그런 일을 할 때가 아니었어. 그걸 깨달았기 때문에 만연을 그만둔 거야."

선배가 잡지 위에 손을 얹었다.

"'끈기도 재능'이라는 심사평을 보고 네가 계속 투고했다는 걸 알았어. 솔직히 그럴 리는 없겠지만 만약 네가 이번 호에서 더 높은 상을 받는다면 그야말로 나하고 함께 만화를 그릴 때가 아니라, 냉큼 프로가 되어야 한다고 생각했어. 그래서 발매일까지 기다렸다가 네게 말하려 했어. 먼저 말해서 둘이서 그리기로 했는데 그후에 수상 소식이라도 듣게 되면 넌 분명 나하고 한 약속을 지키려 들 테니까."

《라·신》 6월 호에서 눈을 뗄 수가 없어 선배의 말이 귀에 잘 들어오지 않았다. 선배는 쓴웃음을 지으며 잡지를 내 쪽으로 밀었다.

"마음이 딴 데 가 있네. 읽을 거지?"

"아, 네."

"난 먼저 읽었어."

선배는 말없이 웃고만 있었다. 《라·신》을 손에 들고 맨 뒤에 실린 차례를 확인한 나는 여유를 가장할 정신도 없이 신대륙상 발표 페이지를 펼쳤다.

제15회 신대륙상 수상 작품 〈차가운 바다의 기묘한 이야기〉, 하루 엔마.

가작에 내 이름은, 없다.

노력상에는…….

나는 말없이 잡지를 덮었다. 고치 선배가, 똑같은 경험을 한 사람만이 낼 수 있는 부드러운 목소리로 말했다.

"분하지, 알아. 그래, 나랑 같이 그리겠어?"

"……네."

"좋아."

고치 아야코 선배가, 힘차게 고개를 끄덕였다.

"이바라, 우리 힘으로 전설을 만들자. 가미야마 고등학교에 남을 전설의 작품을. 그리고……."

“우리는 더욱 발전할 거다, 그렇죠?”

선배를 만난 후로 그렇게 환하게 웃는 얼굴은 처음 보았다.

나는 만화 연구회를 그만두었다.

005

긴 휴일

1

그날은 아침부터 뭔가 이상했다.

잠에서 깨어나 머리맡 시계를 보니 오전 7시, 요일 표시는 일요일을 가리키고 있었다.

얕은잠에서 깨었을 때처럼 정신이 번쩍 든 게 아니라 아련하게 졸렸지만 다시 잘 생각은 없었다. 이불 속에서 몸을 빙글 돌려 일단 엎드렸다가 팔굽혀펴기를 하는 요령으로 일어났다.

이상하다고 느낀 것은 침대 밖으로 내려섰을 때였다. 커튼 틈새로 비치는 아침 햇살을 보며 망연히 중얼거렸다.

"가뿐해."

심신 어디에도, 무엇 하나 부족한 느낌이 없다.

평소 건강 문제로 고민하는 일은 거의 없다. 그러니 사실은 몸이 가뿐하다기보다 기력이 넘친다는 표현이 맞을 것이다. 이런 날은 뭔가 영양가 없는 짓을 해서 체력을 깎아내지 않으면 위험한 것 아닐까, 그런 생각마저 들었다. 근래에 드문 일이다.

주방으로 내려가 냉장고를 들여다보았다. 베이컨과 잎새버섯, 소송채가 있기에 뭉텅뭉텅 썰었다. 토스터로 빵을 구우면서 작은 그릇에 달걀을 풀어 프로세스치즈와 우유를 어림잡아 넣고, 마침 눈에 들어온 카레 가루도 넣었다. 2구짜리 가스레인지 한쪽에서 베이컨 채소 볶음을 만들고 다른 쪽에서 계란말이를 만들었다. 아차, 물을 끓일 자리가 부족해 커피는 뒷전이 되겠다.

아침 식사를 거실로 날랐다. 토스트에는 아무것도 바르지 않고 우물우물 먹었다. 계단을 내려오는 발소리가 들렸다. 아버지는 출장 가고 안 계시니 누나일 것이다. 발소리는 그대로 주방으로 들어갔다.

"앗, 아침밥이 있네!"

아침부터 기운이 넘친다.

"호타로, 이거 네가 만들었어?"

"글쎄? 한밤중에 도둑이 만든 것 아닐까?"

"그런 것치고는 아직 따뜻한데……. 멀리 가진 못했을 거야. 뜬금없이 웬 시시한 농담이야?"

대답하지 않고 베이컨 채소 볶음을 토스트에 얹어 한입 베어 무는데 누나가 물었다.

"먹어도 되지?"

입안에 토스트가 가득해 고개만 끄덕였다. 주방에 있는 누나에게는 보이지 않을 테지만 안 된다고 해도 먹을 테니 어차피 결과는 마찬가지다. 게다가 처음부터 누나 몫까지 만들어 놓았다.

잠시 후 무례한 소리가 날아왔다.

"아, 의외로 맛있네."

"손으로 집어먹지 마."

"이거 뭐지? 너 뭔가 넣었지?"

계란말이를 먹은 모양이다. 카레 가루는 원래부터 주방 카운터에 놓여 있었으니 누나라면 금방 알아차리겠지 싶어 잠자코 식사로 돌아갔다. 아니나 다를까 금방 이런 소리가 들려왔다.

"아, 이건가? 제법 정성을…… 쏟은 건 아니지만 머리 좀 썼는데? 웬일이야, 호타로. 무슨 일 있었어?"

묘하게 날카롭기는 여전하다.

우유를 한 모금 마시고 대답했다.

"몸이 가뿐해."

"흐음?"

누나도 이번만큼은 무슨 뜻인지 못 알아들은 눈치였다.

일찍 일어나 아침을 먹고 청소와 빨래를 했다. 욕실 청소를 하고 가스레인지 주변을 닦고, 낮에는 우동을 삶아 먹었다. 시곗바늘은 1시. 하루가 길다.

방 침대에 앉아서 생각했다. 이제 어쩐다? 커튼을 걷은 창문 너머로 보이는 바깥은 화창했다. 요즘 저기압이 머무는 탓에 계속 비가 내렸다. 맑은 날은 오랜만이다.

"……나갈까?"

카고팬츠를 입고 옆 주머니에 문고본을 넣었다. 폴로셔츠를 걸치고 다시 창밖을 보며 무심코 웃어버렸다.

"맑은 날에 집에 있는 것을 아깝다고 생각하게 될 줄이야."

다른 사람도 아닌 이 오레키 호타로가, 우연히 찾아온 맑은 날에 집에 있는 것을 아까워하다니. 후쿠베 사토시가 들으면 열이라도 있느냐고 체온을 재러 올 판이다. 지갑을 들었다가, 문득 마음이 바뀌어 천 엔만 빼서 반대편 옆 주머니에 넣었다.

그렇게 밖으로 나갔지만 사실 이렇다 할 계획이 있는 것은 아니었다. 그냥 산책이다. 그렇지만 목적지는 정하고 싶다.

“어디로 갈까?”

서점에 갈까 싶었지만 이번 달은 이래저래 일이 많아 빈털터리다. 주머니에 넣은 문고본으로 오늘 하루는 버틸 수 있겠지.

그렇다면 어디 책을 읽을 만한 곳이 좋겠다. 강가로 갈까 싶었지만 슬슬 모기가 나올 계절이라 물가는 꺼림칙했다. 게다가 강가는 탁 트인 공간이라 남들 눈에 잘 띈다. 남들의 시선을 그리 의식하는 편은 아니지만 그래도 적당한 수준이라는 게 있다.

근처에 하치만구 신사가 있다. 조용하기도 하고 앉기에 안성맞춤인 돌도 있다. 거기면 어떨까? 괜찮을 것 같아 걸음을 떼는데 살짝 마음에 걸리는 게 있었다. 하치만구는 너무 가깝다. 오늘 몸 상태로 보건대 조금 멀리 나가지 않으면 체력이 남아돌 것 같다.

“그럼 이쪽이려나.”

걸음을 돌렸다. 아레쿠스 신사라면 적당한 거리다. 신사에 집착하는 건 아니지만 처음에 하치만구 신사가 떠올라서 그런지 비슷한 곳에 가고 싶었다.

걸음을 뗐다. 폴로셔츠라 조금 쌀쌀할 줄 알았는데 걷다 보니 춥지도 덥지도 않고 딱 알맞았다. 눈감고도 갈 수 있는 통학로를 피해 평소 가지 않는 뒷골목으로 들어갔다. 바람길인지 양쪽이 널담에 막혀 있는데도 시원한 바람이 불었다. 담 위에 있는 고양이를 발견했다. 갈색 줄무늬가 있는, 어딘가 부루퉁한 얼굴의 고양이다.

“여.”

인사 겸 한 손을 들자 고양이는 깜짝 놀랐는지 달아나버렸다. 괜히 미안했다. 터덜터덜 걷다 보니 다리가 나왔다. 어제까지 내린 비로 강물이 상당히 불어 있었다. 잠시 걸음을 멈추고 묵직한 소리를 내는 탁류를 굽어보았다.

“오월 오란비 거두어 모아 거센 모가미 강물.”

이 강은 모가미 강도 아니고, 내린 비도 오월 장마가 아니다. 내게 조금 더 교양이 있다면 보다 적절한 시구가 떠오를지도 모르지만 모르는 건 모르는 거다. 사토시라면 그럴싸한 말을 할 수 있을까? 어쩌면 이런 건 지탄다가 더 잘 알지도 모른다.

문어빵 가게 앞을 지났다. 먹음직스러운 냄새가 풍겨 왔다.

아침 점심을 든든히 먹었는데도 묘하게 구미가 당긴다. 나는 천 엔을 갖고 있다, 저건 이 돈으로 살 수 있다……. 충동적인 유혹에 휩싸였다. 아니, 잠깐, 진정해. 지금 사서 어디서 먹으려고? 간신히 참기는 했지만 괜히 걸음이 빨라졌다.

집에서 십 분쯤 걸으니 낯선 골목들이 늘었다. 태어나서 지금까지 이 동네에서 벗어난 적이 없는데 십 분이면 낯선 길로 들어설 수 있으니 참으로 단조롭게 살아왔구나 싶다. 방향감각이 떨어진다고 생각한 적은 없는 터라 다소 자신감을 갖고 미지의 길로 들어섰다. 이렇게, 이렇게, 이렇게 가서 대충 이 부근에서 반대편으로 꺾으면…….

탁 트인 공간이 나왔다. 내가 생각해도 대단한 방향감각이다. 아레쿠스 신사 코앞이었다.

"자, 그럼."

중얼거리면서 도리이 너머를 올려다보았다. 깜빡했다. 아레쿠스 신사는 야트막한 언덕 중턱에 있다. 다시 말해 경내까지 제법 긴 계단이 이어진다. 아무리 오늘 내가 평소와 다르게 이유도 없이 산책을 하고 싶은 이상한 상태라 해도 긴 계단을 올라가는 건 글쎄.

"뭐, 괜찮겠지."

잠깐 망설였지만 결국 걸음을 뗐다.

계단 수를 세면서 올라갔다. 얼마 가지 않아서 우거진 삼나무 그늘이 나와 기온이 뚝 떨어졌다. 계단은 서른 개가 넘으니 몇 개나 되는지 헷갈렸다. 스물여덟, 스물아홉, 서른, 잔뜩. 앞으로 어떤 직업을 갖게 될지 생각해본 적은 없지만 분명 숫자를 다루는 일은 체질에 맞지 않을 것이다.

숨이 차올랐다. 책 하나 읽는 것도 고생이다. 그냥 이쯤에서 계단에 걸터앉아 읽어버릴까? 아니, 아니다, 벌써 절반은 지났다. 조금 더, 조금만 더. 몸을 앞으로 숙이고 올라갔다.

백 단쯤 올라갔을까. 세고 있지는 않았지만 간신히 끝까지 올라가 한숨을 푹 내뱉었다. 손을 씻는 곳이 눈에 들어왔다. 물을 한 바가지 마시고 싶었지만 저 물은 재계용이지 마시는 물이 아니다. 자동판매기는…… 역시 없나.

주위를 두리번거리는데 마침 종무소에서 나오는 사람과 눈이 마주쳤다. 반바지에 티셔츠, 마치 자기집이라도 되는 것처럼 편한 차림이다. 머리카락이 긴 여성으로 렌즈가 작은 안경을 썼다.

“아.”

한 박자 늦게 깨달았다. 주몬지 가호였다. 자기집처럼 편한 것도 당연하다. 이곳은 주몬지의 집이다. 상대방도 나를 알아보고 천천히 다가왔다.

"저희 신사를 찾아주셔서 감사합니다."

손바닥을 가지런히 모으고 정중하게 고개를 숙인다. 예상치 못한 마중에 동요할 뻔했지만 비슷한 수법에 넘어갔던 과거를 떠올렸다. 일단 무난한 대답을 했다.

"실례하겠습니다."

내가 당황하지 않은 게 불만스러운지 주몬지는 입술을 비죽거렸지만 바로 웃음을 보였다.

"참배하러 온 거야?"

"그건 아니고……. 아니, 참배도 할 거지만."

신사 관계자 앞에서 어디든 상관없었다고 말하기는 거북했다.

주몬지는 방금 전에 나온 종무소 쪽을 돌아보았다.

"에루보고가."

"어?"

"에루보고가라고."

히라가 겐나이*가 발명한 물건인가? 에루보고가…….

에루를 보고 가라는 말인가?

---

* 일본 에도시대의 학자로 서양 학문과 기술에 관심이 많아 정전기를 발생시키는 기구인 '에레키테르'를 발명하였다. 원문은 에루가 와 있다는 뜻의 '에루키테르'라는 발음과 '에레키테르'의 발음이 유사한 점을 이용한 말장난이다.

"어, 지탄다가 와 있어?"

주몬지가 키득키득 웃었다.

"그냥 놀러온 거야. 괜찮으면 들어와. 차 한 잔은 내줄게."

"아니, 난……."

"너하고도 상관있는 얘기를 하고 있었어."

나하고? 뭘까?

"억지로 권하지는 않겠지만 옷깃만 스쳐도 인연이라는데."

"그건 불교 속담이잖아."

"나는 종교를 차별하지 않아."

"좀 다른 것 같은데."

"그보다…… 아니, 역시 직접 보는 게 낫겠다. 자, 어서."

어리둥절해하는 사이에 종무소 안으로 끌려 들어갔다.

나중에 든 생각이지만, 교묘한 수법에 넘어간 걸지도 모른다.

종무소 구석에 세 평짜리 공간이 있었다. 장지문은 다른 곳과 같았지만 안에 들어가니 개인 공간인지 물건들이 많았다. 캐비닛, 자명종, 소설과 잡지가 꽂혀 있는 책장, 주전자, 그리고 탁상. 자택은 따로 있겠지만 아마 종무소에 마련해놓은 주몬지의 방 같았다. 그리고 그곳에는…….

"어, 어머? 오레키 씨, 어떻게?"

당황하는 지탄다가 있었다. 좌우를 둘러보다가 머리카락을 한두 번 쓸어 넘기더니 화들짝 놀라 자리에서 일어나 탁상 위에 늘어놓았던 물건들을 그러모았다. 주몬지가 웃음기 어린 목소리로 말했다.

"뭘 굳이 숨겨?"

"아, 어, 그러네요. 듣고 보니 그러네요."

지탄다가 고개를 꾸벅 숙였다. 그걸로 조금 정신을 차렸는지 다시 무릎을 꿇고 앉았다.

"안녕하세요, 오레키 씨. 이런 곳에서 다 만나네요."

"그러게, 놀랐어."

"아, 하지만 오레키 씨는 제가 여기 있는 줄 알고 계셨죠?"

무슨 소리야?

"어, 그랬어?"

주몬지가 내 쪽을 돌아보았다. 고개를 저었다.

"제가 말씀드렸는걸요. 일요일에 가호 씨하고 약속이 있다고."

"언제, 누구한테 말했는데?"

“금요일 방과후에 마야카 씨한테 말씀드렸어요.”

이바라한테 한 얘기를 어째서 내가 알고 있다고 생각하는 거냐? 그렇게 되물으려는데 지탄다가 선수를 쳤다.

“근처에 계셨잖아요?”

금요일 방과후는 동아리방에 있었던 가물가물한 기억이 있으니 내가 그 근처에 있었다 한들 이상할 건 없다만.

“안 듣고 있었어.”

가볍게 부정했다가 그냥 두면 ‘지탄다와 이바라의 대화를 엿들어 지탄다가 가는 곳에 따라갔다’는 오해를 살 수도 있다는 것을 깨달았다. 다시 한번, 이번에는 단호하게 말했다.

“전혀, 안 듣고 있었어.”

지탄다는 바로 수긍했다.

“그랬군요. 오레키 씨는 책을 읽고 계셨으니까.”

옆에서 주몬지가 “흐응” 하고 중얼거렸다. 이쪽은 내 말을 과연 믿어줬는지 불안하다.

주몬지가 방석과 녹차를 내주었다. 그사이 지탄다는 방금 전 숨기려 했던 물건을 다시 탁상 위에 펼쳤다.

“이걸 보여주러 왔어요.”

사진이었다. 사월에 지탄다네 집 근처에서 열린 축제, 산히나 축제 때 사진이었다.

"아, 하지만 역시 쑥스럽네요."

다시 감추려 했다.

그 축제에서 지탄다는 히나 역으로 열두 겹 기모노를 입었다. 나는 지탄다의 부탁을 받아 히나에게 우산을 씌워주는 역할을 맡았다. 사토시가 축제 사진을 찍었는데, 그건 나도 본 적이 있다. 지금 탁상 위에 펼쳐진 사진은 그것과는 다른 것이었다.

쑥스러워서 사진을 숨기고 싶기는 나도 마찬가지였다. 한 사진에 눈이 갔다. 히나로 분장해 새침하게 고개를 살짝 숙인 지탄다의 뒤를 에보시 갓을 쓴 내가 따라가고 있었다. …… 그 넋 나간 얼굴이라니! 입은 헤벌어지고 눈도 멍하니 풀려 있다.

저도 모르게 고개를 돌려버렸다.

"그 사진, 너무 심하네."

"아아, 이것 말인가요?"

지탄다가 그 사진을 가까이 잡아당겼다.

"확실히 잘 나온 사진은 아니네요."

주몬지가 탁상에 녹차를 내려놓고 방석에 앉으며 말했다.

"하품이라도 했어? 기적의 순간이네."

"기적은커녕 악몽의 순간이다."

저 얼굴은 하품 때문이 아니다. 아마도…… 시선을 빼앗긴 순간에 찍힌 사진이리라. 사토시의 사진에서는 조금 더 멀쩡했으니, 행진 때 계속 이런 표정을 지었던 건 아니겠지. 그렇다고 믿고 싶다.

주몬지가 약간 미안한 표정으로 말했다.

"억지로 끌고 와서 미안해. 하지만 이걸 보니 웃음이 나와서……. 그때 마침 네가 왔으니 본인에게도 보여주지 않으면 뒤에서 몰래 웃은 것 같아 미안해서."

하고 싶은 말은 알겠지만 딱히 비웃으려고 사진을 보고 있었던 것도 아닐 텐데 사람이 너무 진지하다.

"참고로 이쪽 사진은 에루가 심각해."

"가호 씨! 그건 안 돼요!"

잠시 동안 사진 이야기로 재잘대는 두 사람 사이에서 느긋하게 차를 마셨다. 주몬지의 권유로 들어오기는 했지만 아무리 생각해도 내가 낄 자리가 아니다. 아니, 솔직히 거북했다. 목이 말랐으니 차는 고마웠지만.

이야기가 적당히 마무리되면 물러나려 했는데 그 순간이 좀처럼 오지 않았다. 타이밍을 노리는 사이에 차를 다 마시고 말았다. 이제 정말 슬슬 가야겠다 싶었을 때, 주몬지가 갑자기 시계를 보았다.

"아, 벌써 시간이 이렇게 됐네. 에루, 슬슬."

지탄다가 가만히 웃었다.

"네, 알고 있어요. 장은 보셨나요?"

주몬지가 움찔 얼어붙었다.

"아차. 나가다가 오레키하고 마주쳐서 그만."

무슨 일인지는 모르겠지만 내 탓인가? 주몬지가 눈썹을 살짝 찌푸리고 고개를 떨구었다.

"망했네. 서두르면 아직 괜찮을까?"

"무슨 일이야?"

그 질문에는 지탄다가 대답해주었다.

"오늘 가호 씨에게 사진을 보여준 다음, 뭘 도와드리기로 했거든요."

뒷말은 주몬지가 받았다.

"그거하곤 별개로 집에서 장을 봐 오라고 했거든. 금방 끝날 일이라 아까 다녀오려 했던 건데 너를 만나 깜짝 놀라는 바람에 까맣게 잊고 있었네."

그게 깜짝 놀란 거였나? 얼굴에 전혀 드러나지 않았는데.

지탄다가 달래듯 말했다.

"그럼 제가 일을 처리하고 있을게요. 가호 씨는 장을 보고 오세요."

"그래도 괜찮아?"

"네. 전에도 해본 적 있거든요."

"고마워."

그렇게 말한 주몬지는 지탄다 앞에서 눈을 감고 두 손을 모았다.

"나무아미타불."

"그건 불교잖아."

무심코 옆에서 참견하고 말았다. 주몬지가 눈을 떴다.

"종교는 차별하지 않는댔잖아. 그렇게 됐는데, 오레키는 어쩔래? 여기서 기다려도 되는데."

"아니, 그만 가볼게. 차 잘 마셨어."

"그래? 변변한 대접도 못 했는데."

자리에서 일어서려다가 문득 궁금해졌다.

"그런데 그 볼일이라는 건 뭐였어?"

마치 무슨 춤사위처럼 지탄다가 두 손을 흔들었다.

"청소예요."

빗자루로 쓰는 제스처였던 모양이다. 주몬지가 설명을 덧붙였다.

"조금 더 올라가면 여우신 사당이 있어. 꼭 오늘 해야 하는 건 아니지만."

"괜찮아요. 저, 오늘은 그럴 생각으로 왔으니까요."

그러니까 둘이서 할 청소를 혼자 하게 된 건가. ……괜히 물었다.

들어버렸으니 도리가 없다. 이렇게 말할 수밖에 없다.

"도와줄게."

지탄다는 입으로는 미안해했지만 굳이 사양하지는 않았다.

2

여우신 사당은 신사 옆으로 뻗은 오솔길 끝에 있다고 했다.

듣고 보니 경내 구석에 "정일품*"이라고 적힌 깃발이 나부끼고 있다. 하지만 그 부근에 있다는 오솔길은 제법 가까이 다가가기 전에는 잘 보이지 않았다.

"눈에 잘 안 띄네. 이런 데 참배객들이 오나?"

"글쎄요……. 손님들을 끌려고 모셔놓은 건 아닐 테니."

나는 빗자루 두 개를 어깨에 메고, 지탄다는 양동이를 들

* 신위를 나타내는 계급으로 여우신 신사의 별칭이기도 하다.

었다. 양동이 안에는 젖은 걸레와 먼지떨이, 쓰레기봉투, 목장갑이 들어 있다.

"갈까?"

오르막길로 시작되는 오솔길은 금방 계단으로 바뀌었다. 내가 앞장서면 빗자루로 찌를 것 같아 지탄다를 앞장세웠다. 조금 올라가다가 별생각 없이 뒤를 돌아보니 경내는 벌써 나무에 가려 보이지 않았다.

그나저나 조용하네.

……조용하다고 생각한 순간, 다양한 소리가 들렸다. 나뭇잎 스치는 소리, 새소리, 내 발소리, 지탄다의 발소리. 가볍게 산책할 셈이었는데 일이 묘하게 됐다.

"죄송해요, 오레키 씨. 일이 묘하게 돼서."

마음속을 들여다본 것처럼 똑같은 소리를 하는 바람에 움찔했다.

"아냐, 뭐, 오늘은 한가했어."

한동안 말없이 올라갔다. 밑에서 봤을 때보다 가파른 계단이라 발밑만 보고 있었다.

무슨 얘기를 했는지 잊어버릴 즈음 지탄다가 말을 걸었다.

"희한한 일이네요."

체감상으로는 제법 올라온 것 같은데 시간으로 따지면 오분도 되지 않았을 것이다. 산의 일부를 평지로 다져 붉은 도리이와 작은 사당을 지어놓았다. 사당 앞에는 돌로 만든 받침대가 있고 하얀 술병이 놓여 있었다. 아무도 오지 않을 것 같은 장소인데 그래도 빈 맥주 캔과 담뱃갑이 떨어져 있었다.

빗자루 하나를 지탄다에게 건넸다.

"청소는 어떻게 하면 돼?"

"사당 청소는 신관님이 하실 테니 낙엽 정도만 쓸면 돼요."

"걸레는?"

"여우상이나 도리이에 새똥이라도 묻어 있으면 안 되니까 그걸 닦을 때 써요. 하지만……."

지탄다가 한 쌍의 여우상 둘레를 팔자로 빙 돌더니 생긋 웃었다.

"괜찮은 것 같네요. 술병만 닦으면 되겠어요."

저 술병은 대체 무슨 용도일까……. 그냥 깜빡 두고 간 것 아닐까?

"좋아, 시작할까?"

지탄다가 후후, 웃었다.

"기도부터 드리고요."

아하. 빗자루를 여우상에 기대어놓고 둘이서 나란히 사당

앞에 서서 두 손을 모았다. 나무아미타불.

여우신은 장사 번창에 영험한 신이다. 원래는 풍작의 신이었다는 글도 어디서 읽은 적이 있다. 사토시한테 들었던가? 어쨌거나 지금 내게는 양쪽 다 별로 필요 없다. 음, 그래. 청소는 간략하게 하겠으니 적당히 봐주십시오.

"그럼, 시작할까요."

지탄다는 걸레질부터 시작할 모양이다. 나는 모처럼 무거운 도구를 들고 왔으니 비질을 시작했다. 아직 그럴 시기가 아닌데도 낙엽이 꽤 많이 쌓여 있다. 제법 손이 갈 것 같다.

한 손으로 빗자루를 쥐고 쓱싹. 도리이 안쪽부터 치워야겠다, 쓱싹.

쓱쓱, 비질 소리가 듣기 좋았다.

그러고 보니 오전에도 청소를 했다. 모처럼 맑은 날이라 밖에 나왔는데 어째서 이런 곳에서 이런 짓을 하고 있는 걸까?

흐으응, 쓱싹쓱싹.

"기분이 좋아 보여요, 오레키 씨."

그 말을 듣고서야 내가 콧노래를 부르고 있었다는 것을 깨달았다. 아무리 그래도 이건 너무 민망하다. 몸이 후끈 달아올랐다. 하지만 이제 와서 동요한 티를 내기도 그래서 시치미를 뗐다.

"그렇지도 않아."

지탄다는 손으로 입가를 가리고 두세 번 어깨를 들썩였다.

술병을 닦은 지탄다는 손에 목장갑을 꼈다. 빈병을 주워 양동이에 담은 뒤로는 나와 마찬가지로 비질을 시작했다. 딱히 약속한 건 아니지만 어쩐지 내가 사당을 바라보고 오른쪽, 지탄다가 왼쪽을 담당하듯 둘로 갈라졌다.

묵묵히 청소. 이번에는 콧노래가 튀어나오지 않도록 조심해야지. 빗자루가 내는 소리가 때때로 하나로 어우러졌다가 둘로 갈라졌다.

"저, 조금 놀랐어요."

지탄다가 불쑥 그런 말을 했다. 고개도 들지 않고 물었다.

"뭐가?"

"오레키 씨가 청소를 도와주시는 거요."

"이래 봬도 방은 깨끗한 편이야."

"그런가요?"

조금 고민해보았다.

"시험 전이나, 무슨 일이 있을 때를 빼면."

웃음기 어린 목소리가 돌아왔다.

"하긴, 저도 시험 전에는 조금 자신이 없네요."

짹짹, 새가 지저귀는 소리가 들렸다.

"……오레키 씨는 흔히 안 해도 될 일이라면 하지 않는다는 말씀을 하시잖아요? 그래서 의외였어요. 오레키 씨라면 분명 바로 돌아갈 줄 알았거든요."

뭐, 사실 이 청소는 처음에 생각했던 만큼 중노동은 아니었다. 나와는 상관없는 일이니 열심히 하라는 격려를 한마디 남기고 돌아가도 되었다. 아니, 평소 같으면 아마 그랬을 것이다.

청소하는 손길을 멈추지 않고 말했다.

"오늘은 상태가 좀 이상해."

"네? 어디 아프세요?"

"그게 아니야. 뭐랄까, 평소 같지 않다고 할까, 몸을 움직이고 싶었어. 여기 청소를 돕지 않았다면 조깅이라도 했을지 몰라. 조금은 생산적인 일을 할 수 있어 다행이야."

옆을 흘깃 쳐다보니 지탄다는 고개를 오른쪽으로 한 번, 왼쪽으로 한 번 갸웃거리며 말했다.

"저, 고맙습니다."

왜 고마워하는지 잘 모르겠다.

손을 움직이는 사이 은근히 땀이 맺혔다. 숲속에는 바람 한 점 없다. 연일 내린 비로 땅이 젖어서 그런지 쓸어도 먼지가 일지 않는 반면 낙엽도 생각대로 모이지 않아 자연히 바닥을 문지르듯 쓸게 되었다. 빗자루가 상할 것 같다.

"오레키 씨."

"응."

"뭣 좀 물어봐도 될까요?"

"응."

뭘까? 축제 때 쓸 문집 이야기를 하기에는 아직 이를 텐데.

먼저 말을 꺼내놓고 지탄다는 망설이는 기색이다. 좀처럼 질문하지 않는다. 빗자루 소리만 들려와 슬쩍 쳐다보니 같은 곳을 하염없이 쓸고 있었다.

조바심이 나서 채근하려는 순간 지탄다가 겨우 입을 열었다.

"저. 실례가 안 된다면 다행인데……."

"성적이라면 안 가르쳐줘. 네 성적이 더 높을 거야."

"아뇨, 그런 게 아니에요."

딱 숨을 삼킬 만한 정도의 뜸이 있었다.

"오레키 씨는 어쩌다 그런 말씀을 하게 된 건가요?"

"그런 말?"

"그거요. '안 해도 될 일이라면 하지 않는다. 해야 하는 일은 간략하게'."

아아.

손을 멈추자 규칙적으로 바닥을 쓸던 비질 소리가 사라졌다.

지탄다가 오해했는지 당황한 기색으로 손을 저었다.

"저, 말씀하기 싫으면 괜찮아요. 제가 실수했어요. 말씀하기 싫어지면 그때 말씀해주세요. 어라? 제가 지금 제대로 말했나요?"

그만 쓴웃음을 터뜨리고 말았다.

"무슨 말을 하고 싶은지는 알겠어."

숨을 푹 내쉬었다.

"어떻게 설명해야 할지 고민하느라 그랬어. 재미없는 이야기고, 애초에 그리 대단한 이유도 아니야. 기본적으로 나는 그냥 나태할 뿐이야."

"정말 그런가요?"

기억을 더듬었다. 나무들 사이로 구름 하나 없는 하늘이 보였다. 이런 질문에 대답할 마음이 드는 걸 보니 역시 오늘은 상태가 이상하다.

"그래……."

나는 그렇게 중얼거리며 다시 비질을 시작했다.

3

딱히 이것 때문에만 그런 것도 아니고, 굳이 이야기할 만한 일도 아니지만. 뭐, 콧노래보다는 들을 만할지도 모르겠네.

초등학교 6학년 때였어. 우리 학교에서는 누구나 빠짐없이 뭔가 당번을 맡았어야 했어. 너희도 그랬다고? 그럼 그렇게 드문 일은 아닌가 보네.

어쨌거나 나도 하나를 맡았지. 일단 하고 싶은 걸 지원하고, 그래도 정해지지 않으면 투표로 당번을 정했어. 어쩌다 그리됐는지는 잊었는데, 나는 교환 당번이었어. 옛날 전화국 직원 같지? 어, 몰라? 교환수라는 직업이 있는데…… 뭐, 다음에 사토시한테나 물어봐라.

교환 담당은 교내 환경 담당의 준말이었어. 청소 당번처럼 들리지? 하지만 그런 일을 하는 미화 당번은 따로 있었어. 요컨대 한 반에 고루 돌아가도록 일부러 만든 덤이었겠지. 주된 역할은…… 웃지 마…… 화단에 물 주기였어.

아니, 그렇다고 꽃에 박식해진 건 아니었어. 꽃 이름도 팬지밖에 기억 안 나. 그런데 이게 의외로 귀찮지 뭐야. 매일 물만 주면 되는 줄 알았더니, 천만에. 네가 더 잘 알겠지만, 흙이 어느 정도 말랐는지 확인하고 말랐으면 그때 물을 주라는 거야. 우리 학년은 반이 세 개였는데, 일주일마다 당번이 바뀌었어. 다시 말해 이 주 쉬고 일주일 동안, 매일 화단을 살피고 필요하면 물을 줘야 하는 거야. 배울 점이 꽤 많았어. 뭔가를 매일 하는 것보다 뭔가를 할 필요가 있는지 매일 판단하는 게 더 귀찮다는 사실 같은 것 말이야.

당번은 한 명이 아니었어. 모든 당번이 2인 1조였어. 내 짝은…… 이름은 굳이 말할 필요 없나. 그냥 다나카라고 하자. 어? 여자애였어. 모두 남녀 짝이었지.

다나카는 반에서는 눈에 잘 띄지 않는 여학생이었어. 반에서 느끼는 존재감 같은 건 별로 신경쓰지 않았던 내가 그렇게 생각했을 정도니 알 만하지? 소극적이라 이야기 좀 나누려 해도 두세 마디면 끝나버려. 인상이 어두웠느냐고? 그랬을지도 모르겠네. 머리카락? 길었던 것 같아. 너만큼은 아니지만……. 왜, 그게 뭐 중요해?

어쨌거나 그래서 나하고 다나카는 화단 물 주기 당번이 되었어. 처음 몇 주는 별문제 없었어. 당번인 주가 돌아오면 방과후에 다나카하고 건물 뒤편 화단에 가서 흙 상태를 확인했어. 대개 내가 물을 주자고 하면 다나카가 아직 괜찮다고 말리곤 했어. 물을 너무 많이 주면 오히려 좋지 않다면서. 매사에 자기주장은 속에 담아만 둘 것처럼 보였는데, 소극적이긴 해도 똑똑히 반론하니 처음에는 내심 놀랐어.

그렇지만 그런 얘기는 처음 일주일 만에 끝났어. 물을 주는 기준이 대강 정해지면 굳이 둘이나 매달려야 할 만큼 힘든 일은 아니니까. 하루씩 번갈아 했지. 그래도 잘 돌아갈 줄 알았어.

하지만…… 얼마나 지났을 때였을까? 사정이 생겼어. 다나카가 의논할 게 있다는 거야.

"집을 수리해야 해서 당분간 멀리서 살게 되었어. 역에서 시영 버스로 한 시간은 걸려. 버스도 자주 다니지 않아서 놓치면 큰일이니까 수업 끝나면 일찍 돌아가고 싶어."

딱히 뭐라고 한 기억도 없는데, 담임이 끼어들더니 설득하려 드는 거야.

"다나카도 힘들 테니 네가 이해해줘라. 넌 집도 가까우니 조금 늦어도 별문제 없잖니."

그건 그랬어. 초등학교는 가까웠거든. 중학교도 그런대로 가까웠는데, 고등학교 때 단숨에 멀어진 거야. 이게 아니라.

담임은 젊은 남자였는데 교사가 된 지 삼 년쯤 됐댔나, 혈기가 넘치는 타입이었어. 우리 반에 개선해야 할 점이 많다며 여기저기 손을 댔어.

"오레키, 책상 놓을 자리를 쉽게 알 수 있도록 바닥에 테이프 좀 붙여라."

"오레키, 벽신문을 조금 더 크게 만들고 싶으니 이 종이 좀 잘라주렴."

"오레키, 천장 형광등이 침침해진 것 같으니 잘 지켜봐."

뜻밖이라고? 그렇겠지. 그 담임은 내게 자주 심부름을 시켰어. 지금 생각하면 그것도 교육의 일환이라고 생각했는지도 몰라. 어쨌거나 화단을 둘러보고 돌아가면, 애들이 몇 안 남은 교실에서 담임이 기다리고 있다가 심부름을 시킬 때가 많았어. 물론 시키면 시키는 대로 네, 알겠습니다 하고 따랐지. 실은 6학년으로 올라가기 전부터 흔히 있는 일이었어. 상대는 그때마다 달랐지만.

그 담임이 다나카의 사정도 이해해주라고, 화단을 대신 보살피라고 하는 거야. 나는 알겠습니다, 하고 대답하고 그다음부터 당번일 때는 매일 혼자 꽃을 보살피게 되었어. 다나카는 처음에는 "미안해. 부탁할게"라고 말했지만 뭐, 금방 익숙해졌는지 곧 아무 말 없이 돌아가기 시작했어. 그렇다고 내가 다나카를 나쁘게 생각한 건 아니야. 역까지 걸어가서 버스를 타고, 거기서부터 한 시간이나 걸리다니 고생이 많겠다고 생각했어.

여기까지가 전제야. 이해 안 가는 부분 있어? 아무래도 말하는 건 익숙하지 않아서.

다행이네. 그럼, 계속할게.

그러던 어느 날이었어.

우리는 점심시간에 화단으로 갔어. 담임이 화단 구석에 씨를 뿌리라고 했거든. 무슨 씨였는지는 잊어버렸어. 여름방학 전이었을 테니 나팔꽃이었던 것 같기도 해. 아니, 정말 기억이 잘 안 나.

꽃 이름을 적은 이름표를 화단에 꽂으라는 말도 했어. 지금 생각하면 그것도 아마 담임이 생각해낸 일이었을 거야. 교육 환경 개선 운동의 표적은 교실에 국한되지 않았던 거지.

꽂아야 할 이름표가 너무 많아 둘이서 나눠 들었는데도 두 손이 다 필요했어. 거기에 꽃씨까지 있었으니 손이 모자랐지. 나는 씨앗을 주머니에 넣었어. 종이에 싸여 있었으니 주머니 속에서 쏟아질 염려는 없었어. 그런데 다나카는 두 손에 이름표를 들고 손가락 사이에 씨앗 봉투를 끼우려고 안간힘을 쓰고 있었어.

"주머니에 넣어."

당연히 그렇게 말할 수밖에 없었지. 내가 그랬으니까. 그런데 다나카는 고개를 저었어.

"주머니가 없어."

그래서 난 한동안 여자 옷에는 주머니가 없는 줄 알았어. 남의 옷을 구석구석 관찰할 기회는 없었으니까.

둘 다 별말 안 했어. 같은 당번이기는 했지만 사실상 다나카가 빠진 뒤로 시간이 제법 흘렀으니 할 이야기도 없었지. 일단 꽃씨는 뿌렸는데, 이름표를 보니 막막했어. 우린 꽃 이름을 몰랐거든. 아무도 가르쳐주지 않아서 그랬다고 해둘게. 그러다 보니 이름표는 꽂지 못했지만 이럭저럭 하는 사이 점심시간은 홀딱 날아갔어.

그리고 방과후.

마침 그때는 우리 반이 화단 당번이었어. 하지만 낮에 씨를 뿌렸을 때 확인해보고 물을 줄 필요는 없다고 판단했지. 그럼 냉큼 돌아갔으면 좋았을 텐데, 그냥 노닥거리고 있었어. 교실에서 친구하고 떠들고 있었나? 그때 다나카가 당장이라도 울음을 터뜨릴 것 같은 얼굴로 다가왔어.

"가방이 사라졌어."

가방처럼 큰 물건이 어떻게 사라져……. 그런 생각을 했지만 그렇다고 사라진 가방이 나오는 것도 아니야. 다시 교실을 살펴보고, 그래도 진짜 없으면 담임한테 말해보라고 했어. 초등학교 6학년쯤 되면 일찌감치 되바라져서 선생님한테 무턱대고 알리는 걸 싫어하는 애도 있지만, 다나카는 선뜻 그러겠다고 했어.

셋이서 짐작 가는 곳은 다 찾아봤어. 어떻게 셋이냐고? 나하고 다나카하고 담임. 아아, 나하고 얘기하던 친구? 어땠더라. 함께 있었던 기억은 없으니 얼른 도망간 거겠지.

담임은 필사적이었어. 그때는 몰랐지만 지금 생각해보면 아마 의심했던 것 같아. 뭘 의심했느냐고? 알잖아. 몰라? 그런가. 왕따 말이야. 누가 다나카를 괴롭히려고 가방을 감춘 게 아닐까 의심했던 것 같아. 나도 나름대로 생각하는 바가 있어서 서둘러 찾았지.

그런 표정 짓지 마. 결론부터 말하면 다나카의 가방은 누가 감춘 게 아니었어. 필로티에…… 필로티가 뭔지 알아? 다목적 공간이라고 하나, 광장이라고 하나, 뭐 그런 장소가 학교 안에 있었는데, 다나카는 거기에 가방을 내려놓고 놀고 있었어. 그랬는데 1학년인지 2학년인지 모를 어떤 착한 애가 지나가다 발견하고 분실물인 줄 알고 교무실에 가져간 거야. 그뿐이었어. 하지만 그 가방을 받은 학년 주임이 볼일이 있어 자리를 비웠고, 일시적으로 분실물에 대해 아는 사람이 사라지게 된 거야……. 불행하게 엇갈렸던 거지.

솔직히 말해 한숨 덜었어. 다나카하고는 같은 당번일 뿐이었지만, 그래도 가방을 못 찾으면 어쩌나 걱정했거든.

학년 주임이 돌아와서 선뜻 "분실물이라면 여기 있다" 하고 가방을 내줬을 때는 기뻤어.

학년 주임은 잔소리도 잊지 않았어. 이렇게 중요한 물건을 내팽개쳐두다니 괘씸하다면서. 솔직히 다들 방과후에는 가방을 벗어두고 노니까, 그걸 섣불리 분실물로 착각한 하급생이 더 문제라고 생각했어. 하지만 입 밖에 내지는 않았지.

한바탕 잔소리를 듣는 동안 다나카는 계속 어쩔 줄 몰라 했어. 그 마음은 이해해. 생각해보면 가방이 나왔다고 해서 내용물까지 그대로 있다는 보장은 없으니까. 당장이라도 속을 살피고 싶었겠지. 그런 면에서 담임은 눈치가 좀 있었어. 잔소리가 잠깐 끊긴 틈을 타서 이렇게 끼어들었거든.

“선생님 말씀이 맞다. 일단 잃어버린 건 없는지 살펴봐.”

그렇게 가방을 받아든 다나카는 평소의 차분한 모습은 온데간데없이 가방에 달려들었어. 다급한 기색으로 단추를 풀어 가방을 열더니 안에서 필통을 꺼냈어. 작은 필통이었어. 무늬는 밋밋했고.

그러더니 필통 안에 샤프가 있는지 확인하고는 한숨을 쉬는 거야.

“다행이다……!”

슬쩍 봤는데 캐릭터가 그려진 샤프였어. 무슨 캐릭터였을까? 나중에 들었는데, 어떤 잡지 경품으로 받은 거라더군. 값은 싸겠지만 뭐, 귀중하다면 귀중한 물건이지. 본인한테는 보물이었을 거야. 다나카는 정말 기뻐 보였어.

그래서 난 이렇게 물었지.

“다른 건 괜찮아?”

그러자 다나카는 샤프를 꼭 움켜쥐고 이렇게 대답했어.

“이것만 있으면 일단 괜찮아. 나머지는 집에서 확인할래.”

“정말 괜찮은 거야?”

“괜찮아, 고마워.”

초등학교에 샤프를 가지고 다니는 것 자체는 물론 아무 문제도 없어. 캐릭터 그림이 있는 샤프는 금지라는 얘기도 그때까지 못 들어봤고. 그런데 다나카에게는 불행한 일이지만 그게 학년 주임 심기를 건드린 거야.

"잃어버리면 안 될 중요한 물건을 학교에 가져오다니 괘씸하구나!"

그렇게 길길이 화를 냈어. 하지만 생각해보면 교과서가 더 중요한 물건이지. 학년 주임의 논리로 따지면 학교에는 잃어버려도 되는 물건만 가지고 다녀야 해……. 이건 너무 말꼬리를 잡는 건가?

얼마 후에 학교에 캐릭터 문구를 가지고 다니면 안 된다는 통지가 내려왔어. 청천벽력이 따로 없지. 공책, 지우개, 책받침. 캐릭터 문구를 안 쓰는 아이가 드물었어. 그걸 전부 새로 사라는 거냐고, 문제가 조금 커졌어. 그 원인이 다나카가 갖고 있던 샤프였다는 걸 알고 있던 학생은 아마 다나카하고 나 둘뿐이었을 거야.

뭐, 그렇게 된 거야.

그 일로 나도 솔직히 충격을 받았어. '안 해도 될 일이라면 하지 않는다'라는 말을 하기 시작한 건 그게 첫 번째 원인이었던 것 같아.

4

“네……?”

지탄다가 얼어붙었다. 굉장하다, 정말 꼼짝도 하지 않는다.

내가 한 이야기를 머릿속으로 재생이라도 하고 있는지, 그대로 잠시 얼어붙어 있었다. 쿡 찌르면 그대로 뒤로 넘어가는 것 아닐까? 그런 생각을 하면서 청소를 계속했다. 길게 떠드는 사이 제법 많이 치웠다. 이제 그러모은 낙엽을 쓰레받기에 담아 봉투에 옮겨 담기만 하면 끝이다. 조금만 더 하면 된다고 생각하니 왠지 갑자기 귀찮아진다.

쓰레받기는 지탄다가 들고 온 양동이 속에 있었다. 꺼내려고 걸음을 내딛는데 지탄다가 똑같은 소리를 되풀이했다.

"네?"

"뭐가? 왜 그래?"

"어라, 지금 제가 이야기를 끝까지 들은 것 맞죠?"

"아마도."

"끝이 좀 이상하지 않았나요?"

뭐, 조금 이상했을지도 모른다.

"오레키 씨는 다나카 씨가 가방을 찾도록 도와주었죠. 그리고 가방을 찾았고, 그 안에는 소중한 샤프가 있었지만, 오레키 씨 초등학교에서는 캐릭터 문구가 금지되었고요."

바로 그렇다. 쓰레받기를 집었다.

짝, 손뼉을 치는 소리가 났다.

"아, 알겠어요!"

"오."

"오레키 씨도 캐릭터 문구를 잔뜩 갖고 있었던 거군요? 그걸 금지당한 충격이 너무 커서…… 어머, 그런데 어째서 그게 '안 해도 될 일은 하지 않는다'가 되는 거죠?"

지탄다는 오른쪽으로 갸웃, 왼쪽으로 갸웃, 고개를 갸우뚱거리다 갑자기 생각났다는 듯 비질을 하면서 다시 조심스레 물었다.

“혹시……. 다나카 씨를 도와줬더니 캐릭터 문구를 금지당했다, 그럴 줄 알았다면 처음부터 다나카를 돕는 게 아니었다……. 그렇게 생각한 건가요?”

오오. 애를 썼다가 긁어 부스럼을 만들었으니 앞으로는 아무것도 하지 않기로 결심했다는 해석인가? 논리적이잖아?

하지만…….

“아니야.”

“그럼 대체…….”

“청소나 하자.”

“아, 예.”

지탄다도 자기가 맡은 구역은 거의 다 치웠다. 발밑에는 낙엽이 소복이 쌓였다.

먼저 쓰레받기를 써야겠다. 낙엽을 쓸어 담으며 말했다.

“너도 항상 결론부터 말하잖아. 나도 가끔 그러면 어때서.”

“아, 너무해요. 오레키 씨, 역시 중간을 생략했군요!”

“생략!”

역시 감미로운 단어다.

오늘의 나는 확실히 상태가 좀 이상하다. 똑바로 말하면 될 것을, 왠지 갑자기 그런 식으로 말하고 싶어졌다. 갈피를 못 잡는 지탄다를 보니 새삼 뭐, 가끔은 이런 것도 나쁘지 않겠다 싶다. 악의 없는 시간 때우기다. 덕분에 청소도 금방 끝낸 기분이다.

"그러니까……."

지탄다가 입가에 손가락을 대고 생각에 잠겨 있다. 입을 꾹 다물고 있는 것도 심술궂은 것 같아 한마디했다.

"캐릭터 문구 금지는 후일담 같은 거야. 별로 상관없어."

커다란 눈동자가 나를 올려다보았다.

"……혹시 저를 놀리는 건가요?"

"거의 그런 셈이지."

"오, 오레키 씨!"

쓸어 담은 낙엽을 쓰레기봉투에 담았다. 제법 넓은 면적을 쓸었는데 봉투에 담고 보니 낙엽의 부피는 서글플 정도로 작았다. 괜히 흙먼지만 쓸어 모은 기분이다.

"화내지 마. 초등학생이었던 내가 바로 '이건 이상해'라고 생각했으니, 그리 복잡한 얘기가 아니야."

"그렇게 말해도……."

지탄다가 고개를 푹 떨구었다.

"오레키 씨하고 저는 달라요. 전 응용력이 없단 말이에요. 이유가 뭘까요?"

자각은 하고 있었나…….

심술을 부리고 싶은 건 아니다. 어쩌면 내 이야기가 서툴렀는지도 모른다.

"처음에 나하고 다나카는 번갈아 당번을 맡았어. 그건 제대로 얘기했지?"

"네."

지탄다가 몸을 짐짓 앞으로 내밀며 고개를 끄덕였다. 어쩐지, 굉장히 나쁜 짓을 한 기분이다.

"그러다가 다나카는 방과후에 남지 않게 되었고, 그래서 당번이 돌아오는 주에는 내가 매일 화단을 살피게 되었다고 했지."

"네."

지탄다는 내 이야기를 듣고 있었다는 사실을 주장하듯 덧붙였다.

"집수리 때문에 일시적으로 멀리서 살게 되었다고 했죠. 한 시간이나 걸린다고."

"거기야."

지탄다는 기억력이 뛰어나다. 지금 한 말에서 놓치기는 했지만 잊었을 리 없다.

"어디에서 어떻게 가서 한 시간이나 걸리는지, 내가 말했지?"

"네. 역에서 버스로 한 시간요."

"버스. 정확하게는?"

"시영 버스라고 했죠."

"어떻게 탄다고?"

그제야 지탄다도 깨달은 듯했다. 화들짝 놀란 표정으로 두 손을 들어 입을 가렸다. ……옆구리에 빗자루를 끼우고. 재주도 좋다.

"아, 아, 알겠어요. 다나카 씨는, 그렇군요, 집에 돌아갈 수 없어요. 다나카 씨가 그날 입고 있던 옷에는 주머니가 없었어요."

"그랬지."

"버스를 타려면 돈이든, 정기권이든, 회수권이든, 뭔가가 필요해요. 몸에 지니고 있지 않았다면 가방 안에 있었을 텐데."

나는 고개를 크게 끄덕였다.

"그래. 애초에 버스를 놓치면 안 된다는 이유로 내게 당번 일을 떠맡긴 다나카가 방과후에 노느라 가방을 잃어버렸다는 것 자체가 내게는 이상해 보였어. 그래도 버스를 기다리는 동안 놀았을 거라고 생각하고 서둘러 찾았던 거야.

그런데 가방을 되찾은 다나카가 유일하게 걱정했던 건 귀중한 캐릭터 문구인 샤프뿐이었지. 다른 중요한 물건은 없는지 거듭 물었지만 전혀 짐작하지 못하는 눈치였어."

"어떻게 된 일이죠?"

여기까지 와놓고 지탄다는 또 벽에 부딪혔다.

아니, 어찌 보면 당연할지 모른다. 나도 그때는 믿고 싶지 않았다.

"다나카는 버스를 타지 않았던 거야."

"그럴 수가……."

지탄다가 할말을 잃고 눈을 부릅떴다.

"처음부터 그러진 않았을 거야. 내게 당번을 부탁한 주나, 그다음 당번이 돌아왔을 때까지는 실제로 버스로 통학했을지도 모르지. 하지만 적어도 그날은 그렇지 않았어. 집에 돌아갈 수단보다 캐릭터 문구가 더 걱정되었던 거야. 이유는? 다나카는 이미 걸어서 돌아갈 수 있는 상황이었으니까."

"수리가 끝났던 거군요. 그걸 오레키 씨한테 말하지 않았던 건……."

"뻔하잖아."

한숨을 쉬었다.

"당번 일을 내게 떠맡기고 꾀를 부린 거야."

쓰레받기에 낙엽을 담으며 지탄다가 말했다.

"그런 일이 있었군요. 오레키 씨는 더이상 거짓말을 듣기가 싫어서 '안 해도 될 일은 하지 않는다'고 하는 거군요."

……그게 아니다.

역시 내 화술이 서툰 걸까. 내 말뜻은 그게 아니다.

여기서부터는 썩 기분 좋은 이야기가 아니다. 아무한테나 들려줄 수 있는 얘기가 아니라는 걸 알고 있다. 하지만 지탄다에게는 이미 상당히 털어놓고 말았다. 이래놓고 마지막 부분만 오해를 받은 채로 침묵해도 되는 걸까?

그건 거짓말이 된다. 불쾌한 이야기라도, 들어준다면 좋겠다.

"아니."

그렇게 입을 뗐다.

"나는 그날, 다나카가 귀중품을 확인하지 않았다는 걸 깨달았어. 그리고 반사적으로 담임 얼굴을 봤지. 담임은 다나카가 집수리 때문에 힘드니까 나한테 도와주라고 했어. 사정을 알고 있으니 뭔가 이상하다는 걸 알아차릴 줄 알았어. 그걸 알면 다나카를 야단칠 거라 생각했어. ……하지만 담임은 다나카를 야단치지 않았어."

지탄다는 어리둥절한 표정이다.

"이상하다는 걸 몰랐던 걸까요?"

그렇다면 차라리 낫다.

"아니. 그때 담임의 표정은 굉장했어. '아뿔싸!' 하는 속마음이 그대로 드러난 당혹스러운 얼굴. 그래서 나는 이 사람은 수리가 이미 끝났다는 걸 알고 있었구나, 하고 바로 알아차렸지."

"……."

"어째서 그걸 내게 말하지 않았을까? 원래대로 하루씩 번갈아 화단을 살피러 가라고 말해주지 않은 이유는 뭘까?

피해망상일지도 몰라. 단순히 말하는 걸 깜빡했던 건지도 몰라. 하지만 그날, 그 표정을 본 나는 이렇게 생각했어. ……내가 불평 한마디 안 하고 부탁을 다 들어주는 아이니까, 부려먹기 편하니까, 남의 일까지 떠맡은 걸 보고도 도와주지 않았던 거구나."

나는 빗자루를 지팡이처럼 짚고 말을 이었다.

"그때 나는 이런 생각도 했어. 애초에 다나카의 집수리가 나한테 무슨 상관이었을까? 내게 뭔가 잘못이 있어서 다나카를 도와줄 의무가 있었던 걸까? 그건 아니야. 다나카의 사정은 다나카의 사정이지, 나하고는 아무 상관도 없었어.

그렇긴 해도 같은 반이고, 같은 당번이지. 조금은 도와줄 수 있는 것 아닐까? 방과후에 화단을 보살피는 것쯤 어차피 그리 힘든 일도 아니야. 집이 가까운 것도 사실이니, 조금은 남을 도울 수 있지 않을까?

……그런 마음을 이용당했다는 걸, 깨달은 거야."

다나카 일은 계기에 지나지 않았다.

그 일 이후로 나는 반에 약삭빠르게 귀찮은 일을 남에게 떠넘기는 사람과, 그걸 흔쾌히 받아들이는 사람이 있다는 것을 깨달았다. 그리고 6학년이 되고 나서, 아니, 철이 들고 나서 내가 대개 후자였다는 사실을 깨달았다. 한번 깨닫고 나니 그때도, 그때도, 사실은 그랬던 거구나, 하고 차례로 눈이 뜨였다.

여름학교 때, 일 리터나 되는 무거운 드레싱을 가져오라고 시킨 건? 독감이 유행해 휴교 직전까지 갔을 때, 수많은 집을 돌아다니며 프린트를 돌렸던 학생이 나 말고 또 있었던가? 남학생들 모두 발야구를 하다가 유리창을 깼을 때, 담임이 나더러 대표로 교장 선생님께 사과하러 가라고 했던 건 내가 리더였기 때문일까? 아니다. 내가, 불평하지 않는 아이였기 때문이다.

그것 자체는 그래도 괜찮았다. 하나하나 따로 놓고 보면 큰 수고도 아니다. 그런 일들 때문에 손해를 봤다거나, 그 녀석들만 득을 봤다고 생각한 건 아니다.

단지 주위에서 나를 편하게 부려먹었다는 사실을, 깨달았던 것이다.

기억났다.

그 시절, 나는 내가 발견한 사실을 말없이 담아두는 게 괴로워 누나에게 털어놓았다.

—서로 비슷한 처지니까 도와주려고 했지만, 상대도 비슷한 처지라고 생각한다는 법은 없어. 보답을 바랐던 건 아니야. 하지만 업신여기고 있을 줄은 몰랐어. 나는 이제 수업이 끝나면 학교에 남지 않아. 다른 사람하고 있으면 뭔가 부탁을 받게 돼. 그건 분명 내가 아무 말 없이 다 받아주는 바보로 보이기 때문이겠지. 바보라도 상관없어. 하지만 이용당하는 것만은 싫어. 물론 어쩔 수 없을 때는 뭐든지 할 거야. 불평도 하지 않을 거야. 하지만 그렇지 않다면, 사실은 남이 해야 할 일이고 내가 해야 할 일이 아니라면, 이제는 하지 않을 거야. 절대로.

끝까지 들은 누나는 내 머리에 손을 얹고 말했다.

—그래. 넌 서툰 주제에 요령을 배우고 싶은 거구나. 넌 바

보지만 이상한 데서 머리가 좋으니 불쾌한 방식으로 깨닫게 된 거지. 괜찮아, 말리지 않을게. 그러면 어때서. 네가 하는 말은 틀리지 않았어.

그리고 뭐였더라. 누나가 몇 마디 더했는데. 그래, 분명 이런 말이었다.

—넌 앞으로 긴 휴일을 맞이하는 거야. 그러면 돼. 푹 쉬어. 괜찮아, 쉬는 동안 네 심성이 바뀌지만 않는다면…….

"……씨."

어울리지 않게 사색에 잠겨 있었던 모양이다. 지탄다가 나를 부르는 줄도 몰랐다.

"아, 미안. 뭐라고 했어?"

지탄다는 눈앞에 있었다. 커다란 눈동자로 나를 가만히 바라보고 있었다.

"오레키 씨는, 슬펐던 거군요."

나는 고개를 슬그머니 돌리며 웃었다.

"별것도 아니야. 어린애가 토라졌는데, 그러는 사이 멈출 때를 못 찾은 것뿐이지."

습관이 되어버려서 이제는 그리 쉽게 인생의 모토를 바꿀 수는 없을 것이다. 안 해도 될 일이라면, 하지 않는다.

지탄다를 흘깃 쳐다보니 두 손으로 빗자루를 쥐고 있었다. 그리고 내게서 시선을 떼려고도 않고 몹시 엉뚱한 소리를 했다.

"하지만 오레키 씨, 전 이렇게 생각해요. ……이야기 속의 오레키 씨하고 지금의 오레키 씨. 사실은 그렇게 다르지 않은 것 같다고."

웃어넘기고 싶었다.

하지만, 그러지 못했다.

지탄다가 한 걸음 물러나서 몸을 숙여 낙엽을 담은 쓰레기 봉투를 들었다.

"고마워요. 덕분에 깨끗해졌어요."

"응."

"가호 씨가 돌아오면 분명 차와 과자를 내줄 거예요. 쉬었다 가지 않을래요?"

나는 쓴웃음을 지으며 손사래를 쳤다. 이 여성들 사이에는 이제 그만 앉고 싶다.

"아니. 빗자루나 줘. 원래 자리에 돌려놓을게."

빗자루를 받아 어깨에 두 개를 멨다. 지탄다를 치지 않도록 걸음을 돌리며 어깨 너머로 말했다.

"주몬지한테도 인사 전해줘. 난 그만 간다."

우거진 잎사귀들의 그림자가 드리운 계단을 내려갔다. 삼나무 잎이 바람에 흔들리는 소리가 들려왔다. 오랜만에 찾아온 맑은 하늘은 아직도 건재했다. 집에 돌아가면 빨래도 말라 있겠지.

반쯤 내려갔을 때 지탄다의 목소리가 들렸다.

"오레키 씨! 얘기해줘서 고마웠어요! 저, 기뻐요!"

무거운 빗자루를 메고 뒤를 돌아보기도 귀찮아 못 들은 척했다. 안 해도 될 일이라면 하지 않는다. 뭐야. 오늘 하루는 영 상태가 이상했는데 이제야 평소대로 돌아왔네. 머리를 긁적였다.

그러다가 문득 기억났다. 그때 누나가 내 머리카락을 마구 헝클어뜨리며 덧붙였던 말을.

—분명 누군가 네 휴일에 마침표를 찍어줄 테니까.

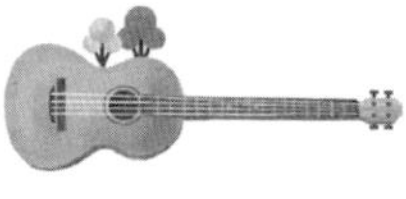

006

날개라 해도 이제 와서

1

오래도록 이어지던 장마가 지나가고 초승달이 환한 밤하늘에는 작은 구름 한 조각뿐이었습니다. 날이 저물었는데도 방에 들어오는 바람이 미지근해서 이제 여름이구나 싶었습니다. 멀리 드문드문 보이는 인가의 불빛을 의식하면서, 저는 악보를 보며 오르간 건반에 손가락을 얹었습니다.

흘러나오는 소리를 귀로 기억한 다음 천천히 선율을 흥얼거립니다. 이렇게 조용한 밤에는 랄랄라, 하고 부르는 멜로디가 온 세상에 퍼질 것만 같아 쑥스러운 마음에 노랫소리가 자연히 작아지고 맙니다.

소리를 완전히 익히기 위해 같은 노래를 반복해서 부릅니다. 이윽고 음정이 만족스러울 정도로 정확해졌고 이어서 가사를 붙여 부르려고 숨을 들이마신 순간, 장지문 바깥쪽에서 누군가 저를 불렀습니다.

"에루."

아버지입니다.

아버지가 방에 있는 저를 부르시는 경우는 흔치 않습니다. 혹시 오르간이나 노랫소리가 시끄러웠던 걸까요? 조심스럽게 대답했습니다.

"네."

"불당으로 오너라."

아버지의 목소리는 변함없이 묵직했지만 화가 나신 것 같지는 않습니다. 가슴을 쓸어내리면서도 그럼 무슨 용건으로 부르시는 걸까, 더욱 의아했습니다. 불당은 중요한 말씀을 하실 때 종종 쓰는 방인데, 지금 말씀하실 중요한 이야기에 도통 짐작 가는 바가 없었기 때문입니다.

"바로 갈게요."

발소리가 멀어졌습니다. 오늘 연습은 여기서 마쳐야겠군요. 오르간 덮개를 내리고 창문을 닫았습니다.

방에서 나가려는데 문득, 이유도 없이 망설여졌습니다. 아버지가 부르시는 이유가 뭘까? 그걸 아는 게 갑자기 이렇다

할 이유도 없이 두려웠습니다.

'이대로 계속 노래를 부르면 안 될까?'

'계속 같은 노래를 부르면?'

그런 생각이 머릿속을 스칠 정도였습니다.

안 되겠어요. 실전이 다가오니 신경이 날카로워진 모양입니다. 저는 마음속의 두려움을 웃어넘기고 불을 껐습니다.

커튼을 치지 않은 창문 너머에서는 작은 구름이 달 앞을 가로지르고 있었습니다.

2

기말고사를 치르고 여름방학만 남겨놓은 가미야마 고등학교는 어딘가 해이한 분위기에 감싸여 있었고, 그것은 지학 교실도 마찬가지였다. 그렇다고 고전부의 평소 분위기가 엄격한가 하면 그렇지는 않았다고 말할 수밖에 없다. 하지만 이곳에 네 명이 모이는 것도 은근히 오랜만이다.

한 반이 통째로 들어갈 수 있는 지학 교실에서 우리는 마음 가는 자리에 앉아 있었다. 물론 서로 그렇게 떨어져 있는 건 아니었다. 교실 중앙을 중심으로 몇 자리 떨어져 있었다.

나와 지탄다는 말없이 책을 읽고 있었다. 내가 읽고 있는 책은 닌자와 공주와 사생아가 나오는 이야기로, 복선 없는 큼직한 사건이 즉흥적으로 쉴 새 없이 벌어져 각 장마다 누군가가 곤경에 빠지는 유쾌하기 짝이 없는 소설이다. 시험으로 지친 머리에는 실로 안성맞춤이다. 지탄다가 읽고 있는 책은 뭔지 모르겠다. 사진이 잔뜩 실린 커다란 책인데 여행 안내서 같기도 하지만 여기서는 잘 보이지도 않고, 굳이 볼 생각도 없다. 보아하니 썩 재미있는 내용은 아닌지 지탄다는 표정 없이 페이지를 넘기고 있었다.

이바라와 사토시는 A4 대학 공책에 메모와 낙서를 반복하며 옥신각신하고 있다. 아니, 장이 바뀔 때 독서를 멈추고 잠시 살펴보니 뭔가를 쓰는 것도 떠드는 것도 주로 이바라인 것 같았다. 샤프를 한 손에 들고 심각한 표정으로 중얼거리고 있다.

"손이야. 역시 손이 문제야."

"그렇구나, 손 말이지."

사토시가 짐짓 심각하게 끄덕였다.

"얘는 오른손을 못 써……. 아니, 심리적으로 쓰는 걸 거부할 테니 그 점을 그림으로 표현하면 복선이 될 거야."

"그렇구나, 복선 말이지."

만화를 구상하고 있는 모양이다.

만화 연구회에서 나온 뒤로 이바라는 자기가 만화를 그린다는 사실을 부끄러워하지 않게 되었다. 나도 지탄다도 이바라가 창작을 하고 있다는 건 이미 알고 있었으므로 이제 와서 부끄러워하거나 감출 필요가 없다고 생각하는지도 모른다. 어쩌면 만연을 그만둠으로써 저 녀석 안에서 뭔가가 변했을 수도 있다.

지탄다는 옛날부터 가업을 잇는다는 자기 미래를 똑바로 인식하고 있었다. 이바라까지 각오를 굳혔다면 나와 사토시의 한심함이 부각되니 곤란하다. ……아니, 우리가 일반적이지, 고등학교 2학년인데 아무 망설임도 없이 가업을 잇겠다고 생각하거나 자기가 사랑하는 재능을 키워나가는 저 둘이 이상한 거다.

"누가 '오른손은 어떻게 된 거야?'라고 말하면 딱 좋은데, 이 장면은 혼자란 말이야. 자기 손을 보고 자조하는 것도 너무 작위적인데 어쩌지……."

"그렇구나, 혼자란 말이지."

싱글싱글 웃으며 듣고만 있던 사토시가 거기서 한마디 덧붙였다.

"혼자 있을 땐 뭘 해?"

"뭘 하긴, 어……."

이바라는 사토시 쪽은 제대로 쳐다보지도 않고 팔짱을 끼고 천장을 노려보다가 갑자기 눈을 빛내며 외쳤다.

"그거야, 후쿠 나이스! 그래, 어렵게 생각할 필요 없었어. 어째서 이런 데서 막혔을까? 커피를 마시게 하면 되는데! 오른손으로 컵을 쥐려다가, 다음 장면에서는 왼손에 들고 있는 거야. 응, 자연스러워. 이거야."

뭔지 잘 모르겠지만 아이디어가 잘 정리된 모양이다. 이바라는 스프링 공책에 뭔가 큼직하게 써넣더니 유난히 힘차게 "오케이!" 하고 외치며 공책을 덮었다.

"일단락된 거야?"

"일단은. 아직 그림을 그릴 단계는 아니지만 이걸로 대강 전체가 보였어."

"그거 다행이네."

그리고 사토시는 이렇게 말했다.

"다음엔 어떤 얘기인지만이라도 좀 알려줘."

그러니까 아까부터 어떤 이야기인지도 모르고 이바라의 혼잣말에 맞장구를 치고 있었던 모양이다. 속없다고 해야 하나, 저건 저것대로 고생이라고 해야 하나, 잘 모르겠다.

한고비를 넘겨 마음이 놓였는지 이바라는 어딘가 느긋한 목소리로 말했다.

"커피라고 하니 말인데, 얼마 전에 묘한 일이 있었어."

"흐음?"

"기류 화방에 갔었는데……."

"기류? 왜 그런 곳까지!"

이바라의 말을 끊고 그렇게 묻는 사토시의 심정은 충분히 이해한다. 기류는 이 도시 북쪽 끝에 있는 동네로, 가미야마 고등학교에서는 자전거로 가도 이십 분이나 걸린다. 이바라의 집에서는 한 시간 가까이 걸리지 않을까? 화방이라면 시내에도 있을 텐데. 이바라는 어딘가 귀찮은 기색으로 대답했다.

"아아, 오래된 톤은 그 가게에만 있어서 그래. 많이 쓰지는 않지만 그래도."

"아하, 그렇구나."

화방에서 파는 톤이란 게 대관절 무엇인가. 뭐, 만화를 그리는 데 쓰는 무언가라는 건 알겠다. 계속 대화를 엿들을 생각도 없고, 독서로 돌아갈까 하는데 손목시계를 보니 벌써 5시가 다 되었다. 지금부터 새 장을 읽으면 중간에 하교 시간에 걸릴 게 뻔하다. 집에 돌아간 다음에 읽기로 하고 문고본을 덮었다. 그 동작을 멀리서 보았는지 이바라가 내 쪽을 돌아보았다.

"아, 오레키도 들어봐."

"다 들려."

"그래? 그래서 말인데 쇼핑을 하다 보니 목이 말라서 시험도 끝났겠다, 기분 좋게 근처 카페에 들어갔어. 커피가 대표 메뉴라길래 주문했더니 맛이 이상하더라고. 그건 대체 뭐였을까?"

사토시가 의미심장하게 웃었다.

"마야카가 카페에서 커피를 다 마시다니. 마치 호타로 같네."

이바라는 부루퉁하게 뺨을 부풀렸다.

"취재야, 취재. 그 덕에 아이디어가 나왔잖아."

"네, 네. 그래서 맛이 어떻게 이상했는데?"

사토시가 인정해줄 만큼 대단한 건 아니지만, 확실히 나는 이따금 카페에 간다. 맛의 차이를 알 정도로 커피를 비교하며 마신 적은 없지만 맛있다 맛없다 정도는 느낄 때가 있다. 하지만 맛이 이상한 커피라니 상상이 가지 않는다.

이바라는 손사래를 쳤다.

"아, 참고로 맛이 이상했던 건 설탕이었어."

점점 더 모르겠다. 설탕은 당연히 단맛이 나야 한다. 고개를 갸웃거리던 사토시가 이윽고 싱긋 웃었다.

"알겠다. 짰구나?"

"……후쿠, 진심으로 하는 말이야?"

"대화를 즐기고 있는 거야."

이바라는 능청스럽게 웃는 사토시의 얼굴을 잠시 노려보다가 이윽고 작은 한숨을 내쉬었다.

"그게 아니라, 달았어."

의논한 것도 아닌데 나와 사토시가 한목소리를 냈다.

"정상이잖아."

이바라가 주먹으로 책상을 탕 내리쳤다.

"정상이 아니니까 말하는 거잖아!"

옙.

이바라는 우리가 입을 다문 것을 확인이라도 하듯 노려보고서 말했다.

"그냥 단 게 아니라 굉장히 달았어. 그렇게 단 커피는 캔커피 말고는 처음 마셔봐서 놀랐어."

"단순히 많이 넣은 거 아니야?"

내가 그렇게 묻자 이바라는 부족했던 설명을 사과하듯 고개를 푹 숙였다.

"어, 처음부터 설명할게. 난 커피와 케이크 세트를 주문했어. 케이크는 레몬 케이크였는데 그건 별로 달지 않았어. 커피에 우유하고 설탕이 필요한지 묻기에 달라고 대답했어. 점원이 가져다준 커피에는 처음부터 우유가 들어 있었고, 컵받침에 각설탕 두 개가 얹혀 있었어. 한 모금 마셔보고 맛이 평범해서 각설탕을 하나 넣고 다시 마셔봤더니…… 글쎄, 혀가 마비되는 줄 알았다니까."

사토시가 의아한 기색으로 고개를 끄덕였다.

"각설탕이었구나. 종지에서 스푼으로 떠 넣는 설탕이었다면 많이 넣었다고 생각할 텐데."

"바로 그거야. 각설탕 하나로 그렇게 달게 변하다니 이상해서 내 미각이 잘못됐나 싶었어. 그래서 먹을 때 조금 신경을 썼는데, 다른 건 평소와 똑같았어."

사토시가 팔짱을 끼고 고개를 갸웃거렸다.

"흐음. 너무 달콤한 설탕이라."

"어때, 이상하지?"

"그러네. 하지만 짐작 가는 게 있긴 해."

"정말?"

이바라가 몸을 내밀었다. 사토시는 신중하게 고개를 끄덕였다.

"감미료 중에는 설탕의 몇백 배 몇천 배나 단 게 있어. 그런 감미료를 설탕 넣듯이 넣었다면 엄청나게 달아지겠지."

"으음."

이바라가 짧은 신음을 흘리더니 신중하게 말했다.

"확실히 굉장히 달았지만 아까 말한 것처럼 기껏해야 캔커피 수준이지 못 마실 정도는 아니었어. 게다가 감미료를 굳이 각설탕 모양으로 내놓는 가게가 있다니, 후쿠는 들어봤어?"

"아니……. 나도 처음이야. 있을 것 같지도 않네."

그렇다면 지금 대화는 뭐였나.

"하지만 어쩌면 단맛이 강한 설탕이 있을지도 몰라. 정제법이 다르다거나, 아니면 원료가 다르다거나."

사토시는 팔짱을 풀고 지탄다 쪽으로 고개를 돌렸다.

"지탄다, 너는 혹시 몰라?"

"네?"

멍하니 책을 읽고 있던 지탄다가 그 한마디에 화들짝 고개를 들었다.

"아, 저, 뭘 말씀하시는 건가요?"

우리는 제법 큰 소리로 이야기하고 있었다. 그런데 전혀 귀에 들어오지 않았던 모양이다. 사토시는 쾌활한 목소리로 설명했다.

"마야카가 카페에 갔더니 유난히 달콤한 각설탕이 나왔다고 해서. 혹시 일반적인 제품보다 달콤한 설탕이 되는 특이한 품종의 원료가 있는 게 아닐까? 지탄다라면 그런 품종도 알 것 같아서."

"아아……. 그런 얘기였나요."

지탄다는 손에 들고 있던 책을 덮고 미소를 지었지만 나는 문득 그 표정에 위화감을 느꼈다. 지탄다는 표정이 얌전한 편이다. 크게 웃거나 화를 내는 법이 없다. 하지만 그걸 차치하고라도 지금의 미소는 지어낸 것처럼 딱딱했다.

지탄다가 부드러운 목소리로 대답했다.

"아쉽지만 잘 모르겠네요. 저희는 사탕수수도 사탕무도 키우지 않아서……."

"그래? 언젠가 키울 계획은 없어?"

그 순간 지탄다가 슬그머니 눈길을 떨구었다.

"……모르겠어요. 죄송해요."

"그렇구나. 미안, 미안. 이상한 걸 물어서. 달콤한 설탕의 정체가 뭘까? 의외로 어렵네. 조금 신경쓰이는데."

"그러게요. 뭘까요?"

그렇게 맞장구를 치는 목소리도 어딘가 건성으로, 이야기를 이어나갈 의지가 보이지 않았다.

이바라가 의미심장한 시선을 던졌다. 짐작하건대 '지이가 이상해 보이는데, 너 뭐 아는 거 없어?'라는 걸까. 나는 고개를 가로저어 '아는 바 없어'라는 뜻을 전했다.

대화가 잠시 끊기자 어색한 분위기를 바꿔보려는 듯이 사토시가 내 쪽을 돌아보고 물었다.

"호타로는 어떻게 생각해? 역시 유난히 단, 특별한 설탕이었을까?"

이야기를 들으며 나름대로 떠오른 생각은 있었다. 묻지도 않았는데 말할 필요는 없다고 생각하지만 묻는데 잠자코 있을 필요도 없다.

"그렇게 어려운 문제는 아닌데."

그렇게 대꾸했다.

"어, 그래?"

어리둥절해하는 사토시 옆에서 이바라가 날카로운 눈빛으로 물었다.

"무슨 뜻이야? 그건 평범한 각설탕으로밖에 안 보였는데."

"그렇다면 평범한 각설탕이었겠지."

"역시 내 미각이 이상했다는 뜻이야?"

"아니었다면서?"

나는 머리를 긁적였다.

"아까 네 입으로 그랬잖아. 점원이 가져다주었을 때 커피가 어땠는지."

사토시가 재빨리 답했다.

"컵받침에 각설탕이 두 개 있었다고 했어."

"그랬어. 하지만 내가 하고 싶은 얘기는 설탕이 아니야."

이바라와 사토시는 복잡한 표정으로 입을 다물어버렸다. 슬쩍 지탄다를 훔쳐보니 아무래도 이야기를 듣고 있는 것 같기는 한데, 중간부터 대화에 낀 바람에 뭐가 문제인지 잘 몰라 어리둥절한 기색이다.

"이바라, 커피를 주문할 때 점원이 뭐라고 물었지?"

"우유하고 설탕 필요하느냐고."

"정확히 그렇게 말했어?"

기억을 더듬듯 얼굴을 숙이고 잠시 입을 다물었던 이바라가 이윽고 고개를 가로저었다.

"잘 기억이 안 나."

"질문이 좀 심술궂었지, 미안해. 보통은 기억하지 못하겠지. 어쩌면 '우유와 설탕은 넣어드릴까요?'라고 물었던 게 아닐까 싶었어."

사토시는 감이 오지 않는지 의심스러운 기색으로 물었다.

"보통 그렇게 묻지 않나? 어디가 이상해?"

"이상한 건 아닌데……. 이바라가 아까 커피에 처음부터 우유가 들어 있었다고 하지 않았어?"

허를 찔렸다는 듯이 이바라가 눈을 깜빡거렸다.

"맞아, 그랬어."

"뭐, 그런 셈이야."

사토시가 요란하게 손을 흔들어댔다.

"호타로! 그런 셈이긴 뭐가 그런 셈이야! 말하다가 에너지 절약주의를 발휘하는 버릇 좀 고쳐."

그럴 셈은 아니었는데. ……아니, 그렇지만도 않나. 마지막은 생략해도 되겠다고 생각하긴 했다.

이바라가 눈썹을 찌푸리고 심각한 표정으로 중얼거렸다.

"오레키가 무슨 말을 하고 싶은지 어쩐지 알 것 같아. '우유와 설탕'을 넣어달라고 부탁한 커피에 처음부터 우유가 들어 있었다면 설탕도 들어 있었던 게 아닐까, 그런 거지?"

고개를 끄덕였다.

"하지만 난 한 모금 마셔보고 쓰다고 느껴서 각설탕을 넣은 거야. 처음부터 설탕이 들어 있었다면 그렇게 생각하지는 않았을걸."

"그렇겠지. 그런데 각설탕을 넣은 후엔 뭘 했어?"

"마셨지."

"아니, 그전에."

"레몬 케이크를 먹긴 했는데."

"그게 아니라."

그때까지 듣고만 있던 지탄다가 조심스럽게 끼어들었다.

"저……. 혹시 오레키 씨는 커피를 젓지 않았느냐고 묻고 싶은 건가요?"

"아, 그런가!"

지탄다의 말을 들은 사토시가 소리를 지르더니 이바라를 돌아보고 자신 있게 말했다.

"그래. 마야카가 마신 커피에는 처음부터 설탕이 들어 있었던 거야. 하지만 바닥에 가라앉아 있어서 단맛을 느끼지 못한 거지. 거기에 또 각설탕을 넣고 저었으니까……."

이바라도 신음을 흘렸다.

"아아, 그렇구나. 대번에 각설탕 두 개를 넣은 꼴이 된 거야."

"응, 그랬을 것 같네. 분명 그거야."

사토시는 그렇게 말하며 만족스럽게 끄덕이더니 나를 보며 웃었다.

"이야, 훌륭한 안락의자 탐정이라니까."

그렇게 대단한 묘안을 낸 건 아닌데……. 뭐, 당사자인 이바라에게는 의식의 맹점이었을지도 모르겠다.

그렇지만 이바라는 뭔가 마음에 걸리는 기색이었다.

"응……. 그럴 것 같기는 한데. 내 기억이 흐릿해서 분명히 그거라고 확답을 못 내리겠어. 한 번 더 가서 확인하고 싶어."

그 카페 옆 화방이 단골이라면 또 갈 기회가 있겠지. 어쨌거나 이 자리에서는 더이상 추리할 길이 없다. 슬슬 돌아갈까 싶어 나는 문고본을 가방에 넣으려 했다.

그때 사토시가 예상치 못한 말을 했다.

"확인하러 가보자."

둘이서 가려고? 사서 고생이네. 그런 생각을 하고 있는데 뒷말이 이어졌다.

"슬슬 문집 얘기도 해야 하고."

"그러네, 진짜……."

"그렇지?"

축제 사전 회의는 물론 변두리까지 나가지 않고도 학교에서 충분히 끝낼 수 있다. 하지만 지나치게 달콤한 설탕의 비밀도 풀 겸 카페에서 회의하는 것도 운치는 있다. 굳이 반대하지는 않았다. 다만…….

"지금 가면 너무 늦겠는데."

벽시계는 5시 40분을 가리키고 있었다.

"그러네. 그럼 내일……은 내가 안 돼. 위원회 일이 있어."

내일은 1학기 종업식이다. 사토시는 총무 위원이니까 이래저래 잡일이 많겠지.

"모레는 괜찮아?"

상관은 없는데 여름방학 첫날부터 회의라니 근면하기도 하다. 이바라도 이의는 없는 것 같고, 그대로 결정되나 싶었을 때 지탄다가 작은 목소리로 말했다.

"죄송해요. 모레는 저, 약속이 있어요."

이바라가 아차 하는 표정을 지었다.

"아, 그런가. 그랬지, 참."

나와 사토시는 아무 말도 하지 않았지만 궁금해하는 티가 났던 모양이다. 이바라가 우리에게 알려주었다.

"지이, 합창 대회에 나가거든."

"그랬구나. 그럼 안 되겠네."

사토시는 알겠다는 듯 고개를 끄덕였지만 나는 이해가 가지 않았다. 이 학교는 축제를 비롯해 각종 행사가 유독 많지만 합창 대회라는 건 금시초문이다.

"여름방학인데 그런 걸 해? 체육관에서?"

두 사람 몫의 차가운 시선이 쏟아졌다.

"진심으로 하는 소리야?"

"시에서 주최하는 행사야."

학교 행사가 아니었나. 하긴, 아무리 내가 활기 넘치는 일에 관심이 없다고 해도 행사의 존재 자체를 모를 리는 없다.

……다행이다.

"가미야마 시 출신 작사가, 에지마 산도를 기념한 에지마 합창 대회. 해마다 이 시기에 열려. 가미야마 시뿐만 아니라 이웃 지역에서도 합창단이 와서 산도의 노래는 물론이고 다양한 합창곡을 불러."

"처음 듣는 이름인데."

이런 화제는 사토시의 독무대다. 본인도 그걸 자각하고 있는지 가슴을 폈다.

"다이쇼 시대에 아동 잡지 《붉은 양초》에서 활약한 동요 작사가야. 기타하라 하쿠슈, 사이조 야소, 노구치 우조와 더불어 동요 사천왕으로 불렸어."

마지막의 동요 사천왕 어쩌고는 사토시가 지어낸 게 분명하다.

"지이를 따라 딱 한 번 연습하러 갔었는데, 지금은 만화를 그리고 싶어서."

이바라가 어쩐지 미안한 기색으로 말했다. 나를 향한 설명이면서 동시에 지탄다에게 하는 말이기도 했지만 지탄다는 눈치채지 못했는지 아무 말도 없었다.

고전부는 물론 가미야마 고등학교의 동아리 중 하나로, 학년은 같지만 반은 제각각인 우리는 거의 동아리를 통한 연결고리밖에 없다. 학교 밖에서 서로가 뭘 하는지는 알 길이 없고, 알아야 할 필요도 없다. 그렇게 생각했던 만큼 지탄다와 이바라가 함께 합창을 했었다니 조금 놀라웠다.

사토시가 머리 뒤로 깍지를 꼈다.

"음, 그럼 회의 일정은 다음에 정할까. 전화로 해도 되지?"

별일 아닌 것처럼 말하지만 자기가 연락책을 맡겠다고 표명한 것이다. 나는 사토시의 꼼꼼한 성격과 남들보다 애쓴다는 것을 겉으로 드러내지 않는 태도를 존경한다.

"네, 그건 괜찮아요."

지탄다의 대답을 끝으로 오늘은 해산하는 분위기가 되었다. 여름의 이 시기는 해가 길다. 6시가 거의 다 되었는데도 노을이 찾아올 기미는 없었지만 나는 소설을 가방에 넣고 일어섰다.

"그럼 그렇게 알고 있을게."

"그래. 잘 가."

엿볼 생각은 없었지만 교실에서 나가는 길에 지탄다가 읽고 있던 책이 슬쩍 눈에 들어왔다. 내 착각이 아니라면 그것은 진로 안내서처럼 보였다.

3

여름방학 첫날에 나는 중국식 냉면을 만들었다.

오전 내내 당장이라도 빗방울이 뚝뚝 떨어질 것처럼 흐렸던 하늘 때문인지 점심때가 되었는데도 한여름치고는 다소 서늘해 중국식 냉면을 먹기에 완벽한 날이라고 할 수는 없었다. 그래도 메뉴를 바꾸지 않은 이유는 중화 면의 유통기한이 오늘까지였기 때문이다.

식초와 간장, 설탕, 참기름과 미림을 적당히 섞어 즉석 소스를 만들었다. 면을 삶아 붇지 않도록 찬물로 헹군다. 고명은 토마토와 햄, 잠깐 눈을 뗀 사이에 타버린 달걀지단. 토마토는 반달 모양으로, 햄과 계란은 채로 썰었다. 모양은 아무래도 상관없으니 물기를 털어내고 접시에 담은 면 위에 고명을 한 뭉텅이 얹었다. 마지막으로 소스를 휘 두르면 완성이다. 겨자도 접시 한쪽에 살짝 곁들였다.

주방에서 거실로 접시를 옮기고 젓가락과 보리차를 준비하면 끝이다. 잘 먹겠습니다, 두 손을 모으고 젓가락을 드는데 전화가 울렸다.

계속 울려대는 벨 소리를 잠시 방치하고 벽시계를 보았다. 식사 시간에 무례하다 싶어 시계를 본 건데, 벌써 오후 2시 반이 넘었다. 오후에 볕이 들어 빨래를 너는 바람에 식사가 늦어지고 말았다. 이래서야 전화 상대에게 상식이 없다는 말을 할 수가 없다. 다시 중국식 냉면을 지긋이 바라보았다. 잘 붇지 않는 면 요리라 다행이라고 생각하는 수밖에. 벌떡 일어나 수화기를 들었다.

"네."

첫마디가 다소 퉁명스러운 건 어쩔 수 없는 일이다.

"여보세요. 이바라라고 하는데 오레키 씨 댁인가요?"

아니라고 말하고 싶었지만 목소리가 다급해 보여 차마 농담은 하지 못했다.

"이바라냐?"

"아, 오레키. 다행이다, 뭐야, 지금 그 낮은 목소리는."

"막 점심을 먹으려던 참이었어."

"그랬구나. 미안, 그럼……."

이바라가 내게 전화를 했다는 건 어지간히 중요한 용건이라는 뜻이다. 중국식 냉면은 잠시 제쳐두는 수밖에 없다.

"괜찮아. 무슨 일인데?"

"저기……."

전화 너머로 망설이는 기색이 느껴졌다. 잠시 후 이바라가 물었다.

"지이가 갈 만한 곳, 혹시 알아?"

수화기를 다른 손에 바꿔 쥐었다.

"……왜 나한테 물어?"

대답하는 이바라의 목소리가 험악했다.

"짐작 가는 애들한텐 다 물어봤어. 네가 마지막이야."

"그렇군."

무슨 일이 있었는지 묻고 싶었지만 이바라가 다급해한다는 건 대충 알 것 같아 사정은 나중에 묻기로 했다.

"일단 학교."

"응."

"그리고 시립 도서관. 가부라야 중학교 옆에, 이름이 뭐였지, 전에 오히나타하고 갔던 카페. 지금은 이전했지만 카페

파인애플 샌드도."

지탄다와 함께 갔던 장소를 생각나는 대로 말했다. 하지만 도서관이야 어쨌든, 지탄다가 굳이 혼자서 카페에 들어갈까? 내가 생각해도 가능성은 낮을 것 같다.

"알았어, 고마워. 도서관은 생각을 못 했네. 학교는 후쿠가 볼일이 있어 갔다길래 그김에 봐달라고 했는데 지이의 신발은 없었대."

"그래. ……무슨 일이 있었어?"

말하고 나서 기억이 났다.

"오늘 합창 대회 날이잖아? 지탄다가 안 온 거야?"

"응."

그래서 다급한 건가.

"6시에 나갈 차례니까 시간은 있지만, 지이가 없어."

6시라는 말을 듣고 힘이 스르르 빠졌다.

"늦잠 자고 있나 보네."

"너 같은 줄 알아?"

"난 지각은 해도 늦잠을 잔 적은 없어. 아니, 그건 상관없고, 준비하느라 시간이 걸리는 것뿐 아니야?"

애타는 목소리가 돌아왔다.

"그게 아니야. 지이네 집이 있는 진데에서 문화회관까지 함께 버스를 타고 왔다고 말하는 할머니가 계셔."

가미야마 시민문화회관이 합창 대회 장소인가 보다. 우리 집에서는 자전거로 십 분이면 갈 수 있다.

"그럼 문화회관에 도착한 다음에 사라진 거야? 나한테 전화할 정도라면 건물 안은 찾아봤겠지?"

"구석구석 다. 어디에도 없어."

다시 수화기를 바꿔 들었다.

"……심각하게 생각해야 할까?"

"모르겠어. 이러다 곧 돌아올 것 같기도 한데, 합창단 사람들이 걱정된다며 친구들한테 물어봐달라고 해서."

"이제야 묻지만 넌 왜 거기 있어?"

"전에 연습에 참가한 적 있다고 말하지 않았나? 당일 하루만이라도 도와주려고 왔어."

"그렇군. 뭐, 어쨌거나 우리집엔 안 왔다."

이바라가 여유를 잃은 기색이라 조금 긴장을 풀어주려고 농담 삼아 한 말인데 돌아온 목소리는 싸늘했다.

"갔을 거라고 생각도 안 했어."

"아무렴요."

"……응, 그래도 고마워. 그만 끊을게."

"그래."

통화가 끊겼다. 나는 수화기를 내려놓고 중국식 냉면을 돌아보았다.

중국식 냉면에는, 중화 면에는 큰 장점이 있다.

데일 염려가 없어 마음만 먹으면 순식간에 먹어치울 수 있다.

가미야마 시민문화회관은 붉은 벽돌 같은 타일로 뒤덮인 사 층짜리 건물로, 대공연장과 소공연장을 갖춘 위풍당당한 시설이다. 수용 인원은 몰랐는데 안내판을 보니 대공연장에 천이백 명, 소공연장에는 사백 명이 들어간다고 한다. 검은 대리석이 깔린 계단통 구조의 현관홀에는 "에지마 합창 대회"라는 입간판이 있고 제법 많은 사람들이 어슬렁거리고 있었다.

합창 대회는 2시부터 시작한 모양이다. 지탄다 차례까지 네 시간이나 있다니, 그렇게 많은 합창단이 참가하는 걸까? 아니면 낮부, 밤부로 나뉘어 있는지도 모른다. 입간판에는 그런 정보까지는 없었다.

안내 데스크로 가서 하늘색 유니폼을 입은 직원에게 물어보았다.

"저기요."

여성 직원이었는데 어디로 보나 학생인 내게도 친절했다.

"예, 무엇을 도와드릴까요?"

그제야 퍼뜩 정신이 들었다. 나는 지탄다가 속한 합창단 이름을 모른다. 합창단 대기실로 가면 이바라하고 합류할 수 있다고 생각했는데, 이래서야 물어볼 방법이 없다.

"저……."

"아, 죄송합니다."

잠시 질문 내용을 고민했다.

그래, 심각하게 고민할 문제가 아니잖아?

"6시에 노래하는 합창단 대기실은 어딘지 알 수 있을까요?"

직원은 생긋 웃으며 손에 든 파일을 몇 장 넘겼다.

"6시라면 가미야마 혼성 합창단 말씀이군요. 2층 A7 대기실입니다."

예상했던 것보다 평범한 이름이었다. 인사를 하고 2층으로 올라갔다.

A7 대기실은 금방 찾았다. 복도에 늘어선 문의 간격으로 보건대 다다미 열 장은 족히 깔 수 있을 만큼 넓은 대기실이다. 흰색에 가까운 회색 철문에 서툰 글씨로 "가미야마 혼성 합창단 대기실"이라고 적힌 복사지가 셀로판테이프로

붙어 있었다. 철문을 두드리면 징 소리가 날 것만 같아 그냥 밀었다.

문을 열자 안에 있던 사람이 화들짝 놀란 기색으로 이쪽을 쳐다보았다. 이바라다. 들어온 게 나라는 걸 알자 뜻밖이라는 듯이 눈을 휘둥그레 떴다.

"여."

한 손을 들며 안으로 들어갔다.

그런데 그만 문 옆에 있던 우산꽂이에 발이 걸렸다. 불안정한 디자인이라 그리 세게 걷어찬 것도 아닌데 풀썩 쓰러지는 바람에 꽂혀 있던 우산이 카펫 바닥으로 튀어나갔다.

"아이쿠."

"오자마자 무슨 짓이야!"

상큼하게 등장하는 뜻밖의 지원군이 될 요량으로 찾아왔는데 얼빠진 첫걸음을 내딛고 말았다. 근처의 파이프 의자에 앉아 있던 초로의 여성이 "어머머" 하면서 일어서려 했다. 이 사람 우산이었던 모양이다.

"죄송합니다."

사과하면서 우산꽂이를 도로 세우고 우산을 꽂았다. 손이 젖어 주머니에 있던 손수건으로 쓱쓱 닦았다.

"아니야, 나야말로 미안하구나."

노부인은 짧게 말하고 의자에 도로 앉았다. 상복처럼 검은 재킷, 검은 치마를 몸에 두르고 등을 반듯이 펴고 앉은 모습이 인상적이었다.

A7 대기실은 복도에서 느낀 인상대로 넓었지만, 물건이 적어 유난히 휑해 보였다. 바닥에 파이프 의자가 열 개쯤 놓여 있는 것을 제외하면 복도 쪽 벽에 테이블 몇 개가 있는 게 전부다. 테이블은 짐을 놓는 용도인지 가방이 쭉 놓여 있었다. 다른 쪽 벽에는 접힌 파이프 의자가 비스듬히 기대여 있었다. 출연 시간까지 여유가 있어서 그런지 대기실에는 아직 이바라와 노부인 두 사람밖에 없었다. 이바라가 종종걸음으로 다가왔다. 우산 실수는 잊어줬는지 첫마디는 "왔구나. 고마워"였다.

이바라가 전화로 의논했다고 해서 학교 밖에서 일어난 문제에 끼어드는 건 괜한 참견인 것 같다. 그래도 뭐, 이웃의 곤경을 알면서 느긋하게 중국식 냉면을 먹는 것도 야박한 것 같아 와봤는데 인사를 받으니 왠지 근질거린다. 나는 슬그머니 이바라에게서 시선을 떼고 대기실을 휘 둘러보았다.

"지탄다는 아직 안 왔나 보네."

"그래. 지이는 휴대전화도 없고……."

"원래는 몇 시에 올 예정이었어?"

그렇게 말하며 나는 슬쩍 손목시계를 보았다. 이제 곧 3시 반이었다.

"1시 반."

"……대기실 소집이 꽤 이르네."

"2시에 시작할 때 합창단 대표 몇 명이 무대에 올라가서 인사를 해. 지이는 거기에 나갈 예정이었으니까."

"소개라는 건가. 그럼 본무대는 6시라는 거네. 다른 멤버들은 왔어?"

"낮에 올 예정이었던 사람들은 전부 왔고, 지금은 공연장에서 다른 합창단 노래를 듣고 있어. 저녁때 합류할 나머지 사람들은 5시쯤부터 각자 찾아올 거야."

그렇다면 지탄다가 5시 넘어서 오더라도 합창 자체에는 지장이 없을 것이다. 우선은 다행한 일인데, 회장에 온 지탄다가 연락도 없이 행방을 감추었다는 건 보통 일이 아니다.

생각한 걸 말해야 하나 조금 고민했지만, 이바라가 유난히 걱정하는 것 같아 역시 물어보기로 했다.

"지탄다가 꼭 있어야 해?"

"어?"

"합창이라는 건 여럿이서 부르는 거잖아? 있으면 좋겠지만 한 사람쯤 빠져도 문제는 없는 것 아닌가?"

이바라가 고개를 저었다.

"꼭 있어야 해."

"왜? 지탄다네 친척이라도 와 있어?"

"와 있을지도 모르지만, 그런 문제가 아니야. ……지이는 솔로 파트란 말이야."

나는 천장을 올려다보았다. 이럴 수가.

어떤 노래를 부를지 모르겠지만 솔로 파트라면 주역이다. 그런데 행방불명이라니 말도 안 된다. 이바라는 순수하게 지탄다의 안위를 염려하는 거겠지만 다른 합창단 멤버는 과연 무대에 오를 수나 있을지 심란할 것이다.

나는 얼른 정신을 가다듬고 물었다.

"다른 쪽으로는 어떤 정보가 들어왔어?"

이바라는 손에 쏙 들어가는 작은 수첩을 들고 있었다. 그 페이지를 뒤적거리며 대답했다.

"주몬지한테는 가지 않았대. 학교 외에 성터 공원과 고분도 서점을 말해준 사람도 있었어. 이리스 선배는 호키야라는 옷가게하고 아레쿠스 신사."

나는 머리를 긁적였다.

"호키야는 어딘지 모르겠지만 나머지는 다 멀어. 여기까지 버스로 왔다면 지탄다는 걸어갔을 거야. 걸어서 가기엔 힘든 장소들뿐이야."

"노력하면 못 갈 거리는 아니지만, 역시 아닐까?"

"역까지는 충분히 걸어서 갈 수 있는 범위니까 역 앞 버스 터미널에서 다른 노선버스를 타면 갈 수야 있지만."

"설마 그랬을까?"

아니겠지. ……보통은.

근본적인 의문이 있다.

"지탄다는 과연 자기 의지로 어딘가로 떠난 걸까? 이런 말은 하고 싶지 않지만, 혹시 무슨 사고에 휘말렸다고 생각해?"

"그건……."

대답하는 목소리가 몹시 작았다.

"나한테 물어도 몰라. 어떻게 알겠어."

맞는 말이다. 머리를 긁적였다.

철컥, 하는 쇳소리와 함께 손잡이가 돌아가더니 대기실 문이 열렸다. 나와 이바라는 문쪽을 돌아보았지만 그곳에 있는 건 지탄다가 아니라 마흔 살쯤 되어 보이는 여성이었다. 베이지색 재킷을 입고 보석인지 유리알인지 모를 구슬이 반짝거리는 머리 장식을 달고 있었다. 합창단 일원이리라.

"단바야시 씨."

이바라가 이름을 불렀다.

단바야시라는 여성은 긴장한 표정으로 이쪽으로 다가오며 물었다.

"어때, 왔어?"

"아뇨."

"그래……. 난처하네."

눈썹을 찌푸리며 그렇게 중얼거리더니 내 존재를 깨닫고 이바라에게 물었다.

"이쪽은?"

"아, 저희하고 같은 동아리인 오레키 군이에요. 찾는 걸 도우러 와줬는데……."

이 녀석이 오레키 군이라고 부르는 걸 듣다니 거북하군. 그런 생각을 하고 있는데 이바라가 내 쪽으로 고개를 홱 돌렸다.

"맞지?"

아무리 여름방학이라지만 설마 놀러왔겠냐. 고개를 끄덕이자 단바야시 씨가 다짜고짜 물었다.

"뭔가 알고 있니?"

당황스러웠지만 일단 대답했다.

"아뇨. 아직은."

단바야시 씨는 일부러 저러나 싶을 정도로 깊은 한숨을 쉬었다.

"그래……."

그리고 표정과 목소리에 초조함을 드러내며 말했다.

"중압감을 느끼는 것 같아서 신경은 쓰고 있었어. 하지만 설마 당일에 모습을 감추다니, 정말 믿을 수가 없구나."

"마음을 가다듬고 있는 것 아닐까요?"

"그렇다면 누군가에게 한마디는 했어야지. 아무리 긴장했어도 갑자기 사라져서 연락도 안 되다니!"

출연은 6시인데 뭘 저렇게 도끼눈을 뜨나 싶기도 하지만, 솔로 파트 단원이 당일에 모습을 감추면 기가 차기도 하겠지.

다만 지탄다가 중압감 때문에 모습을 감추었다는 가설은 솔직히 받아들이지 못하겠다. 그 녀석이 긴장하지 않는 타입이라고는 생각하지 않는다. 예전에 교내 라디오에 나갔을 때는 완전히 굳어 있었다. 하지만 긴장하면서도 해야 할 일은 똑바로 해냈는데 이번에만 견디지 못했다는 건 이상하다. 만약 지탄다가 자기 의지로 모습을 감추었다 하더라도 원인은 솔로 파트를 부르는 중압감은 아닐 것이다.

"역시 집에 연락해볼까."

단바야시 씨가 손으로 입가를 가리고 그렇게 중얼거렸다.

그때 파이프 의자에 앉아 있던 노부인이 옆에서 말했다.

"그리 걱정하지 않아도 곧 오지 않겠어요?"

"요코테 씨는 그리 말씀하시지만, 역시 마음이 안 놓여요."

단바야시 씨가 반박했지만 요코테라는 노부인은 변함없이 온화한 목소리로 말했다.

"젊은 사람한테는 여러 가지 사정이 있는 법이에요. 다행히 시간은 있으니 한 시간쯤 더 기다려봐도 큰 문제는 없지 않을까요?"

"또 그러시네. 아까도 한 시간만 기다려보라고 그러셨잖아요."

"아아, 그런 말을 하긴 했지요."

태평하기 짝이 없는 요코테 씨를 보고 흥분했던 게 부끄러워졌는지 단바야시 씨는 눈을 돌렸다.

"……분명히 시간은 아직 있지요. 알겠어요. 조금 더 기다려보죠."

그렇게 말하고는 나와 이바라에게는 눈길 한번 주지 않고 냉큼 대기실에서 나가버렸다. 탕, 소리와 함께 닫힌 문을 바라보면서 조금 어이가 없어 물어보았다.

"대체 저 사람은 누구야?"

"단바야시 씨라고 해. 합창단의…… 뭐라고 하지, 대장?"

"리더라는 뜻이야?"

"파트 리더도 단장도 아니지만, 음, 그러니까 지시하는 사람."

어쩐지 알 것 같다. 그런 타입은 종종 만난다.

"아까도 그랬다고 했는데, 계속 저런 상태야?"

이바라는 눈썹을 찌푸리며 짤막하게 말했다.

"응. 계속."

나는 요코테 씨를 흘끔 쳐다보았다. 다른 합창단원들은 공연장에 가 있는데 혼자만 오도카니 대기실 파이프 의자에 앉아 있는 이유가 있을 것 같았다. 어쩐지 짐작 가는 바가 있어 물어보았다.

"야, 이바라. 진데에서 지탄다하고 함께 버스를 타고 온 할머니가 계셨다고 했지? 혹시 저분이야?"

"맞아. 요코테 씨."

역시 그랬나. 진데라고 해도 넓은 지역이라 단언할 수는 없지만 지탄다의 이웃에 살 가능성이 높고, 아마 예전부터 면식도 있을 것이다. 단바야시 씨를 상대로 지탄다를 감싸는 듯한 발언을 한 것도 이해가 간다.

가만히 있을 수 없었는지 이바라가 몸을 돌렸다.

"건물 안을 한 번 더 보고 올게."

"나도 뒤따라갈게."

"부탁해."

이바라가 종종걸음으로 나가자 대기실에는 나와 요코테 씨 둘만 남았다.

지탄다는 문화회관까지 왔다가 사라졌다고 했으니 관계자 중에 지탄다를 마지막으로 본 것은 아마도 이 사람이다. 발로 직접 뛰는 것도 좋지만 지금 지탄다의 행방은 오리무중이다. 들을 수 있는 정보는 최대한 들어두는 게 좋다.

"저……."

조심스레 말을 걸었다. 요코테 씨는 두 손을 허벅지 위에 얹은 채로 고개를 살짝 기울였다.

"왜 그러니?"

"지탄다…… 양하고 함께 버스를 타고 오셨다고 들었습니다. 지탄다 양을 찾고 싶어서 그러는데, 그때 상황을 말씀해 주실 수 있을까요?"

"어머나, 너는……."

요코테 씨는 질문에 대답하지 않고 내 얼굴을 보더니 살포시 웃었다.

"어디서 본 얼굴이다 싶었더니 올해 히나 축제 때 나왔던 아이구나. 참 의젓했어."

……그런 일도 있었다. 요코테 씨가 진데에 산다면 당연히 축제를 봤을 것이다. 얼굴을 안다면 오히려 잘됐다.

"고맙습니다. 그래서 어땠나요, 지탄다 양 분위기는?"

대답을 재촉하자 요코테 씨는 "그래……" 하고 생각에 잠겼다. 이윽고 한두 마디 입을 열었다.

"난 진데 버스 정류장에 혼자 있었단다. 지탄다 씨가 차로 따님을 바래다줬지. 지탄다 씨는 굳이 차창을 내리고 딸을 잘 부탁한다고 했어."

요코테 씨가 말하는 '지탄다 씨'는 지탄다의 아버지나 어머니, 둘 중 하나일 것이다. 지금 당장 어느 쪽인지 확인해야 할 필요는 없어 보인다.

"차에서 내린 따님하고도 인사를 했지. 그리고 둘이서 우산을 쓰고 버스를 기다렸단다."

차로 버스 정류장까지 바래다줬다면 그대로 문화회관까지 데려다줄 수도 있었을 텐데 그러지 않았다는 게 조금 마음에 걸렸다. 뭐, 단순히 생각하면 버스 정류장까지는 바래다줄 수 있어도 문화회관까지 바래다줄 시간은 없었거나, 반대편에 용건이 있었으리라.

사람을 찾을 때 중요한 기본 사항을 아직 물어보지 않았다.

"지탄다…… 양의 복장은 기억하시나요?"

요코테 씨는 또 "그래……" 하고 중얼거렸다.

"무대에서는 단체복 재킷을 입기로 했거든. 그래서 그 댁 따님이 입고 있던 건 하얀 셔츠였어. 치마는 검정색이고. 구두도 검정색, 양말은 흰색. 가방은 크림색이고, 그래, 우산은 차분한 빨강색. 역시나 소지품도 곱다고 생각했단다."

합창단원이 단체복을 입고 무대에 올라간다면 아까 단바야시가 입고 있던 베이지색 재킷은 뭔가 싶었지만 아마 출연 직전에 갈아입겠지.

어쨌거나 지탄다는 소지품을 제외하면 완전히 모노크롬 색조였다. 이 문화회관 안에서라면 몰라도 밖에서는 눈에 띌 것 같았다.

"거기서 버스에 탄 사람은 두 분뿐이었던 거지요?"

"그래. 우리뿐이었단다."

"몇 시 버스였습니까?"

"1시 정각이었어."

"여기 도착한 건?"

"대략 1시 반이었단다."

지탄다는 1시 반에 이곳에 올 예정이었으니 아슬아슬한 시간대의 버스에 탔다는 뜻이다. 그전 버스를 타면 점심시간에 걸릴 테고, 일찍 올 이유도 없으니 타당한 스케줄로 움직였다고 볼 수 있다.

"지탄다도 문화회관 앞 버스 정류장에서 내린 거지요?"

"그래."

요코테 씨는 그렇게 끄덕이다가 한마디 덧붙였다.

"이 대기실까지 함께 왔는데 어느새 사라졌더구나."

함께 있던 사람이 사라졌는데 요코테 씨는 전혀 동요하지 않고 그저 조용히 지탄다를 기다리고 있는 것처럼 보였다. ……저 강한 믿음은 어디서 오는 걸까?

"지탄다가 어디로 갔는지 짐작 가는 곳은 없으신지요?"

마지막으로 그렇게 묻자 요코테 씨는 온화하게 웃었다.

"마음을 가라앉히려고 바람이라도 쐬고 있겠지. 뭐가 걱정이니."

4

대기실에서 나가자 현관홀의 북적거리는 소리가 어렴풋이 들려왔다. 마침 복도 맞은편에서 이바라가 이쪽으로 돌아오는 참이었다.

건물 안을 샅샅이 뒤져보고 온 것치고는 너무 빨리 돌아왔다. 무슨 볼일이 있어 돌아온 것이리라. 이바라는 대기실 앞에 있는 나를 보고 살짝 눈썹을 찌푸렸다.

"여태 여기 있었어?"

그러더니 내 대답을 기다리지 않고 말을 이었다.

"하지만 마침 잘됐다. 후쿠가 전화로 지금 학교에서 나갈 건데 뭐 도울 일 있느냐고 물었어. 일단 오레키한테 물어본 다음에 다시 연락한다고 했어."

고마운 말이다. 사토시는 눈치가 빨라 조사를 맡기기에 든든한 상대다.

"그러네……."

아까 얘기에 나왔던 도서관이나 성터 공원을 확인해달라고 하는 것도 한 가지 방법이기는 하다. 하지만 솔직히 말해 승산이 매우 낮은 도박이다. 손목시계를 보니 4시를 앞두고 있었다. 슬슬 남은 시간이 걱정된다. 귀중한 기동력을 낭비해서는 안 된다.

한 가지, 어렴풋이 마음에 걸리는 일이 있다. 정확히 말로 표현할 만큼 생각이 정리되지는 않았지만 종잇장처럼 얄팍한 가능성에 걸고 가미야마 시내를 질주하라고 부탁하는 것보다는 이 의문을 추적해달라고 하는 게 앞일에 도움이 된다.

"역으로 가달라고 해."

"가미야마 역?"

이바라가 경박한 목소리로 외쳤다.

"그런 곳에 보내서 뭘 하게?"

설마 사토시더러 전철을 타고 여행을 다녀오라고 할까 봐?

"역이라고 할까, 역에 붙어 있는 버스 터미널에 가보라고 해. 거기서 노선도하고 진데를 지나는 버스 시간표 좀 받아와달라고."

이바라가 뭔가 말하고 싶은 눈치로 입을 벌렸다. 그게 왜 필요한지 설명을 요구하려는 것이리라. 하지만 생각을 바꾼 듯 표정을 가다듬더니 말을 삼키고 끄덕였다.

"노선도하고 시간표란 말이지? 어떻게 받을 건데?"

"내가 입구에서 기다릴게. 북적거리긴 해도 어떻게 되겠지."

"알았어."

이바라는 그렇게 대꾸하며 휴대전화를 꺼냈다. 호출음이 몇 초 울리기도 전에 바로 받았는지, 이바라는 내가 말한 내용을 사토시에게 전했다.

이윽고 통화를 마친 이바라는 휴대전화를 쥔 채로 말했다.

"십오 분이면 올 수 있대."

가미야마 고등학교에서 이곳까지는 곧장 와도 그 정도는 걸린다. 역에 들렀다 와야 하니 십오 분 만에 올 수 있을 리 없다. 그만큼 다급한 심정을 나타낸 거겠지만 사고라도 당하면 꿈자리가 나쁘다.

"괜히 무리하지 말라고 문자 좀 보내줘."

"그러네. 그럴게."

"넌 이제 어쩔 거야?"

"중간에 돌아왔으니 다시 한번 건물 안을 살펴볼 거야. 그래도 못 찾으면 근처 공원도 살펴볼까 해. 난 신경쓰지 말고 편히 움직여."

그럴 수밖에 없었다. 어쨌거나 나는 휴대전화가 없어 이바라와 협조하며 움직일 수가 없다.

"알았어. 그럼 나중에."

문자를 보내는 이바라를 남겨두고 나는 1층으로 향했다.

에지마 합창 대회는 2시에 이미 시작되었는데도 현관홀은 여전히 붐볐다. 여러 합창단이 참가했다니까 친구가 속한 합창단을 보려고 시간에 맞춰 온 사람도 많을 것이다. 그 결과, 계속 새로운 사람들이 들어오는 것 아닐까?

검은 대리석이 깔린 현관홀 중앙에 서서 지탄다가 없는지 사방을 둘러보았다.

지탄다는 하얀 셔츠에 검은 치마를 입었다고 했다. 그런 옷차림을 한 사람들은 여럿 있었지만 지탄다처럼 보이는 사람은 없었다. 뭐, 만약 여기에 있다면 걱정하지 않아도 알아서 대기실로 돌아가겠지.

아까는 눈에 들어오지 않았는데 안내 데스크에 에지마 합창 대회 전단지가 쌓여 있었다. 사토시를 기다리는 동안 시간이나 때울 겸 한 부 받았다. 눈에 잘 띄도록 방풍실 정면, "에지마 합창 대회"라고 큼직하게 적힌 간판 밑에 서서 전단지를 펼쳤다.

전단지는 매끄러운 재질의 크림색 종이였다. 에지마 합창 대회는 14시에 시작한다고 적혀 있었지만 종료 시간은 적혀 있지 않았다. 뜻하지 않은 사태로 연장되거나 단축되는 경우를 고려한 걸까, 아니면 다른 이유가 있는 걸까? 이러면 관객들은 저녁을 어떻게 먹나 하는 생각을 멍하니 했다.

참가 합창단의 소개가 작은 글씨로 적혀 있었다. 지면의 대부분은 에지마 산도가 썼다는 가사로 채워져 있었다. 사토시에게 듣기 전에는 에지마 산도라는 이름도 몰랐는데, 꽤나 옛날 사람인지 표현이 고풍스럽다. 어느 합창단이 어떤 노래를 부르는지 적혀 있길래 지탄다가 속한 가미야마 혼성 합창단의 노래를 찾아보았다.

"……이건가."

〈방생의 달〉이라는 노래였다. ……누가 다키 렌타로* 노래에 비슷한 제목이 있다고 경고해주지 않았나?

사토시를 기다리며 심심풀이로 가사를 읽었다.

---

* 일본의 천재 작곡가로 〈황성의 달〉이라는 노래를 지었다.

방생의 달

곱게 지저귀는 새장 속 새
방생의 덕을 베풀려 해도
덧없는 세상 그 누가 영원하리
아아 바라건대 나 또한
자유로운 하늘에서 살고파
새장 속 새 한 마리 풀어주려오

수조에 갇힌 고운 물고기
방생의 덕을 베풀려 해도
덧없는 세상 그 누가 영원하리
아아 바라건대 나 또한
자유로운 바다에서 죽고파
수조 속 물고기를 풀어주려오

"……잘 모르겠다."

안타깝게도 내 안에는 시를 이해하는 정서가 없다. 가치판단은 제쳐두고 대충 이런 노래를 부르는구나 하는 정보만 머릿속에 넣었다. 한 곡 더 부르는 것 같았지만 그쪽은 제목밖에 없었다. 하지만 유명한 팝송이라 나도 아는 노래다. 우리 모두 사이좋게 지내요, 그런 노래다.

전단지를 돌돌 말아 오른손에 쥐고 왼손을 톡톡 두드렸다. 탁한 소리로 박자를 맞추면서 눈은 무의식중에 외부와 현관홀을 연결하는 방풍실을 보고 있었다.

유리문 너머로 보이는 바깥은 언제 구름이 싹 걷혔는지, 보기에도 강렬한 태양빛이 쏟아지고 있다. 양산을 쓴 초로의 여성이 땀을 훔치며 들어오더니 대뜸 미소를 지었다. 이유가 뭘까 의아했지만 분명 시원한 에어컨 바람에 기뻤던 것이리라. 보아하니 3층까지 훤하게 뚫려 있는 현관홀은 에어컨 효율이 나쁜지 지금도 냉방 효과가 거의 없지만 그래도 바깥보다는 나은 듯했다.

"응?"

나는 문득 초로의 여성을 눈으로 좇았다.

그 여성은 검은 치마에 하얀 셔츠를 입고 짙은 남색 재킷 위에 작은 숄더백을 메고 있었다. 지탄다의 복장과 똑같은 검은 치마와 하얀 셔츠라는 조합으로 보건대 관객이 아니라 합창단원일 것 같았다. 진실은 알 수 없지만 왠지 묘하게 마음에 걸렸다.

치마, 셔츠, 재킷, 숄더백, 양산. 에어컨과 미소.

"아아."

그런가.

"양산이다."

이 문화회관 방풍실에는 우산꽂이가 즐비하게 늘어서 있다. 최대 천육백 명이 전부 우산을 꽂기에 방풍실만으로는 모자란지 우산꽂이는 현관홀 벽에도 있었다. 하지만 저 노부인은 양산을 손에 든 채로 계단을 올라갔다.

퍼뜩 머릿속을 스친 생각이 있어 안내 데스크로 갔다. 아까 보았던 친절한 여성이 물었다.

"뭔가 찾으시는 거라도 있나요?"

"저……. 별건 아닌데요."

"뭐든 편히 말씀하세요."

누가 봐도 일개 고등학생에 지나지 않는 내게 뭘 이렇게 깍듯한 표현을. 세상에 편한 일은 없다고 생각하면서 물었다.

"혹시 합창 대회에 나가는 합창단 사람들은 저 우산꽂이를 쓰면 안 되나요?"

아무리 봐도 이상한 질문인데 안내 직원은 선뜻 대답해주었다.

"예. 가급적 많은 손님들이 우산꽂이를 사용할 수 있도록 대기실에 들어가는 분들은 대기실에 있는 우산꽂이를 사용해

달라고 부탁드리고 있습니다."

"잘 알았습니다. 고맙습니다."

"예. 그 밖에 궁금한 점이 있으면 뭐든 말씀하세요."

어찌나 정중하게 대해주는지, 괜히 미안한 마음을 느끼며 안내 데스크에서 물러났다. 하지만 이것으로 방금 전 초로의 여성이 양산을 우산꽂이에 꽂지 않았던 이유를 알았다.

"……."

그렇다면 지탄다가 어디로 갔는지, 조금 더 폭을 좁힐 수 있을 것 같다. 적어도 그곳은 아니다…….

조금 더 생각하려고 고개를 숙인 채로 에지마 합창 대회 간판 밑으로 돌아가는데 누가 불러 세웠다.

"위는 안 보더라도, 하다못해 앞은 좀 보자, 호타로!"

뒤를 돌아보니 아까까지 내가 있던 자리에 이마에 땀이 송골송골한 사토시가 서 있었다. 손목시계를 보니 4시 14분이었다. 아까 이바라하고 얘기한 뒤로 정말 십오 분밖에 지나지 않았다. 너무 무리한 게 아니어야 할 텐데.

"빠르네."

"그런가? 자, 주문한 거."

광택지에 인쇄된 버스 시간표와 노선도는 손바닥에 쏙 들어가는 크기로 접혀 있었다.

“고생했어.”

“천만에. 이 정도는 껌이지.”

사토시가 눈썹을 찌푸리며 말했다.

“사정은 마야카한테 들었어. 지탄다가 사라졌다면서?”

“그런 모양이야.”

“학교에는 없던데. 적어도 중앙 현관에 지탄다의 신발은 없었어. 이렇게 되면 문제가 복잡해지는데.”

“엉.”

나는 건성으로 대답하면서 시간표를 펼쳤다.

“지탄다는 이 동네 어디론가 사라졌고, 휴대전화도 없어. 그야 나도 지탄다가 갈 만한 곳을 한두 군데는 알지만 일일이 뒤져볼 시간이 없어. 호타로, 이번 일은 무대가 너무 넓어서 도저히 어쩔 도리가 없을 것 같아.”

사토시가 가져다준 시간표는 꼼꼼히 살펴볼 만큼 정보가 많지 않았다. 진데를 지나는 버스는 예상보다 적어서 낮에는 한 시간에 한 대가 전부였다. 나는 고개를 끄덕이고 시간표를 원래대로 접었다.

사토시가 뚝뚝 떨어지는 땀을 손가락으로 훔치며 말했다.

“정말 안타깝지만 나는 다른 용건이 있어서 바로 가봐야 해. 지탄다 일이니까 괜한 걱정이겠지만……. 어때, 호타로,

지탄다가 어디 있는지 알아냈어?"

"대충은."

그렇게 대답하자 사토시가 눈을 휘둥그레 떴다. 이 대답은 예상하지 못했던 모양이다.

"어? 잠깐만. 호타로 설마 지탄다가 어디 있는지 아는 거야?"

"안다고 하면 어폐가 있지만, 대충 짐작은 가. 찾을 수 있어."

아마도 찾아낸 다음이 문제일 것이다.

손목시계를 보았다. 지탄다가 출연할 차례까지 앞으로 한 시간 사십오 분.

사토시의 말은 옳다. 모습을 감춘 지탄다를 찾아 가미야마시를 샅샅이 뒤지려면 일주일도 부족하다. 무턱대고 찾는 것보다 효과적이고 힘을 절약할 수 있는 방법이 필요하다. 그리고 그 방법은 아마도 사토시가 상상하는 것만큼 어려운 일은 아니다.

"어떻게 할 건데?"

하지만 이렇게 대놓고 물으니 대답이 궁했다. 남들의 평가에 전전긍긍하는 타입은 아니지만 나도 '이렇게 하면 돼' 하고 당당하게 떠벌렸다가 혹시나 실패하면 조금 부끄럽다고 생각할 정도의 감성은 있다.

"아니, 뭐, 아직은 잘 모르겠다."

마침 사토시에게 묻고 싶은 게 있었던 터라 대충 얼버무리고 억지로 화제를 바꾸었다.

"그나저나…… 에지마 산도라는 사람은 정말 어쩌고 사천왕이라고 불릴 만큼 유명한 동요 작가였어?"

사토시는 말을 돌리려는 내 심산을 뻔히 알면서도 개의치 않고 대답했다.

"과장이 조금 심했나. 사실 고향의 정으로 후하게 봐도 아마 하쿠슈나 우조에게는 미치지 못할 거야."

"과장이 '조금' 심했다는 것도 과장이다 이건가?"

사토시는 말없이 어깨를 으쓱했다. 나는 방금 안내 데스크에서 받은 전단지를 펼쳤다.

"지탄다네 합창단은 이 〈방생의 달〉이라는 노래를 부를 예정이래."

"오호라."

가사를 훑어본 사토시가 묘하게 차분한 얼굴로 끄덕였다.

"그랬구나. 나도 그리 잘 아는 건 아니지만 에지마 산도는 이랬구나."

"그랬구나, 이랬구나, 그래서 어떻다는 거야?"

"그러니까 한마디로…… 잔소리꾼 같아."

아하. 나는 무심코 고개를 주억거렸다. 가사를 읽은 순간에 느낀 껄끄러운 감정을 표현하기에 가장 완벽한 말을 찾아 속이 후련할 정도였다.

"효도나 근면, 정직, 그런 가치관을 당당하게 노래하며 칭송해. 본인이 원래 스님이라 어딘지 모르게 가사가 잔소리처럼 들리는 건 그런 이유 때문일지도 모른다고 어느 책에 씌어 있었어. 그래서 그런지는 모르겠지만 유명해지지는 못했어. 뭐, 아는 사람만 아는 정도려나."

"그런데 용케 기념 행사 같은 걸 하네."

조금 삐딱한 웃음이 돌아왔다.

"합창단은 대개 정기 연주회를 하는 법이야. 그리고 이왕 행사를 한다면 폼나는 이름을 붙이고 싶겠지, 그 심리는 나도 충분히 이해해."

나는 잘 모르는 심리지만 사토시라면 분명 잘 알 것이다.

사토시가 손목시계를 힐끗 보더니 눈썹을 살짝 찌푸렸다.

"슬슬 가야겠다. 정말이지, 괜한 일을 받는 바람에."

그 일이 없었다면 도왔을 거라는 숨은 뜻은 나도 알아들었다.

"신경쓰지 마. ……무슨 일인데?"

"그게 말이야."

시간이 없다면서 사토시는 덤벼들 기세로 포문을 열었다. 아무래도 누군가에게 얘기하고 싶어서 좀이 쑤셨던 모양이다.

"사촌형네 부부가 놀러왔는데, 조카 녀석 봐주는 게 여간 큰일이 아니라서."

"사촌형의 아이도 조카라고 해?"

"종질이라고 하는 모양이야. 뭐, 그냥 조카라고 부르지만. 이 녀석이 장기를 좋아해서 상대해달라고 조르는 통에."

어지간한 일은 다 해보는 사토시니 장기를 못 둘 리 없다. 아니, 그런 수준이 아니다, 사토시는 분명 제법 강했다. 중학교 수학여행 때 밤이었는데, 시에서 주최한 장기 대회에서 3위에 입상한 게 큰 자랑이었던 반 친구와 겨뤄 이겼다.

"두면 되잖아."

"내가 이기면 운단 말이야. 그래서 그 녀석이 이길 때까지 계속 둬야 해. 밥도 못 먹고."

"……그건 싫군."

사토시가 고개를 저었다.

"그건 차라리 나아. 져주면 되니까."

나는 중학교 시절의 이 녀석을 안다. 어디까지나 승리에 집착해, 이기기 위해서라면 규칙의 허점을 이용해 게임을 시시하게 만드는 것도 개의치 않는 녀석이었다. 그리고 지금은 그런 생각을 버린 것도 알고 있다.

"그럼 뭐가 문제야?"

"졌습니다, 하고 선언하지 않으면 비겁하네 어쩌네, 아주 뭐라도 된 것처럼 난리야."

장기는 왕을 빼앗기면 지는 게임이지만 그전에 기권할 수도 있다. 그 경우 일반적으로 '졌습니다' 라고 선언한다는 건 나도 알고 있었다.

"접대 장기니까 져주긴 하는데, '네가 이겼어', '망했네' 이런 말로는 봐주질 않아. 어차피 이겼으니 굳이 말로 들을 필요도 없는데."

"졌다고 말하긴 싫어?"

사토시가 조금 씁쓸한 표정을 지었다.

"그런 말은 실력으로 받아내야지. 마음에도 없는 말은 하기 힘들어. 어차피 빈말이고, 상대방이 하는 말에도 일리는 있지만 뭐, 나도 아직 미숙하다는 뜻이지."

한시를 다투는 이때 굳이 할 얘기는 아니지만 나는 피식 쓴웃음을 흘리고 말았다.

"마음은 알겠어. 나도 옛날에 친척 결혼식에서……."

기독교식 결혼식이었다. 스탠드칼라 교복을 입고 교회에 들어가 신부님의 설교를 들었다.

……으음.

불현듯 어떤 직감이 뇌리를 스쳤다. 말로는 제대로 표현할 수 없지만 스스로 납득할 수 있는 지점까지 다가왔던 사고가 썰물처럼 빠져나갔다. 뭐지? 장기나 결혼식의 무엇이 그토록 마음에 걸렸던 걸까?

"그렇게 됐으니 난 그만 간다, 호타로!"

그 목소리에 정신을 차렸다.

"어, 어어."

"지탄다를 찾기를 바랄게. 이럴 때 도움이 못 되어서 정말 미안해."

"아니."

생각은 뒤죽박죽이었지만 나는 반사적으로 내뱉었다.

"뒷일은 맡겨."

사토시는 눈을 휘둥그레 뜨더니 살짝 웃었다.

"알았어, 맡길게. 꼭꼭 숨은 지탄다를 찾을 수 있는 건 아마 호타로 너뿐일 테니."

5

2층 A7 대기실로 돌아갔지만 이바라의 모습은 없었다. 본인 말대로 주변을 샅샅이 살펴보고 있는 모양이다.

다다미 열 장은 족히 깔 수 있을 듯한 대기실 복판에 요코테 씨가 파이프 의자를 펼치고 홀로 앉아 있다. 창가에 서 있던 단바야시 씨가 대기실에 들어온 나를 노려보더니 바로 낙담한 듯 어깨를 떨어뜨렸다.

"난 또, 걘 줄 알았네."

왠지 그래야 할 것 같아 고개를 꾸벅 숙였지만 단바야시 씨는 내게는 그 이상 눈길조차 주지 않고 요코테 씨에게 따지고 들었다.

"보세요, 요코테 씨. 한 시간이 지났어요. 역시 집에 연락해야겠어요. 이제는 늦었을지도 모르지만 솔로 파트를 대신할 사람도 고민해봐야 하고."

아까까지 단바야시 씨의 말투에는 어딘가 요즘 젊은 것들은 하여간, 이라고 말하고 싶은 듯한 독기가 있었다. 지금은 그런 불쾌한 느낌 없이 눈만 비죽 치켜뜬 게, 순수하게 초조해하는 것처럼 보인다. 제한 시각이 코앞에 다가와 있으니 그럴 만도 하다.

요코테 씨는 여전히 차분한 목소리로 대답했다.

"그러네요. 하지만 올 거예요, 이제 곧. 한 시간만 있으면."

"또 그런 말씀을……. 지금 느긋한 소리를 하고 있을 때예요? 부탁이에요, 요코테 씨, 제가 연락할 테니 그 애 집 전화번호 좀 알려줘요."

아아. 어째서 지탄다의 집에 연락하는데 요코테 씨의 동의를 얻으려 하는지 이해를 못 했는데, 전화번호를 몰랐던 건가. 지탄다는 흔한 성이 아니니 전화번호부로 찾아도 될 텐데……. 아니, 잠깐만. 단바야시 씨가 요코테 씨를 닦달하는 이유가 전화번호 때문이라면 나도 위험한 것 아닌가?

그런 생각에 걸음을 돌리려 했지만 한발 늦었다. 단바야시 씨는 고개를 홱 돌려 나를 보더니 눈썹을 찌푸리고 무서운 얼굴로 성큼성큼 다가왔다.

"너, 그 애랑 같은 반 친구지?"

일단은 정정하자.

"아뇨, 같은 반은 아닙니다."

"그게 대수야!"

"예, 아니죠."

확실히 대수는 아니다.

"지탄다 양 전화번호 알지?"

이를 어쩐다. 동아리 활동 때문에 연락을 주고받아야 하니 고전부원들끼리 전화번호를 교환하기는 했지만 외우고 있지는 않다.

숨길 이유도 없어 솔직하게 대답했다.

"알기는 하는데, 집에 가야 알 수 있어요."

"휴대전화는 어쩌고?"

"그게 없어서요."

단바야시 씨가 쇳소리를 냈다.

"거짓말이지!"

거짓말이 아니다. ……슬슬 대책을 강구해야 할까?

입씨름을 할 시간이 없어 심각하게 진지한 표정을 지어냈다. 나도 하면 된다.

“그보다 지탄다 양이 어디 있는지 알아냈습니다. 긴장한 탓에 배가 아파서 쉬고 있었다는데요.”

뜬금없는 발견 소식에 허를 찔렸는지 단바야시 씨가 입을 떡 벌렸다.

“그냥 둬도 곧 오겠지만 시간도 없으니 걱정되시죠? 지금 데리러 가겠습니다.”

냉정하게 생각하면 휴대전화가 없는 내가 어떻게 그런 연락을 받았는지 수상하게 여겨야 마땅하지만, 단바야시 씨는 거기까지는 의심하지 않았는지 험악했던 표정을 풀었다.

“아, 그래. 그럼 부탁하마.”

마음이 놓이자 흥분했던 게 부끄러웠는지 괜히 퉁명스럽게 말하며 대기실에서 나가려 했다.

이다음을 생각하면 단바야시 씨가 자발적으로 사라져주는 게 고맙지만, 이 사람에게는 아직 묻고 싶은 게 있다. 황급히 떠나려는 뒷모습을 불러 세웠다.

“저…….”

내가 붙잡을 줄은 몰랐는지 단바야시 씨는 어리둥절한 기색이었다.

“어? 나 말이니? 아직 할말이 더 있어?”

"예, 조금. 사소한 일인데요."

그렇게 말하며 안내데스크에서 받은 전단지를 펼쳐 〈방생의 달〉 가사를 가리켰다.

"지탄다 양이 부를 파트는 어느 부분인가요?"

단바야시 씨의 미간에 다시 주름이 잡혔다.

"어디긴, 그런 걸 왜 묻니?"

자연스럽게 물으면 쉽게 알려줄 줄 알았는데 반문당하고 말았다.

"그게 실은……."

그런 말로 시간을 벌었다. 어쩐다……. 즉흥적인 변명을 삼 초 만에 지어냈다.

"솔로로 노래하는 모습을 사진으로 찍어 동아리 활동 기록으로 남기고 싶어서요, 타이밍이 궁금하거든요. 직접 물어보려고 했는데 시간이 없을지도 몰라서."

조금 수상한가.

"아아, 그래서. 그렇다면야."

통한 모양이다. 단바야시 씨가 손가락으로 가사를 더듬었다.

"여기란다."

아아 바라건대 나 또한

자유로운 하늘에서 살고파

"낭랑하게 열창하는 부분이라 인상 깊은 소절이야. 사진보다 비디오로 찍는 게 낫겠지."

단바야시 씨는 친절하게 알려주며 나를 힐끗 쳐다보았다. 나는 비디오카메라는커녕 카메라도 갖고 있지 않다. 단바야시 씨의 표정이 살짝 굳었다. 의심하기 시작했다는 것을 알아차리고 선수를 쳤다.

"고맙습니다. 이바라한테 알려줄게요."

이바라도 물론 카메라는 갖고 오지 않았지만 거기까지 봤을 리 없는 단바야시 씨는 넘어가주었다.

"그러렴. 난 공연장으로 돌아가서 지탄다 양을 찾았다고 말하고 와야겠어. 잘 좀 부탁할게."

단바야시 씨가 나가고 무거운 소리와 함께 철문이 닫히자 A7 대기실에는 나와 요코테 씨 둘만 남았다. 원래 십여 명이 들어올 수 있는 곳에 둘만 있으니 휑한 공간이 유독 거북하게 느껴졌다.

요코테 씨는 파이프 의자에 깊숙이 앉아 두 손을 허벅지 위에 포개고 있었다. 내가 온 뒤로 한 시간, 변함없는 자세다.

저대로 얼어붙었나 싶을 정도다. 하지만 어딘가 다정하고 차분한 인상을 주었던 눈은 지금 나를 지긋이 바라보며 어쩔 작정이냐고 말없이 꾸짖는 것 같았다.

나는 요코테 씨에게 다가가 그 눈 앞에 서서 고개를 숙였다.

"자기소개도 안 했네요. 저는 오레키 호타로라고 합니다. 지탄다 양과는 같은 학년이고, 같은 동아리에 있습니다."

요코테 씨는 잠시 시선을 회피했지만 바로 여린 미소를 지으며 고개를 숙여 답했다.

"예의가 바르구나. 난 요코테 아쓰코라고 한단다. 무릎이 안 좋아 앉아 있는 거니 나쁘게 생각하지 말아주렴."

"예. 염려하지 마세요."

"고맙구나."

정중하고 따스한 말이었지만 그것은 한순간이었다. 요코테 씨가 눈을 내리뜨더니 다소 딱딱한 목소리로 말했다.

"오레키 군. 지탄다 댁 따님이 어디 있는지 안다고 했지? 정말이니?"

나는 똑바로 대답했다.

"아니요, 거짓말입니다."

할말을 잃었는지 요코테 씨는 입을 벌렸다가 그대로 다물었다. 나를 한참 뚫어져라 쳐다보다가 중얼거렸다.

"거짓말이라니, 넌……."

"단바야시 씨를 대기실에서 내보내려고 거짓말을 했습니다."

"어째서 그런 짓을?"

요코테 씨는 내 거짓말에 당황하기는 했지만 거짓말 자체를 탓할 마음은 없어 보였다. 물론 이 사람은 나를 거짓말쟁이라고 비난할 자격이 없다.

"요코테 씨에게 여쭙고 싶은 게 있었거든요."

"내게? 뭘까."

손목시계를 힐끗 보니 시간은 4시 20분으로 달려가고 있었다. 남은 시간이 얼마 없다. 속을 떠보고 있을 때가 아니라는 뜻이다. 게다가 어차피 해야 하는 일이라면 간략하게 하자는 좌우명을 가진 나로서야 단도직입은 바라던 바다.

"지탄다 양하고 버스를 타고 문화회관 앞에서 내려 이 대기실까지 함께 왔다고 말씀하셨죠?"

"그래, 그랬지."

규탄의 말을 입에 담는 것은 언제나 용기가 필요한 일이다. 나는 그런 용기가 별로 없어 눈을 살짝 돌리고 말했다.

"그건 거짓말이죠?"

요코테 씨의 표정이 얼어붙었다.

사토시가 한 말은 옳다. 구석구석 찾아다녀서는 지탄다를 찾을 수 없다. 다른 방법이 필요하다. 그리고 가장 간단한 방법은 두말하면 잔소리, 알고 있는 사람에게 묻는 것이다.

요코테 씨는 분명 지탄다의 상황에 대해 거짓말을 하고 있다. 이 사람은 뭔가 알고 있다. 그것이 무엇인지 알아내는 편이 가미야마 시의 모든 카페와 서점들을 쑤시고 다니는 것보다 빠르다.

요코테 씨가 허벅지 위에 얹은 손이 잔뜩 굳은 게 보였다. 여기서 간단히 시인하면 끝날 일이지만 그럴 가능성은 낮을 것이다. 나는 이 사람의 신뢰를 얻을 만한 행동을 한 번도 하지 않았으니까.

예상대로 요코테 씨는 시치미를 뗐다.

"무슨 소린지 모르겠구나."

일말의 희망을 걸고 다시 한번 떠보았다.

"시간이 없어요, 여기까지 지탄다 양하고 버스를 타고 왔다는 증언을 철회해주실 수는 없습니까?"

"하지만 그게 사실인걸. 네가 어째서 그런 말을 하는지 잘 모르겠구나. 무례한 것 아니니?"

상대가 정면에서 저항하면 마음이 흔들린다. 교섭이나 설득은 원래 성미에 맞지 않는다. 가능하면 사토시나 지탄다에게 떠넘기며 고등학교 생활을 보냈다. 하지만 지금 여기에는 나밖에 없고, 시간이 없다는 말은 작전이 아니라 사실이다. 주먹을 불끈 쥐고 용기를 냈다.

"아뇨. 다시 말씀드리겠습니다. 요코테 씨가 지탄다 양과 이 대기실까지 왔다는 건 있을 수 없는 일이에요."

"그런 말을 하는 이상 이유가 있겠지?"

"물론이에요. 몹시 단순한 이유입니다."

나는 대기실 문 쪽을 가리켰다.

"저거요."

"문?"

"아니요. 우산을 말하는 겁니다."

문 옆에는 쓰러지기 쉬운 우산꽂이가 있고, 검은 우산이 하나 꽂혀 있다. 이 대기실에 들어왔을 때 발로 차서 넘어뜨리는 바람에 허둥지둥 세우다가 손에 물이 묻었다.

"저희 집 주변에는 비가 내리지 않았지만 저 우산이 젖어 있는 것으로 보아 진데에는 비가 내렸겠지요."

"아까 그렇다고 했지 않니."

"예, 들었습니다. 함께 버스를 기다린 지탄다 양의 우산이 붉은색이었다는 말씀도요. ……그런데 그 지탄다 양의 우산이 없습니다. 이 부근은 아침부터 구름이 잔뜩 껴 있었지만 요코테 씨가 지탄다 양과 함께 이곳에 도착했다고 말씀하신 1시 반에는 이미 날이 개었습니다. 그러니 지탄다 양이 이곳 대기실에 왔다가 우산을 들고 어디로 나갔다고 생각하기는 어려워요. 지탄다 양은 처음부터 이곳에 오지 않았던 겁니다. 요코테 씨 이야기가 거짓말이라는 뜻이에요."

요코테 씨가 손으로 뺨을 짚었다.

"우산 하나 없다고 꼭 그렇다고 할 수 있을까? 우산꽂이가 여기에만 있는 것도 아닌데."

"지당한 말씀입니다. 1층 방풍실에도 있더군요. 하지만 안내 직원은 출연자들에게 가급적 대기실 우산꽂이를 써달라고 부탁했습니다."

"어디까지나 가급적이지."

사람들이 모든 규칙을 다 지키는 것도 아니고, 애초에 모든 규칙을 알 수도 없다. 그리고 나는 그 점을 십분 인정하면서도 지탄다는 이곳에 오지 않았다고 확신한다.

"분명 지탄다가 혼자 왔다면 어느 우산꽂이를 써야 할지 모르고 대기실 밖 다른 우산꽂이를 썼을지도 모릅니다. 하지만 요코테 씨 말씀에 따르면 그렇지 않았지요? 둘이서 함께

이 대기실에 왔다고 하셨잖아요. 그런데 요코테 씨만 우산을 제자리에 꽂아두고 지탄다는 그걸 무시했다니 말이 안 됩니다. 누구나 동행의 행동을 자연히 따라 하기 마련인데다 지탄다는 규칙을 꼬박꼬박 지키는 타입이에요."

요코테 씨는 아무 말도 없었다. 하지만 아직 사실을 말해줄 분위기도 아니어서 일단 고삐를 늦추었다.

"그렇지만 그것만으로는 지탄다가 이곳에 오지 않았다는 충분한 증거가 안 됩니다. 지탄다는 실제로 이곳에 왔지만 사정이 생겨 집에 돌아가게 되었고, 이 대기실로는 다시 돌아오지 않을 거라고 생각했기 때문에 우산을 들고 떠난 걸지도 모릅니다. 누군가가 이곳에 왔던 증거를 찾을 수는 있어도, 오지 않았다는 증거를 찾기란 굉장히 어려운 일이니까요."

"아무렴, 그렇고말고."

살짝 안도하는 기색을 보고 대뜸 화제를 바꿨다.

"그런데 아까부터 이 방에 계시네요. 다른 합창단원들은 모두 공연장에 있는데."

요코테 씨가 불쾌하다는 듯 눈썹을 찌푸렸다.

"그건 내 맘이지."

"그럼요. 그런데 지탄다가 제때 돌아올지 걱정하는 단바야시 씨에게 아까부터 묘한 말씀을 하시더군요. 이제 곧 올 거라고요."

"그게 왜 묘하다는 거니?"

고개를 저었다.

"아뇨. 그 자체는 묘하지 않습니다."

"그럼……."

"요코테 씨는 거기에 또 한 가지 조건을 붙였어요. 이제 곧 온다, 한 시간만 지나면. 어째서 한 시간일까? 조금만 더, 얼마 안 있어, 늦기 전에, 그런 말들도 있는데 한 시간만 기다리면 올 거라고 하셨죠. 제가 들은 것만으로도 두 번, 보아하니 그전에도 한 번 말씀하신 것 같더군요. 단바야시 씨가 그렇게 불평했잖아요. 어째서 삼십 분도 아니고, 두 시간도 아니고, 한 시간일까?"

한 시간만 기다려보라는 말이 단순히 요코테 씨의 입버릇일 가능성도 없지는 않았지만, 나는 다른 가능성을 생각하고 있었다. 사토시가 준 정보는 그 추리를 뒷받침해주었다.

한 시간이 뜻하는 건 뭘까? 무엇을 나타내는 시간이었을까?

"버스죠?"

요코테 씨의 표정은 그대로였지만 눈썹이 샐쭉 오그라든 것 같았다.

사토시가 가져다준 시간표를 펼쳤다.

"버스 시간표예요. 이걸 입수하려고 친구가 자전거를 쏜살같이 몰았습니다. 사고가 나지 않아 다행이에요. 그런데 이 시간표에 따르면 진데와 문화회관을 연결하는 버스는 자주 다니지 않아, 한 시간에 한 대뿐입니다. 그래서 요코테 씨는 한 시간만 기다려보라고 한 거예요. 틀렸습니까?"

시선을 피하는 요코테 씨를 보고 내가 틀리지 않았다는 것을 알아챘다.

"다시 말해 '한 시간만 기다리라'는 말은 '다음 버스가 올 때까지 기다리라'는 뜻이었어요. 다음 버스에는 분명 지탄다가 탔을 거야, 요코테 씨는 그러길 바라며 일을 크게 만들려는 단바야시 씨를 달랬던 게 아닙니까?"

하지만 세 시간을 기다려도 지탄다는 오지 않았다. 요코테 씨의 태연자약한 태도는 대단하지만, 슬슬 조바심이 날 것이다.

지금까지 한 이야기로 도출한 추론으로 지탄다가 있는 곳을 단숨에 좁힐 수 있다.

"지탄다는 아직 진데에 있는 거죠. 그렇죠?"

이 한마디가 결정타였다. 요코테 씨는 불안하게 시선을 두리번거리다가 이윽고 짧은 숨을 내쉬었다. 입가에 다시 우아

한 미소를 두르고, 요코테 씨가 말했다.

"그래. 지탄다 댁 따님은 이곳에 오지 않았다. 내가 거짓말을 했어."

"네 말대로 진데에는 오전에 비가 내렸단다."

요코테 씨가 그런 말로 이야기를 시작했다.

"내가 저 검은 우산을, 지탄다 댁 따님이 붉은 우산을 쓰고 있었다는 건 정말이야. 둘이서 버스를 탄 것도 거짓말이 아니고. 버스가 한산해서 우리는 가까운 자리에 앉았단다.

버스를 기다릴 때부터 그 애 안색이 나쁘다는 건 눈치채고 있었어. 버스에 타고 나서는 한층 심해서 슬쩍 봤더니 얼굴이 창백하더구나. 왜 그러니, 어디 아프니, 하고 물어봤지만 괜찮다는 말밖에 안 하는 게 안쓰러웠어. 하지만 어떻게 할 도리도 없어 지켜만 보고 있었는데, 그 애가 갑자기 하차 벨을 누르더구나."

나는 조바심을 억누르며 입을 다물고 있었다. 어떤 정보가 단서가 될지 알 수 없는 상황이었고, 이야기를 억지로 끌어낸 이상 잠자코 듣는 것이 상대에 대한 예의라고 생각했기 때문이다. 하지만 그 이상으로 요코테 씨가 말하는 지탄다의 상태가 보통이 아니라는 점이 마음에 걸렸다. 그 녀석이 창백하게 질린 모습은 본 적이 없다.

"버스에서 내리려는 그 아이를 불러 세웠지. 그랬더니 뭐라 입을 떼려다가 결국 아무 말도 없이 고개만 꾸벅 숙이고 종종걸음으로 떠나버리더구나. 쫓아갈까 싶기도 했지만 오지랖이 과한 것 같아 그대로 여기로 왔단다."

요코테 씨가 이야기를 마친 것 같아 물어보았다.

"지탄다는 어딘가 아파 보였습니까?"

그 질문에 대한 대답은 짤막했다.

"글쎄다."

어리석은 질문이었다. 몸이 안 좋아서 솔로 파트를 부르지 못하는 상황이라면 문화회관까지 와서 합창단원들에게 사정을 설명할 수도 있고, 일단 집으로 돌아가 시간이 허락하는 한 쉬었다 와도 된다. 굳이 달아나듯 버스에서 내릴 필요가 없다.

지탄다가 버스에서 내린 이유, 창백하게 질린 이유는 컨디션 탓이 아닐 것이다. 그렇게 추측하고 본론으로 들어갔다.

"지탄다가 내린 버스 정류장 이름은 기억하십니까? 버스에서 내린 지탄다가 어디로 갔을지, 짐작 가는 곳은 있는지요?"

그렇게 물은 내게 요코테 씨는 싸늘한 시선을 던졌다.

"그걸 알아서 어쩌려고?"

"당연히 찾으러 가야죠."

"쓸데없는 짓이야."

요코테 씨가 등을 곧게 펴고 단호하게 말했다.

"그 아이는 지탄다가의 후계자니 자기 소임을 알고도 남을 게다. 버스에서 덜컥 내린 건 단순한 치기일 테고, 당연히 제때에 맞춰 올 테지. 괜한 짓 하지 않아도 믿고 기다리면 될 일이야."

나는 머리를 긁적였다.

"……뭐, 오기야 하겠죠."

예상 못 한 대답이었는지 요코테 씨가 어리둥절한 표정을 지었다.

"그럼 어째서 찾으러 가겠다는 거니?"

정말 몰라서 묻나?

"괴로울 테니까요."

"괴로워?"

"모르시겠어요?"

후계자의 소임이니 뭐니 그런 건 모르겠지만 지탄다가 책임감 강한 녀석이라는 건 나도 안다. 그런 지탄다가 버스에서 덜컥 내려 모습을 감추었다면 거기에는 어지간히 심각한 이유가 있을 터였다. 그 이유를 나는 '치기'라고 표현하고 싶지 않다.

분명 요코테 씨 말대로 그 녀석은 반드시 자기 차례에 늦지 않도록 나타날 것이다. 하지만 그것은 창백하게 질린 얼굴로 숨어버릴 만한 이유를 책임감으로 억누르기 위해 오래도록 맞서 싸운 결과다. 달아나고 싶다, 하지만 가야 해, 가지 않으면 안 돼, 그렇게 자신을 타이르며. 괴롭지 않을 리가 없다.

괴로울 때 누군가가 데리러 와주는 건 기쁜 일이다. 그렇다면 그 마중은 꼭 안 해도 될 일이라고 말할 수 없을 것이다.

그런 사정을 요코테 씨에게 일일이 설명하지는 않고 짤막하게 줄여서 말했다.

"친구 좋다는 게 뭐겠어요."

"……."

요코테 씨가 어두운 눈빛으로 나를 쳐다보았다. 내 말을 어디까지 믿어도 될지 따져보는 것 같았다. 하지만 나와 요코테 씨가 대립할 이유는 없다.

"요코테 씨가 이곳에서 지탄다를 기다리는 것도 그 녀석을 반겨주고 싶어서 그런 것 아닙니까?"

요코테 씨가 깜짝 놀란 표정을 지었다.

"요코테 씨가 여기서 반겨주시는 거나 우리가 데리러 가는 거나, 똑같은 일이라고 생각하지 않으세요? 어떠세요, 지탄다가 어디서 내렸는지 알려주실 수 없겠습니까?"

"……우리, 라고 했니?"

응? 아아.

"그야 이바라가 더 걱정했으니 가려면 같이 가야지요. 뭐하면 이바라만 보내는 게 저야 좋죠. 하지만 이바라는 지탄다를 찾으러 나가버렸으니 지금 당장 합류하기는 어려울지도 몰라요. 시간도 없고, 어려우면 억지로 데려가지는 않겠지만……. 무슨 문제라도 있습니까?"

"아니."

어째선지 요코테 씨는 손으로 입가를 가리고 눈웃음을 지었다. 그러더니 원래대로 허벅지 위에 손을 가지런히 포개고 힘찬 목소리로 말했다.

"알겠다. 되바라진 소리를 한다 싶었지만 네 말도 일리는 있어. 게다가 올 거라 믿고는 있지만 나도 조금 조바심이 나는구나. 가르쳐주마."

나는 고개를 끄덕였다.

"그 아이는 진데미나미 버스 정류장에서 내렸어. 여기서 갈 때는 버스가 가는 방향을 기준으로 오른편 산기슭에 시멘트를 바른 창고가 한 채 보일 게야. 어디에 숨어 있다면 분명 거기일 테지."

요코테 씨는 지탄다가 버스에서 내리는 모습을 차 안에서 지켜보았을 것이다. 버스는 그후 바로 출발했으리라.

그 창고가 도로에서 얼마나 떨어져 있는지는 모르겠지만 산기슭이라는 걸 보니 거리는 좀 될 것 같다. 지탄다가 창고로 걸어가 그 안에 들어가는 모습을 지켜보기에 충분한 시간이 있었을까? 여기까지 온 이상 요코테 씨를 의심할 생각은 없지만 위화감이 남는다.

"직접 보셨습니까?"

요코테 씨는 고개를 가로저었다.

"아니. 하지만 보지 않아도 안다."

행복한 기억이 떠올랐다는 듯이 푸근한 표정으로 말했다.

"지금은 쓰지 않지만 그건 우리집 창고란다……. 그 아이가 훨씬 어렸을 때 거기에 자주 숨었거든."

지탄다가 근처에 사는 이웃인 줄로만 알았는데, 지탄다가 그 창고를 은신처로 쓰곤 했다면 평범한 이웃일 리 없다.

"요코테 씨는 지탄다의 친척이신가요?"

"그래, 고모뻘이란다. 오늘은 지탄다가에 들렀다 올 예정이었거든. 곧바로 창고로 가면 안 돼, 남들 눈이 있으니까. 먼저 창고 옆 생울타리가 있는 집을 찾아가렴. 요코테라고 팻

말이 걸려 있을 거야. 생울타리 안쪽으로 들어가서 창고 뒤로 돌아가면 된다. 집에는 아무도 없지만 혹시 누가 무슨 일로 왔는지 물으면 합창 대회에 간 요코테에게 부탁을 받아 잊은 물건을 가지러 왔다고 하려무나. ……자, 어서 가보렴."

요코테 씨는 가만히 손을 들어 철문을 가리켰다.

6

진데는 죽 이어진 언덕에 에워싸인 지역으로 가미야마 시 북동쪽에 있다. 행정구역상으로는 가미야마 시에 포함되지만 진데에 가려면 좁은 고갯길을 넘어가야 하기 때문에 거주 지역은 서로 떨어져 있다.

심리적인 거리야 어쨌든 지탄다가 매일 통학할 정도니 실제로는 그리 멀지 않다. 고갯길의 기복은 험하지만 자전거를 열심히 몰면 삼십 분 안에 갈 수 있을 것이다. 손목시계를 보니 4시 반이 코앞이었다. 시간 여유가 없다.

그래도 자전거로 갈 수밖에 없나 고민하면서 문화회관을 나서는데 마치 스타를 수행하는 리무진처럼 눈앞의 버스 정류장에 버스가 멈춰 서더니 문을 열어주었다. 너무 척척 맞아떨어지는 장단에 나는 순간 얼어붙고 말았다. 분명 자전거보다 빠르고, 진데미나미 버스 정류장을 찾을 수고도 덜 수 있지만 한 시간에 한 대밖에 없는 버스가 마침맞게 오다니 믿기 어려운 행운이다. 무슨 함정이 아닐까?

아아, 그런가. 분명 반대쪽으로 가는 버스다. 얼씨구나 이 버스를 탔다가는 함정에 빠져 어딘지도 모를 진데 반대쪽으로 실려가겠지. 아슬아슬하게 위기를 깨닫고 두 눈 똑바로 뜨고 차체 옆 행선지 안내 표지를 보니 "진데 경유"라고 적혀 있다.

"아, 탈게요!"

망설이느라 한발 늦는 바람에 당장이라도 출발하려는 버스에 대고 저도 모르게 외쳤다. 조르르 달려가 올라타서 가까운 자리에 앉아 한숨을 내쉬자 튜브에서 바람 빠지는 소리를 내며 문이 닫혔다.

"예, 출발합니다."

기사의 안내 방송과 함께 버스는 천천히 출발했다. 요금은 후불이다.

진데로 가기 전에 잠깐이라도 이바라를 찾아보려 했지만 버스가 와버린 이상 어쩔 수 없다. 무슨 평론가도 버스는 놓치면 안 된다고 했다. 그나저나 내가 돈을 가지고 있었던가? 지갑은 가지고 왔는데. 주머니를 뒤져 최후의 천 엔짜리 지폐 한 장이 들어있는 것을 확인했다. 버스 요금을 못 내서 설거지로 값을 치르는 미래는 회피했지만 사고 싶었던 문고본은 뒷전으로 밀렸다. 젠장. 하지만 어쩔 수 없지.

버스 승객은 나를 포함해도 열 명이 채 안 되었다. 문화회관을 출발한 버스는 이윽고 구시가지로 들어갔다. 도로는 좁은 주제에 교통량이 많아 이 부근은 상습 정체에 시달린다. 무심히 창밖을 보는데 쑥 경단이 맛있는 화과자집, 주인이 나이 들어 손이 닿지 않아 책장 제일 윗단이 비어 있는 서점, 내가 어렸을 때 옷가게에서 업종을 바꾼 세탁소, 담뱃가게 자리에 들어온 편의점 같은 낯익은 정경이 흘러갔다.

다음 버스 정류장 안내가 나오자 누군가 하차 벨을 눌렀다. 두 사람이 내리고 한 사람이 새로 탔다. 그다음 정류장에서도 누군가가 내렸다. 손목시계를 보려던 나는 애써 시계에서 눈을 돌렸다. 나는 여러 이동 수단 중에서 버스를 골랐다. 시간을 보면 초조해지겠지만 아무리 조바심을 내도 이 버스보다 빨리 이동할 방법은 없다.

이윽고 버스는 시가지를 빠져나갔다. 한 번에 여덟 대가 기름을 넣을 수 있는 커다란 주유소와 드라이브 스루 햄버거

가게가 마주서 있는 십자로를 지나니 버스는 우회도로로 접어들어 속도를 높였다.

창턱에 팔꿈치를 얹고 밖을 보며 여러 가지 생각을 했다.

요코테 씨는 처음에 지탄다를 '지탄다 댁 따님'이라고 불렀다. '그 아이'라고 부른 것은 이야기가 한참 지나고 나서였다. 알 길은 없지만 단바야시 씨 앞에서는 결코 '그 아이'라고 말하지 않았을 것 같다. 예의상 그랬다고 하면 그뿐이지만 그 호칭의 차이는 보다 더 복잡한, 외부인이 쉽게 참견할 수 없는 무언가를 드러내고 있는 것만 같았다.

요코테 씨는 지탄다를 '지탄다 댁 따님'이라고 불렀고, '지탄다가의 후계자'라고 불렀으며, 마지막 순간에 조카라고 밝혔다. 자세한 사정은 알 수도 없고, 알고 싶지도 않다. 하지만 내가 아는 가미야마 고등학교 고전부 부장 지탄다 에루가 그런 호칭 속에 에워싸여 있다고 생각하니 어째선지 속이 메스꺼웠다.

지탄다는 버스에서 내렸다.

이유가 뭘까? 버스가 목적지에 도착할 때까지, 딱히 할 일도 없는 나는 하염없이 같은 생각만 했다.

진데와 가미야마를 연결하는 고갯길은 하나가 아니다. 내가 자전거로 갈 때 쓰는 길과, 버스가 지나는 길은 서로 다르다. 버스가 엉뚱한 방향으로 가기에 처음에는 당황했지만 이쪽으로도 갈 수 있다는 걸 깨닫고는 의자에 몸을 깊이 묻고 도착을 기다렸다.

이윽고 버스는 고갯마루에 접어들었다. 언덕을 파낸 경사면 사이에 낀 커브가 좌우로 굽이쳤고 내 몸도 그때마다 좌우로 흔들려, 작년 이맘때였나 이바라가 예약한 온천 여관에 갔을 때 겪은 끔찍한 멀미가 떠올랐다. 사실인지는 모르겠지만 멀미에는 정신적 요인도 있다고 들었다. 고개를 넘는 사이 나는 속으로 '멀미 따위 안 무서워'라는 노래를 만들어 멜로디를 붙였다.

한바탕 시끄럽게 울리던 엔진 소리가 잠잠해지면서 커브가 끝나고 길이 직선으로 돌아왔다. 오랜만에 나타난 신호에 걸려 버스가 멈추자 여성 목소리로 안내 방송이 나왔다.

"다음은 진데미나미, 진데미나미입니다."

하차 벨을 눌렀다. 파란 신호에 다시 출발한 버스는 얼마 가지 않아 다시 속도를 늦추고 완전히 정차한 다음 문을 열어주었다. 이번에는 운전사가 탁한 목소리로 묘한 가락을 붙여 안내해주었다.

"예, 진데에미나미이……입니다."

요금을 내고 버스에서 내려 심호흡을 했다. 괜찮을 줄 알았는데 조금 멀미를 했는지 신선한 공기가 기분 좋았다. 진데에는 비가 내렸다는데 바닥에 물기는 없었다. 칠월이라 날이 개기만 하면 어지간한 물기는 순식간에 말라버린다. 하지만 무심코 고개를 들어 보니 아까까지 맑았던 하늘이 침침했다. 공기에도 은근히 비 냄새가 감돌았다. 이거 위험한데, 난 우산이 없다.

주위를 둘러보니 버스는 경사를 가로질러 온 것 같았다. 지대는 오른쪽이 더 높고 왼쪽은 완만한 내리막이었다. 아래를 굽어보니 빽빽이 들어선 논밭은 여름의 열기를 받아 짙은 초록색으로 빛났고, 사람들이 사는 집은 조연처럼 듬성듬성하게 서로 멀찍이 떨어져 있었다. 거리감이 불확실하지만 멀찍이서 지형은 다시 오르막으로 바뀌어, 초록빛 언덕 저편에 만년설을 두른 가미카키우치 산이 우뚝 솟아 있었다.

"창고는……."

중얼거리면서 다시 한번 둘러보았다. 요코테 씨는 버스가 가는 방향 오른편에 창고가 보일 거라고 했다. 그렇다면 경사 위쪽이다.

창고는 금방 찾을 수 있었다. 여러 개면 어쩌나 불안했는데 진데미나미 버스 정류장 오른편에 있는 창고는 하나뿐이었고, 그마저도 그리 멀지 않았다. 여기서는 창고 아래쪽 절반이 널담에 가려 보이지 않았다. 삼각 지붕과 하얀 시멘트 벽, 2층 높이에 있는 쌍여닫이문만 보인다. 근처에 다른 건물이 없어 경사면에 창고만 오도카니 서 있는 광경은 이상한 느낌마저 주었다.

차가 거의 다니지 않는 길을 냉큼 건너서 눈앞의 창고로 똑바로 가려다가 요코테 씨가 했던 말을 기억해냈다. 요코테 씨는 내게 사람들 눈에 띄지 않도록 행동하라고 했다. 괜한 잔소리 같아 화도 나지만 선의로 지탄다가 있는 곳을 알려준 사람의 말을 무시할 수는 없다. 시키는 대로 생울타리가 있는 집을 찾았다.

창고에서 몇십 미터 떨어진 곳에 비슷한 집이 있다. 기와지붕 단층 건물로 생울타리가 끝나는 자리에 굵은 나무 문설주가 있다. 지탄다의 집만큼은 아니지만 그래도 당당한 저택이었다.

"저기로 가야 하나……."

주인의 허가를 받았다고는 해도 여간 내키지 않는 게 아니다. 전부 요코테 씨가 친 덫이고, 부지 안에 들어가는 순간 불법 침입으로 오랏줄에 묶이는 건 아닐까?

손목시계를 보았다. 4시 50분. 버스를 이십 분쯤 탔나 보다. 문화회관으로 가는 다음 버스가 올 시간을 확인하니 5시 10분이었다. 1시에 버스를 타서 1시 반에 문화회관에 도착했다는 요코테 씨의 말은 어림짐작이었으리라.

"늦기 전에 갈 수 있어."

앞으로 이십 분, 버스가 오기 전에 지탄다를 저 창고에서 끌어내면 된다. 만약에 없다면……. 뭐, 할 수 있는 일은 전부 했다. 이바라도 뭐라고는 못 하겠지.

뺨에 차가운 냉기가 닿았다. 손가락으로 훔치니 물이 묻어났다. 도로에 뚝뚝, 검은 얼룩이 늘어났다. 비가 내리기 시작한 것이다.

"하필 이런 때."

저녁 소나기는 호우로 변하기 쉽다. 오늘, 나는 나름대로 열심히 노력했는데 하늘은 한시도 기다려주지 않을 셈인가 보다. 숨을 훅 들이켜고 생울타리가 있는 집으로 달려갔다.

7

요코테 저택의 정원으로 우회해서 창고 앞에 섰다.

비는 소나기라고 할 만큼 거세지지 않고 가랑비로 그칠 것 같았다. 그래도 눈에 보이는 경치는 전부 빗방울 때문에 부옜다. 창고는 처마가 좁아 빈말로도 비를 피하기에 좋은 장소는 아니었지만 그나마 다행히 바람이 없어 좁은 처마 밑에서도 간신히 비에 젖지 않을 수 있었다. 널담 덕분에 이런 곳에 어울리지 않는 고등학생이 우두커니 서 있어도 남들 눈에 띌 염려는 없었다. 고마운 일이지만, 방범면에서는 허술한 것 아닐까? 이제는 쓰지 않는 창고라고 했으니 신경쓰지 않는 걸지도 모르지만.

창고에는 시멘트를 바른 두꺼운 방화문을 달아놓았을 줄 알았는데 실제로는 목제 쌍여닫이문이었다. 어린애 주먹만 한 징이 위에서 아래까지 쭉 박혀 있어, 보기에도 견고할 것 같았다. 자물쇠 고리는 있는데 정작 자물쇠가 보이지 않는다. 잠겨 있지 않다고 봐도 무방하겠지. 징을 어루만지며 중얼거렸다.

"자, 이제 어쩐다."

지탄다가 정말 여기 있는지 확인해야 한다. 노크라도 해볼까 하고 팔을 들어올렸다.

그때, 빗소리를 타고 고운 소리가 귓가를 스쳤다. 문에 귀를 댔다.

아, 아, 아.

이건 발성 연습이다. 합창 무대에 늦지 않도록, 지탄다가 목을 고르고 있다. 그걸 깨달은 순간, 나는 무심결에 문을 두드리고 있었다.

창고 안에서 울려퍼지던 목소리가 뚝 그쳤다. 안에 있던 사람에게는 호러나 다름없는 상황이리라. 오해하기 전에 얼른 불렀다.

"지탄다, 거기 있어?"

다시 문에 귀를 댔지만 아무 소리도 들리지 않았다. 다시 한번, 이번에는 귀를 댄 채로 말했다.

"거기 있어?"

대답이 들려왔다. 떨리는 목소리였다.

"……오레키 씨?"

있다. 여기 있다는 건 요코테 씨의 추측이었기 때문에 없을 가능성도 충분히 존재한다고 생각했지만 다행히 있었다.

지탄다의 목소리가 들렸다. 육중해 보이는 문이지만 보기보다 얇은지 목소리가 의외로 가깝게 느껴졌다.

"여긴 어떻게?"

이유를 묻는 걸까 아니면 방법을 묻는 걸까? 몰라서 양쪽 다 대답했다.

"이바라가 널 찾고 있다기에 돕다가, 요코테 씨가 여기라고 알려줘서 왔어."

"그랬나요……."

잠시 후 힘없는 목소리가 돌아왔다.

"죄송해요."

내가 사과를 들을 이유는 없으므로 못 들은 척했다.

"안 들려. 이 문 열어도 돼?"

대답은 몹시도 멀리서 들려왔다.

"……네."

"싫으면 그냥 둘게. 미안해."

이 창고는 지탄다의 비밀 은신처나 다름없는 곳이라고 들었다. 사정이 사정이니 여기까지 찾아온 건 눈감아줄지도 모르지만, 안에 들어가기는 역시 꺼려졌다. 빗줄기도 거세지 않으니 문 너머로 이야기해도 별지장 없다. 그렇게 생각하고 있는데 지탄다가 당황스러운 목소리로 말했다.

"싫기는요! 그냥…… 면목이 없어서 그래요."

짧은 침묵 뒤에 지탄다가 어딘가 자조적인 목소리로 말했다.

"오레키 씨, 경멸하셨죠? 역할이 있는데 내팽개치고 달아났으니, 분명 다들 난처하겠죠. 전…… 최악이에요."

희한한 일이라는 생각은 했지만 경멸이라니, 생각조차 못했다.

"2시에는 못 맞췄지만 6시까지는 갈 생각이었잖아? 그러니 지금 발성 연습을 한 거고."

말이 떨어지기가 무섭게 지탄다가 외쳤다.

"들었어요?"

"뭐, 끝부분만."

"……."

"들었다고 해야 하나, 그냥 들렸어."

잠시 빗소리만 귓가를 맴돌았다. 좁은 처마 밑에서 문을 바라보고 서 있는 자세가 조금 답답해서 몸을 돌려 문에 기댔다. 헛기침을 하고 조용히 물었다.

“그래서 어때, 갈 수 있을 것 같아?”

작은 대답이 돌아왔다.

“……가라고 하지 않는 거예요?”

지탄다에게는 보이지 않겠지만 나는 어깨를 으쓱했다.

“못 가겠으면 억지로 무리할 필요 없어. 단바야시 씨가 대역을 세우겠다고 난리를 피우던데. 설마 한두 명은 부를 수 있겠지.”

“저, 그럴 수는, 없어요.”

그렇게 말하는 지탄다의 목소리는 지금까지 들어본 적이 없을 정도로 가녀렸다.

언제 튀어나왔는지 달팽이가 눈앞의 널담을 기어 올라가고 있었다. 나는 그 느릿한 움직임을 멍하니 바라보며 말했다.

“하지만 노래할 수 없잖아?”

대답은 한참이나 돌아오지 않았다. 이윽고 지탄다가 조심스럽게 살피는 듯한 목소리로 물어왔다.

“오레키 씨……. 뭔가, 알고 있는 건가요?”

“아니. 괜히 떠보는 것처럼 말해서 미안해. 아무것도 몰라."

웃음기를 머금은 목소리가 대답했다.

"그러네요. 제가 어떻게 됐나 봐요."

발밑에서 가랑비에 젖은 잡초가 빗방울의 무게에 살짝 고개를 떨구고 있다. 널담 위의 달팽이는 기어 올라가고 있는 듯한데 아까부터 제자리걸음이다.

"다 아는 건 아니야. 하지만 조금은 알 것도 같아."

지탄다가 어째서 버스에서 내렸는지.

지금, 지탄다는 어떤 표정을 짓고 있을까? 은근히 이야기를 들려달라고 조르는 아이 같은 목소리가 들려왔다.

"듣고 싶어요."

그걸 얘기한다고 뭐가 바뀔까? 만약 내가 지탄다의 마음을 정말로 이해한다고 해도, 그게 정말 이 녀석을 조금이라도 구할 수 있을까? 애초에 내 추측이 맞는다는 보장도 없는데. 어리석다. 입다물고 있는 게 낫다.

문 너머에서는 아무 소리도 들리지 않았다. 숨을 참고 기다리는 것처럼.

손목시계를 보았다. 버스가 올 때까지 아직 시간이 조금 있다.

어쩐지 이런 옛날이야기가 있었던 것 같다. 나는 어떤 역할일까? 현인? 장사? 아니면 우스꽝스러운 춤으로 문을 여는 춤꾼? 아무렴 어떤가, 본인이 원한다면야 틀려서 실망할 결과까지 상정에 넣고 말할 수 있는 데까지 해보자.

"그래. 어쩌면……."

짧은 숨을 내뱉고 가랑비가 그치지 않는 어두운 하늘을 올려다보았다.

"너, 가문을 이어받을 필요 없다는 말을 들은 것 아니야?"

빗소리밖에 들리지 않았다. 쏴아아, 부드러운 잡음이 온 세상에 가득했다.

"……전에 이바라가 묘한 얘길 했지. 커피가 달았다는 이야기. 그날 너는 왠지 멍한 게, 좀 이상했어. 그럴 때도 있겠지 싶어 넘어갔지만, 집에 가려고 나가는 길에 그때 네가 읽고 있던 책이 보였는데 그게 유독 기억에 남았어. 진로 안내서였지. 고등학교를 졸업하면 어느 대학에 갈지, 어떤 일을 할지, 나는 앞으로 어떤 사람이 될지, 그런 책이야."

비를 피하고 있는데도 발치가 살짝 젖었다. 냉기는 스며들지 않았다. 미지근한 여름비니까.

"우리는 고등학교 2학년이야. 진로 선택에 관한 책을 읽는 건 당연할지도 몰라. 하지만 나는 조금 이상했어. 이바라나 사토시는 진로에 대해 고민하는 바가 있겠지만 너는 아니었잖아? 정월 참배 때도, 사월 히나 축제 때도, 지탄다가를 이어받는다는 전제로 행동하는 걸 봤어. 네 진로는 누구보다도 일찍 결정되어 있어……. 그랬는데 어째서 지금 멍하니 진로 안내서를 바라보고 있는지 이상했어."

내심으로는 이미 길이 정해져 있는 만큼 택할 수 없었던 다른 선택지에 마음이 갔을지 모른다고 어렴풋이 상상하고 있었다.

하지만 그러다 오늘 일이 터졌고, 나는 정반대의 가능성에 생각이 미쳤다.

"그리고 오늘 합창. 네가 사라졌다는 이야기를 이바라에게 듣고 처음에는 뭔가 이유가 있어서 그랬을 거라고만 생각했어. 하지만 찾는 도중에 네가 부를 노래의 가사를 보고 다른 가능성이 떠올랐어."

그 가사는 문화회관에서 발견한 전단지에 적혀 있었다. 지탄다가 솔로로 부를 부분은 어딘지 몰랐지만, 그것도 단바야시 씨가 알려주었다.

"사토시가 그랬어. 에지마 산도는 모두가 인정하는 가치관을 굳이 당당하게 칭송하는 버릇이 있어, 그게 잔소리처럼 들려서 일류가 되지 못했다더군."

아아 바라건대 나 또한

자유로운 하늘에서 살고파

"네가 노래할 부분은 자유에 대한 동경을 더없이 직설적으로 노래하고 있었어."

그 가사를 보았을 때의 위화감을 지탄다가 사라진 이유와 연결할 계기가 된 것도 사토시였다. 친척과 장기를 둘 때 일부러 져주는 건 괜찮지만 '졌습니다'라고 억지로 말하는 건 내키지 않는다고 했다.

"나도 비슷한 기억이 있어. 옛날에 친척 결혼식에 갔더니 찬미가를 부르라더군. 그런 건 그냥 형식이니까 예수님 만세, 마리아님 최고, 하고 부르면 그만인데 아무래도 납득이 가질 않아 노래하느라 고생했어. 믿지도 않는데 찬양하라니, 왠지 진지하게 믿는 기독교도들에게 미안하잖아."

거짓말은, 마음에 부담을 준다.

"너는 다른 가치라면 몰라도, 지금 자유를 동경하는 가사만큼은 부를 수 없었던 게 아닐까?"

지탄다는 징이 박힌 이 문 너머에 아직 있을까? 목소리도, 인기척조차도 없다. 혼잣말처럼 나는 계속 이야기했다.

"이렇게 말해도 될지 모르겠지만 얼마 전까지 네 미래는 자유롭지 않았어. 약간의 융통성은 부릴 수 있겠지만 지탄다가의 후계자라는 결말만은 확고한 사실이었어. 만약 그대로 아무 일도 없었다면 문제없이 노래할 수 있었겠지. 실제로 연습 때는 평범하게 불렀다고 들었고, 솔로 파트를 맡는 데 반대도 하지 않았으니까. 그 사정이 바뀐 건 요 며칠 사이야."

아마도 이바라가 달콤한 커피 이야기를 한, 그 전날이리라.

"요 며칠 사이에 네가 노래를 할 수 없게 되었다면…… 자유로워졌기 때문 아닐까?"

그렇다는 대답도, 아니라는 대답도 없었다.

"당분간은 마음대로 지내도 되지만 장차 지탄다가를 이어받아야 한다는 말을 들어왔고, 스스로도 그걸 받아들이고 있던 네가 그럴 필요 없다는 말을 듣는다면? 부모님이나 누군가에게 가문을 잇지 않아도 되니 마음대로 살라는 말을 들었다면?"

요코테 씨가 지탄다가의 후계자로서 책임감이 있으니 반드시 올 거라고 말했던 지탄다에게서, 바로 그 후계자라는 역할이 사라진다면?

"어쩌면 좋을지 갈피를 못 잡겠지."

별다른 역할도 없이 에너지 절약이나 외치며 태평하게 세

월을 보내는 나는 진정한 의미로 지탄다의 마음을 이해할 길이 없다. 알지도 못하는데 머리로만 생각해서 도출한 답을 늘어놓는 내가 참으로 가소롭다.

"그런 상태에서 많은 사람들 앞에 서서, 자유를 동경하는 가사를 부를 수 있을까? 중요한 솔로 파트를 맡았으니 책임은 다해야 해. 다른 단원에게도 피해가 가니까. 자기 사정은 일단 덮어두고 이것도 맡은 바 임무니까 사적인 감정은 버리고 노래해야 해. 어리광 부리지 마. ……정론은 그래. 누군가는 그렇게 말할 거야."

실제로는 누가 그럴까? 이바라는 그럴 리 없다. 사토시도 절대 그럴 리 없다. 그래도 누군가는 그런 말을 하리라.

"하지만 나는…… 내 어설픈 상상이 맞았다 쳐도 너를 탓할 생각은 없어."

그럴 자격도 없다.

장마는 한참 전에 끝났는데 포근하고 조용한 비는 그칠 기미도, 거세질 기미도 없다. 달팽이는 널담에서 사라졌다. 꾸물꾸물 담을 넘어갔는지 아니면 수풀 속에 떨어졌는지, 나는 보지 못했다.

닫힌 문 너머에서 더없이 잔잔한 목소리가 들려왔다.

"오레키 씨."

"듣고 있어."

"이제 와서 자유롭게 살라는 말을 들어도…… 네가 좋아하는 길을 선택하라고 해도…… 지탄다가는 알아서 할 테니 걱정 말라고 해도……."

차츰 자조에 가까워지는 목소리로, 말을 맺었다.

"이제 와서 날개라 해도, 어쩌면 좋을지 모르겠어요."

그 말을 끝으로 창고 안은 침묵에 싸였다.

지탄다가 지금까지 얽매여온 지난날, 이제는 얽매이지 않아도 된다는 말을 들었을 지탄다를 생각하니 갑자기 뭐든 힘껏 때리고 싶은 충동에 휩싸였다. 때려서, 내 손에도 상처를 입고 피를 흘리고 싶은 심정이었다.

손목시계를 보니 5시 6분이었다. 이제 사 분이면 문화회관으로 가는 버스가 온다.

해야 할 말은 했고, 해야 할 일은 했다. 이제부터는 오로지 지탄다 혼자만의 문제다.

비는 거세지지도, 누그러들지도 않고 계속 주룩주룩 내리고 있다.

창고 안에서 노랫소리는 더이상 들려오지 않았다.

김선영
한국 외국어 대학교 일본어과를 졸업했다. 다양한 매체에서 전문 번역가로 활동했으며 특히 일본 미스터리 문학에서 왕성한 활동을 하고 있다. 옮긴 책으로는 요네자와 호노부의 소시민 시리즈를 비롯해 『야경』, 『엠브리오 기담』, 『쌍두의 악마』, 『인형은 왜 살해되는가』, 『살아 있는 시체의 죽음』, 『손가락 없는 환상곡』, 『고백』, 『클라인의 항아리』, 『열쇠 없는 꿈을 꾸다』, 『완전연애』, 『경관의 피』 등이 있다.

이제 와서 날개라 해도 - 고전부 시리즈 6

1판 1쇄 2017년 8월 30일
1판 14쇄 2024년 3월 20일

지은이 요네자와 호노부
옮긴이 김선영

책임편집 지혜림 | **편집** 임지호
아트디렉팅 이혜경 | **본문** 이보람 | **표지그림** 뽀얀
저작권 박지영 형소진 최은진 서연주 오서영
마케팅 정민호 서지화 한민아 이민경 안남영 왕지경 정경주 김수인 김혜원 김하연 김예진
브랜딩 함유지 함근아 고보미 박민재 김희숙 박다솔 조다현 정승민 배진성
제작 강신은 김동욱 이순호 | **인쇄** 한영문화사 | **제본** 경일제책사

펴낸곳 (주)문학동네 | **펴낸이** 김소영
출판등록 1993년 10월 22일 제2003-000045호

주소 10881 경기도 파주시 회동길 210
문의 031-955-1901(편집) 031-955-2696(마케팅) 031-955-8855(팩스)
전자우편 elixir@munhak.com | **홈페이지** www.elmys.co.kr
인스타그램 @elixir_mystery | **X(트위터)** @elixir_mystery

ISBN 978-89-546-4673-4 03830
978-89-546-2263-9 (SET)

엘릭시르는 출판그룹 문학동네의 장르소설 브랜드입니다.

잘못된 책은 구입하신 서점에서 교환해드립니다.
기타 교환 문의: 031-955-2661, 3580